PHILIPPE K. Dick

Immunité

et autres mirages futurs

*Traductions de l'américain
revues et harmonisées
par Hélène Collon*

Gallimard

Cet ouvrage est publié avec l'accord de l'auteur et de son agent Baror International Inc., Armonk, New York, USA.

THE SKULL © *1952*; THE GREAT C © *1952*; JAMES P. CROW © *1953*; SALES PITCH © *1953*; THE TURNING WHEEL © *1953*; EXHIBIT PIECE © *1953*; IMMUNITY; THE CHROMIUM FENCE © *1954*; SURFACE RAID © *1952*; PSI-MAN HEAL MY CHILD © *1954*; TO SERVE THE MASTER © *1953* by *Philip K. Dick.*

© *Éditions Denoël, 2000, pour la traduction française.*
© *Éditions Gallimard, 2005, pour la présente édition.*

Publié pour la première fois en 1952, Philip K. Dick (1928-1982) s'oriente rapidement, après des débuts assez classiques, vers une science-fiction plus personnelle, où se déploient un questionnement permanent de la réalité et une réflexion radicale sur la folie. Explorateur inlassable de mondes schizophrènes, désorganisés et équivoques, Philip K. Dick clame tout au long de ses œuvres que la réalité n'est qu'une illusion, figée par une perception humaine imparfaite.

L'important investissement personnel qu'il plaça dans ses textes fut à la mesure d'une existence instable, faite de divorces multiples, de tentatives de suicide ou de délires mystiques.

Le crâne

« Qu'est-ce que c'est que cette chance à saisir ? demanda Conger. Continuez. Ça m'intéresse. »

Dans la salle silencieuse, tous les visages étaient tournés vers Conger, encore revêtu de son triste uniforme de prisonnier. Le Porte-parole se pencha lentement en avant. « Votre petit commerce prospérait, avant votre incarcération ; illégal, mais très lucratif. Aujourd'hui, il ne vous reste rien, sinon la perspective de six autres années de cellule. »

Conger fronça les sourcils.

« Le Conseil se voit confronté à une certaine situation qui requiert vos aptitudes particulières. D'autre part, peut-être l'estimerez-vous intéressante vous aussi. Vous chassiez, n'est-ce pas ? La nuit, dans les fourrés, aux aguets, vous posiez des collets, puis vous attendiez le gibier ? J'imagine que la chasse constitue une source de satisfaction pour vous ; la traque, la poursuite... »

Conger poussa un soupir, puis grimaça. « Bon, ne parlons plus de ça. Venons-en plutôt au fait. Qui dois-je tuer ? »

Le Porte-parole sourit. « Chaque chose en son temps », fit-il d'une voix douce.

La voiture s'arrêta en douceur. Nuit noire ; aucune lumière dans la rue. Conger regarda au-dehors. « Où sommes-nous ? Quel est cet endroit ? »

La main du garde se referma sur son bras. « Venez. Sortez par cette portière. »

Conger descendit sur le trottoir mouillé, aussitôt suivi par le garde, puis par le Porte-parole. Il aspira une bonne bouffée d'air frais puis scruta la silhouette indistincte de l'immeuble qui se dressait devant eux. « Je connais ce bâtiment. Je l'ai déjà vu. » Il plissa les yeux ; sa vision commençait à s'accoutumer à l'obscurité. Brusquement, il fut sur le qui-vive. « Mais c'est...

— Oui. La Prime Église. » Le Porte-parole gagna le pied des marches. « Nous sommes attendus.

— Attendus ? *Ici ?*

— Oui. » Le Porte-parole gravit les degrés. « Vous savez que nous ne sommes pas admis dans leurs églises, surtout armés. »

Il s'arrêta. Deux soldats en armes surgirent de l'ombre, un de chaque côté du perron.

Il leva la tête vers eux. « Tout va bien ? »

Ils acquiescèrent. La porte de l'église était ouverte. Conger distingua d'autres soldats à l'intérieur, des jeunes gens qui, les yeux grands ouverts, contemplaient les icônes et les images pieuses.

« Je vois, dit-il.

— C'était nécessaire, dit le Porte-parole. Comme vous le savez, nous avons connu par le passé de singulières infortunes dans nos relations avec la Prime Église.

— Ce n'est pas ça qui va les arranger.

— Mais le jeu en vaut la chandelle. Vous verrez. »

Ils traversèrent le vestibule et pénétrèrent dans la grande salle, où se trouvaient l'autel et les prie-Dieu. Le Porte-parole n'accorda qu'un bref regard à l'autel en passant. Il poussa une petite porte latérale et fit signe à Conger d'approcher. « Entrez là-dedans. Dépêchons-nous. Les fidèles ne vont pas tarder à affluer. »

Battant des paupières, le prisonnier se retrouva dans une petite pièce basse de plafond aux murs revêtus de lambris assombris par l'âge. Une odeur de cendre et d'épices fumantes planait dans la pièce. Il renifla. « C'est quoi, cette odeur ?

— Je ne sais pas. Ça vient des coupes fixées au mur. »

Le Porte-parole gagna d'un pas impatient le mur opposé. « D'après nos informations, il est caché ici, près de ce... »

Conger promena son regard dans la pièce et vit des livres, des papiers, des symboles sacrés et des images. Un étrange frisson le parcourut.

« Ma mission concerne un membre de l'Église ? Parce que dans ce cas... »

L'autre se retourna, stupéfait. « Se peut-il que vous croyiez au Fondateur ? Vous, un chasseur, un tueur...

— Non. Bien sûr que non. Tout ce prêchi-prêcha sur la résignation face à la mort, sur la non-violence...

— Alors quoi ? »

Il haussa les épaules. « On m'a appris à ne pas me mêler de leurs affaires. Ils ont d'étranges pouvoirs. Et on ne peut pas raisonner avec eux. »

Le Porte-parole l'étudia d'un air pensif. « Vous êtes sur une mauvaise piste. Ce n'est pas à l'un d'entre eux que nous pensons. Nous avons compris qu'en les tuant, on ne fait qu'augmenter leur nombre.

— Alors pourquoi sommes-nous ici ? Allons-nous-en.

— Non. Nous sommes venus chercher un objet important dont vous aurez besoin pour identifier votre victime. Sans cela, vous ne pourriez la trouver. » L'ombre d'un sourire passa sur le visage du Porte-parole. « Il ne faudrait pas que vous vous trompiez de cible. L'affaire est trop importante.

— Je ne commets jamais d'erreur. » Conger gonfla la poitrine. « Écoutez, Porte-parole...

— Nous nous trouvons devant une situation inhabituelle. Voyez-vous, la personne que vous allez traquer — celle que nous vous demandons de trouver — ne se reconnaît qu'à certains objets conservés ici même. Ce sont les seuls indices, les seuls moyens d'identification. Sans eux...

— C'est quoi, ces objets ? »

Conger s'approcha du Porte-parole, qui s'écarta : « Regardez. » Il fit coulisser un panneau mural, révélant une sombre cavité de forme cubique. « Là-dedans. »

Le prisonnier s'accroupit, s'efforça de percer les ténèbres et grimaça. « Un crâne ! Un squelette !

— L'homme que vous devez traquer est mort depuis deux siècles. Voilà tout ce qui reste de lui. Et voilà tout ce dont vous disposerez pour le retrouver. »

Conger resta un long moment sans rien dire. Il contemplait les ossements, à peine visibles dans la niche. Comment pouvait-on tuer un homme mort depuis des siècles ? Comment le traquer, comment l'abattre ?

Conger était un chasseur ; il avait vécu comme il lui plaisait, là où il lui plaisait de vivre, en faisant le commerce des peaux et des fourrures qu'il ramenait des Provinces dans son vaisseau ultra-rapide, en franchissant clandestinement les barrières douanières qui cernaient la Terre.

Il avait chassé dans les hautes montagnes de la Lune, pisté ses proies dans des cités martiennes abandonnées, exploré...

Le Porte-parole dit : « Soldat, prenez ces objets et faites-les porter à la voiture. N'en perdez surtout pas en route. »

Le soldat s'introduisit dans la cavité murale et, accroupi, ramassa les ossements de mauvaise grâce.

« J'ai bon espoir, poursuivit le Porte-parole d'une voix douce à l'adresse de Conger, que vous ferez preuve de loyauté à notre égard, maintenant. Les citoyens ont toujours un moyen de se réhabiliter, de prouver leur dévouement à la société. C'est une occasion exceptionnelle qui s'offre à vous. Je doute vraiment qu'il s'en présente jamais de meilleure. Bien entendu, vos efforts seront dûment récompensés. »

Les deux hommes s'entre-regardèrent : Conger, maigre, débraillé, et le Porte-parole, impeccable dans son uniforme.

« Je comprends, dit Conger. Je veux dire, rapport à cette chance qui m'est donnée de me racheter. Mais comment un homme mort depuis deux siècles peut-il être...

— Les explications viendront plus tard. Pour le moment, il faut nous dépêcher. » Le soldat était sorti avec les ossements enveloppés dans une couverture, qu'il serrait dans ses bras. Le Porte-parole gagna la porte. « Venez. Ils ont déjà pris conscience de notre présence ici et ne vont pas tarder à arriver. »

Ils dévalèrent les marches et s'engouffrèrent dans la voiture qui les attendait. Le chauffeur fit décoller le véhicule qui survola bientôt les toits.

Le Porte-parole se rencogna dans son siège. « La Prime Église a un passé intéressant, dit-il. Je suppose qu'il vous est connu, mais j'aimerais évoquer plusieurs points en rapport avec notre problème.

« C'est au xxe siècle que le Mouvement a pris forme — lors d'une des guerres périodiques. Nourri du sentiment général de futilité qui régnait alors, tandis qu'on comprenait enfin que toute guerre en engendre une autre plus étendue encore, et ainsi de suite, ce Mouvement a rapidement pris de l'importance. Il proposait une réponse simple à ce problème : sans préparatifs militaires — sans armes — il ne pouvait y avoir de guerre. Et sans machines, sans technocratie scientifique élaborée, il ne pouvait y avoir d'armes.

« Le Mouvement prônait qu'on ne saurait vouloir la paix en préparant la guerre. Que l'homme reculait au profit des machines et de la science, lesquelles lui échappaient et le poussaient dans des guerres toujours plus destructrices. À bas la société ! hurlait-on. À bas les usines et la science ! Encore quelques guerres et il ne resterait plus grand-chose de notre monde.

« Le Fondateur était un obscur individu issu d'une bourgade du Middle West, aux U.S.A. On ne connaît même pas son nom. Tout ce qu'on sait, c'est qu'il a fait son apparition un beau jour pour prêcher une doctrine de non-violence, de non-résistance : il ne fallait pas se battre, ni payer d'impôts servant à fabriquer des armes, ni faire de recherche autre que médicale, mais vivre bien tranquillement, cultiver son jardin, fuir les affaires publiques, s'occuper de ses affaires. Rester obscur, inconnu, pauvre. Donner la plus grande part de ses biens, quitter la ville. Telle est du moins la doctrine qui s'est constituée à partir de son discours. »

La voiture perdit de l'altitude et se posa sur un toit.

« Ainsi prêchait le Fondateur ; ou du moins, tel était le cœur de sa doctrine : impossible de savoir ce qui vient en fait de ses fidèles. Les autorités locales l'ont appréhendé sur-le-champ, bien entendu. Apparemment, elles le considéraient comme une menace sérieuse ; on ne l'a jamais relâché. Il fut mis à mort et enterré en secret. On a alors cru le culte éteint. » Le Porte-parole sourit. « Malheureusement, quelques-uns de ses disciples ont prétendu l'avoir vu après la date de son exécution. La rumeur s'est répandue : il avait vaincu la mort, il était donc d'essence divine. La rumeur a pris racine, elle a grandi. Et nous voilà aujourd'hui avec une Prime Église qui empêche tout progrès social, mine la société, sème la sédition...

— Mais les guerres, intervint Conger, les guerres ?

— Les guerres ? Eh bien, elles ont disparu. Il faut reconnaître que la non-violence à grande échelle a eu pour conséquence directe l'élimination de la guerre. Mais aujourd'hui, nous pouvons porter sur celle-ci un regard plus objectif. Qu'avait-elle de si terrible, finalement ? La guerre avait une valeur sélective profonde, parfaitement en accord avec l'enseignement de Darwin, de Mendel et des autres. En son absence, on laisse la masse des inutiles et des incompétents sans intelligence ni formation croître et se multiplier sans contrôle. La guerre permettait de réduire leur nombre ; comme les ouragans, les tremblements de terre et les grandes sécheresses, c'était un des moyens dont disposait la nature pour éliminer les inadaptés.

« La guerre disparue, les éléments inférieurs de l'humanité ont augmenté au-delà de toute mesure. Ils menacent les minorités instruites, les individus détenteurs du savoir et des compétences scientifiques, ceux qui sont tout désignés pour diriger la société. Ils n'ont aucun respect pour la science, ni pour la société scientifique fondée sur la raison. Et ce Mouvement se veut leur complice. C'est seulement quand les scientifiques détiennent les pleins pouvoirs que... »

Il regarda sa montre et, du bout du pied, ouvrit la portière de la voiture. « Je vous dirai le reste en marchant. »

Ils traversèrent le toit noyé d'ombre. « Vous aurez compris maintenant à qui appartiennent ces ossements, qui nous voulons abattre. Voilà tout juste deux cents ans qu'il est mort, cet ignare du Middle West, ce Fondateur. Le drame, c'est que les autorités de l'époque n'ont pas réagi assez vite. Elles l'ont laissé parler, répandre son message. On lui a permis de prêcher, de créer un culte. Et une fois lancées, ces choses-là ne peuvent plus être arrêtées.

« Maintenant, imaginons que la mort l'ait empêché de prêcher. Que ses idées n'aient jamais été formulées. Il ne lui a fallu qu'une brève période pour les exprimer, nous le savons. On prétend même qu'il n'a parlé qu'une fois, une seule. C'est à ce moment-là que les autorités sont venues le chercher. D'ailleurs, il n'a pas opposé de résistance ; ce fut un incident mineur. » Le Porte-parole se tourna vers Conger.

« Seulement aujourd'hui, nous en récoltons les conséquences. »

Ils pénétrèrent dans le bâtiment. Les soldats avaient déjà disposé le squelette sur une table. Leurs jeunes visages affichaient une expression exaltée.

Conger s'ouvrit un chemin parmi eux et se pencha pour contempler les ossements. « Voici donc les restes du Fondateur, murmura-t-il. Que l'Église a tenus cachés pendant deux siècles.

— En effet. Mais maintenant, les voilà en notre possession. Suivez-moi. »

Ils traversèrent la pièce en direction d'une porte que le Porte-parole ouvrit. Des techniciens levèrent aussitôt la tête. Conger aperçut des machines qui ronronnaient en tournant, ainsi que des établis et des cornues. Au centre de la pièce brillait une cage en cristal.

Le Porte-parole lui tendit un fusil Slem. « Rappelez-vous : l'essentiel est d'épargner le crâne, qui doit être rapporté aux fins de comparaison. Visez bas, au niveau du thorax. »

Conger soupesa l'arme. « Il m'a l'air bien. Je connais ces fusils — enfin, j'en ai déjà vu, mais je ne m'en suis jamais servi. »

L'autre hocha la tête. « On vous en apprendra le maniement, ainsi que le fonctionnement de la cage. On vous donnera toutes les données en notre possession concernant le lieu et l'époque. L'endroit exact s'appelle le pré Hudson. Aux alentours de 1960, dans une petite commune proche de Denver, Colorado. Et n'oubliez pas : le seul moyen d'identification dont vous disposerez, ce sera ce crâne. Les dents de devant présentent certaines caractéristiques, particulièrement l'incisive gauche... »

Conger lui prêtait une oreille distraite. Il regardait deux hommes en blanc envelopper avec soin le crâne dans un sac en plastique qu'ils fermèrent et placèrent dans la cage. « Et si je commets une erreur ?

— Si vous vous trompez de cible ? Continuez jusqu'à ce que vous trouviez la bonne. Ne revenez pas tant que vous n'aurez pas réussi à localiser ce Fondateur. Et n'attendez pas qu'il ouvre la bouche ; c'est ce que nous devons justement éviter ! Anticipez. Prenez des risques. Tirez dès que vous croirez l'avoir trouvé. Il sortira de l'ordinaire, sans doute un étranger à la région. Apparemment, personne ne le connaissait. »

Conger écoutait vaguement.

« Vous vous estimez en possession de tous les éléments ?

— Oui, je crois. » Il pénétra dans la cage en cristal, s'assit et posa les mains sur le volant.

« Bonne chance, dit le Porte-parole. Nous attendons les résultats. Il subsiste quelques doutes d'ordre philosophique quant à savoir si l'on peut vraiment changer le passé. Ceci devrait résoudre le problème une bonne fois pour toutes. »

Conger se mit à tripoter les commandes.

« À propos, reprit le Porte-parole, n'essayez pas d'utiliser la cage à des fins non prévues par votre contrat. Nous gardons sans cesse le contact avec elle. Si nous voulons la faire revenir, nous le pouvons à tout instant. Bonne chance. »

Conger garda le silence. On scella la cage. Il leva un doigt et pressa la commande du volant, qu'il tourna avec précaution.

Il fixait toujours le sac en plastique quand la pièce disparut.

Pendant un long moment, il n'y eut rien. Rien que le néant au-delà du treillis de cristal. Des pensées disparates se bousculaient dans l'esprit de Conger. Comment reconnaître l'homme ? Comment s'assurer de son coup ? À quoi ressemblait-il ? Comment s'appelait-il ? Comment s'était-il comporté avant de prendre la parole ? Allait-il trouver un individu banal, ou au contraire un fanatique saugrenu ?

Il ramassa le fusil Slem et l'appliqua contre sa joue. Le métal était lisse et froid. Il s'exerça à faire jouer le viseur. C'était un beau fusil ; il en serait presque tombé amoureux. Si seulement il avait pu en avoir un dans le désert martien, pendant toutes ces longues nuits où il était resté embusqué, perclus de crampes et engourdi par le froid, à attendre que quelque chose bouge dans les ténèbres...

Il le reposa et régla les instruments de mesure. Les volutes de brouillard se condensaient et se solidifiaient progressivement. Tout à coup des formes vacillantes voltigeaient autour de lui.

Couleurs, bruits et mouvements lui parvenaient par les mailles de cristal. Il bloqua les commandes en position Arrêt et se leva.

Il avait atterri sur une crête surplombant une petite ville. Le soleil était au zénith. L'air était vif et lumineux. Quelques automobiles roulaient sur une route. Au loin, on distinguait des champs plats. Il gagna la porte et sortit pour humer l'air. Puis il rentra dans la cage.

Debout face au miroir surmontant l'étagère, il examina ses traits. Il avait taillé sa barbe — on n'avait pu le convaincre de la raser entièrement — et rafraîchi sa coupe de cheveux. Il était vêtu à la mode du milieu du xxe siècle : un manteau avec un drôle de col et des chaussures en peau d'animal. Dans ses poches, de l'argent de l'époque. Important, ça. Il n'avait besoin de rien d'autre.

Rien, sinon ses capacités, son astuce particulière. Mais il ne les avait encore jamais utilisées dans de telles circonstances.

Il emprunta la route qui descendait vers la petite ville.

La première chose qu'il remarqua, ce furent les journaux sur les présentoirs : 5 avril 1961. Il n'était pas tombé trop loin. Un coup d'œil aux environs : une station-service, un garage, deux ou trois restaurants, un bazar ; au bas de la rue, une épicerie et des bâtiments publics.

Quelques minutes plus tard il gravissait les marches de la petite bibliothèque municipale et pénétrait dans sa douce chaleur.

La bibliothécaire leva les yeux, souriante. « Bonjour. »

Il sourit à son tour mais s'abstint de répondre, certain qu'on jugerait ses expressions et son accent étranges. Il alla s'asseoir à une table où s'entassaient des magazines, qu'il parcourut un moment. Puis il se releva et gagna un long présentoir installé contre le mur opposé. Son cœur se mit à battre la chamade.

Les journaux des semaines écoulées. Il en emporta une liasse sur la table et se mit en devoir de les feuilleter rapidement. La maquette lui parut singulière, les caractères curieux. Certains termes ne lui étaient pas familiers.

Il mit les journaux de côté et retourna en prendre d'autres. Enfin, il trouva ce qu'il cherchait. Il emporta la *Cherrywood Gazette* à sa table et la déplia pour lire la première page :

Un prisonnier se pend
Un détenu non identifié, soupçonné
de syndicalisme criminel par le shérif du comté,
a été retrouvé mort ce matin...

Il acheva l'article, dont le contenu informatif était bien maigre. Il lui en fallait davantage. Il remit la *Gazette* sur le présentoir et, après un court instant d'hésitation, aborda la bibliothécaire.

« D'autres ? demanda-t-il. D'autres journaux ? Plus anciens ? »

Elle fronça les sourcils. « De quelle époque ? Quels journaux ?

— Vieux de plusieurs mois. Et... avant.

— De vieux numéros de la *Gazette* ? C'est tout ce que nous avons. Qu'est-ce que vous cherchez ? Je peux peut-être vous aider. »

Il garda le silence.

« On trouve peut-être les numéros plus anciens au siège de la *Gazette*, dit la femme en retirant ses lunettes. Essayez donc là-bas. Mais si vous me disiez de quoi il s'agit, je pourrais peut-être... »

Il sortit.

Le siège de la *Gazette* était situé dans une rue transversale au trottoir fissuré. Il entra. Dans un coin de la pièce exiguë rougeoyait un poêle. Un homme bien charpenté s'avança à pas lents jusqu'au comptoir. « Vous désirez, monsieur ?

— De vieux journaux. Du mois dernier. Ou plus.

— À acheter ?

— Oui. »

Il lui tendit une partie de son argent.

L'homme écarquilla les yeux. « Bien sûr, dit-il. Bien sûr. Une minute. » Il quitta la pièce puis, le visage cramoisi, revint en titubant sous le poids d'une brassée de journaux. « En voilà quelques-uns, grommela-t-il. J'ai pris ce que j'ai trouvé ; ça couvre l'année entière. Et si vous en voulez d'autres... »

Conger sortit avec les journaux, s'assit au bord de la chaussée et se mit à les feuilleter.

Ce qu'il cherchait remontait à décembre, c'est-à-dire quatre mois plus tôt. C'était à peine un entrefilet, si petit qu'il faillit le manquer. Il le parcourut les mains tremblantes et dut se reporter à son dictionnaire de poche pour certains termes archaïques.

Arrêté pour manifestation illicite

> Un individu non identifié qui a refusé de décliner son identité a été appréhendé à Cooper Creek par des auxiliaires spéciaux du shérif Duff, selon les déclarations de ce dernier. On rapporte que l'homme s'était récemment fait remarquer dans les environs et faisait depuis l'objet d'une surveillance constante. L'arrestation s'est déroulée...

Cooper Creek. Décembre 1960. Son cœur cognait dans sa poitrine. Voilà tout ce qu'il avait besoin de savoir. Il se releva et se secoua en tapant des pieds sur le sol glacé. Le soleil avait traversé le ciel jusqu'à frôler le sommet des collines. Il sourit. Il avait déjà découvert la date et l'endroit précis. Il ne lui restait plus qu'à remonter le temps, peut-être jusqu'en novembre, et à rejoindre Cooper Creek...

Il repassa par le centre et longea la bibliothèque, puis l'épicerie. Ce ne serait pas très difficile : le plus dur était fait. Il se rendrait sur place, louerait une chambre et se préparerait à attendre que l'inconnu fasse son apparition.

Il tourna au coin de la rue. Une femme sortait d'un magasin, les bras chargés de paquets. Conger s'effaça pour la laisser passer. En le voyant, elle pâlit brusquement et resta bouche bée.

Il pressa le pas, puis jeta un regard en arrière. Qu'est-ce qui lui prenait ? Elle le fixait toujours ; elle en avait laissé choir ses paquets. Il accéléra encore l'allure, tourna encore et s'engagea dans une rue transversale. En regardant de nouveau, il vit que la femme était parvenue à l'entrée de la rue et le suivait. Un homme la rejoignit bientôt, et tous deux se mirent à lui courir après.

Il les sema, sortit de la ville et s'enfonça à grandes enjambées dans les collines qui entouraient la ville. Arrivé à la cage, il s'immobilisa. Que s'était-il passé ? Était-ce en rapport avec sa tenue ?

Il réfléchit puis, lorsque le soleil se coucha, entra dans la cage, s'assit au volant et attendit un moment, les mains reposant sur les commandes. Enfin il tourna très légèrement le volant, sans quitter les cadrans des yeux.

La grisaille l'environna aussitôt.

Mais pas pour bien longtemps.

L'homme le considérait d'un œil critique. « Vous feriez mieux d'entrer, dit-il. Il fait froid, dehors.

— Merci. »

Conger franchit le seuil avec gratitude et pénétra dans la salle de séjour. Dans un coin, un petit poêle à pétrole dégageait une chaleur qui ajoutait au caractère intime de la pièce. Une grosse femme fagotée dans une robe à fleurs sortit de la cuisine. Le couple l'observa d'un air sévère.

« La chambre est confortable, dit-elle. Je suis Mrs. Appleton. Il y a le chauffage. On en a bien besoin, en cette saison.

— Oui, acquiesça-t-il en regardant autour de lui.

— Vous voulez manger avec nous ?

— Pardon ?

— Vous voulez manger avec nous ? » Les sourcils de l'homme se froncèrent. « Dites, l'ami, vous seriez pas étranger des fois ?

— Non. » Il sourit. « Je suis né dans ce pays. Mais plus à l'ouest.

— En Californie ?

— Non. » Il hésita. « Dans l'Oregon.

— C'est comment, là-bas ? s'enquit Mrs. Appleton. J'ai entendu dire qu'il y avait plein d'arbres et de verdure. C'est tellement aride par ici. Moi, je viens de Chicago.

— C'est dans le Middle West, lui dit l'homme. Ça ne fait pas de toi une étrangère.

— L'Oregon n'est pas non plus un pays étranger, remarqua Conger. Il fait partie des États-Unis. »

L'homme acquiesça d'un air absent. Il examinait les vêtements de Conger. « Vous portez un drôle de costume, l'ami, dit-il. Où est-ce que vous l'avez eu ? »

Perdu, Conger se tortilla, tout gêné. « C'est un bon costume. Je ferais peut-être mieux d'aller ailleurs, si vous ne voulez pas de moi ici. »

Tous deux levèrent les mains en guise de protestation. La femme lui sourit. « C'est juste qu'on doit faire attention aux rouges. Le gouvernement nous met sans cesse en garde contre eux, vous savez.

— Les rouges ? fit-il, perplexe.

— Le gouvernement dit qu'ils sont partout. On est censé déclarer tout ce qu'il y a d'inhabituel, dénoncer tous les gens qui n'agissent pas normalement.

— Moi, par exemple ? »

Ils firent des mines embarrassées. « Ma foi, vous n'avez pas l'air d'un rouge, dit l'homme. Mais faut être prudent. Le *Tribune* dit que... »

Conger n'écoutait plus qu'à moitié. L'affaire s'annonçait plus facile que prévu. De toute évidence, il serait tout de suite au courant à l'arrivée du Fondateur. Ces gens si méfiants devant tout écart par rapport à la norme, s'empareraient de la nouvelle et la répandraient aussitôt par leurs bavardages. Tout ce qu'il avait à faire, c'était se tenir tranquille et aller laisser traîner une oreille à l'épicerie du bourg, voire ici même, dans la pension de famille de Mrs. Appleton.

« Je peux voir la chambre ? demanda-t-il.

— Mais certainement. » Elle s'engagea dans l'escalier. « Je serai ravie de vous la montrer. »

Ils montèrent au premier, où il faisait plus froid, mais tout de même pas autant que dehors. Ou que la nuit dans le désert martien. Ce qui n'était pas pour lui déplaire.

Il se promenait dans les allées du magasin en guignant les conserves de légumes, les emballages nets et brillants des poissons et des viandes surgelés dans les bacs réfrigérés.

Ed Davies l'aborda. « Monsieur désire ? »

Ce client lui paraissait vêtu de bien curieuse façon ; il portait même la barbe ! Ed ne put s'empêcher de sourire.

« Non, dit l'inconnu d'une voix bizarre. Je regarde.

— Très bien », fit Ed en retournant derrière le comptoir.

Mrs. Hackett arrivait en poussant son chariot. « Qui est-ce ? » chuchota-t-elle en tournant vers l'inconnu un visage pointu et des narines palpitantes, comme si elle le flairait. « Je ne l'ai encore jamais vu.

— Je ne sais pas.

— Il m'a l'air bizarre. Pourquoi a-t-il la barbe ? Plus personne ne porte la barbe. Il y a quelque chose de pas normal là-dessous.

— Peut-être qu'il aime ça. J'ai un oncle qui...

— Attendez. » Mrs. Hackett se raidit. « Il me semble que... Comment s'appelait-il, déjà ? Ce rouge, là... le vieux ? Il avait bien une barbe, non ? Ah, oui : Marx. Marx avait la barbe. »

Ed éclata de rire. « Ce type n'est pas Karl Marx. J'ai vu sa photo, une fois. »

Mrs. Hackett le regarda fixement. « Tiens donc ?

— Eh bien oui, quoi. » Il rougit quelque peu. « Il n'y a pas de mal à ça tout de même.

— Quoi qu'il en soit, j'aimerais en savoir un peu plus à son propos, dit Mrs. Hackett. Je crois que nous devrions tous nous renseigner sur lui. C'est dans notre intérêt. »

« Hé, monsieur ! On vous fait un bout de chemin ? »

Conger se retourna brusquement et porta la main à sa ceinture. Puis il se détendit : deux adolescents en voiture, une fille et un garçon. Il leur sourit. « Pourquoi pas ? »

Il monta et claqua la portière. Bill Willet appuya sur l'accélérateur et la voiture fonça en rugissant sur la grand-route.

« Merci de m'avoir pris, commença Conger avec prudence. Je me promenais dans la campagne, mais j'avais mal évalué les distances.

— D'où vous êtes ? » s'enquit Lora Hunt. Petite, brune, elle était ravissante avec son pull jaune et sa jupe bleue.

« De Cooper Creek.

— Cooper Creek ? » dit Bill. Il fronça les sourcils. « C'est marrant. Je me rappelle pas vous avoir déjà vu.

— Vous venez de là-bas ?

— J'y suis né. Je connais tout le monde.

— Je viens de m'y installer. Avant j'habitais l'Oregon.

— L'Oregon ? Je ne savais pas que les gens de l'Oregon avaient un accent.

— Parce que j'ai un accent ?

— Plutôt des tournures curieuses.

— Comment ça ?

— Je ne sais pas. Tu ne trouves pas, Lora ?

— Vous avalez les mots, dit-elle, souriante. Continuez de parler. Je m'intéresse aux dialectes. » Elle lui jeta un coup d'œil. Elle avait les dents très blanches. Conger sentit son cœur se serrer.

« J'ai un défaut d'élocution.

— Ah ! » Ses yeux s'écarquillèrent. « Pardon. »

Ils l'observèrent avec curiosité tandis que la voiture roulait en ronronnant. De son côté, Conger cherchait désespérément le moyen de les questionner sans paraître trop curieux. « Je suppose qu'il ne passe pas beaucoup d'inconnus par ici, dit-il. Pas beaucoup d'étrangers. »

Bill secoua la tête. « Non. Pas souvent.

— Je parie que je suis le premier depuis longtemps.

— C'est bien possible. »

Conger hésita. « Un ami à moi, quelqu'un que je connais, devrait passer dans le coin. Où croyez-vous que je puisse... » Il s'interrompit. « Y a-t-il quelqu'un qui le verra forcément ? Quelqu'un à qui je pourrais demander, pour m'assurer de ne pas le manquer quand il arrivera ? »

Ils restèrent perplexes. « Contentez-vous d'ouvrir les yeux ; Cooper Creek n'est pas bien grand.

— Effectivement. »

Ils poursuivirent leur route en silence. Conger contemplait la silhouette de la fille. Elle devait être la maîtresse du jeune homme. À moins qu'elle ne soit son épouse à l'essai. Est-ce qu'ils avaient déjà institué le mariage à l'essai, à l'époque ? Il n'arrivait pas à s'en souvenir. Mais une fille aussi attirante était sûrement la maîtresse de quelqu'un, à son âge ; elle avait bien seize ans. Il lui poserait peut-être la question, si jamais ils se revoyaient.

Le lendemain, Conger alla se promener le long de l'unique rue principale de Cooper Creek et passa devant le magasin, les deux stations-service, puis la poste. Au coin de la rue, il y avait une buvette.

Il se figea. À l'intérieur était assise Lora, qui parlait au vendeur. Elle riait et se balançait d'avant en arrière.

Il poussa la porte. L'air tiède l'environna. Lora buvait un chocolat chaud additionné de crème fouettée. Elle leva des yeux surpris lorsqu'il se glissa sur le siège voisin.

« Je vous demande pardon, dit-il. Je dérange ?
— Non. » Elle secoua la tête. Elle avait de grands yeux sombres. « Pas du tout. »

Le vendeur s'approcha. « Vous désirez ? »

Conger regarda le chocolat. « La même chose. »

Lora l'observait, les bras croisés, les coudes sur le comptoir. Elle lui sourit. « À propos, vous ne connaissez pas mon nom : Lora Hunt. »

Elle lui tendait une main qu'il prit d'un geste gauche, sans savoir qu'en faire. « Et moi c'est Conger, murmura-t-il.
— Conger ? C'est votre nom ou votre prénom ?
— Euh... » Il hésita. « Mon nom. Omar Conger.
— Omar ? » Elle rit. « Comme le poète, Omar Khayyam !
— Je ne le connais pas. Je connais peu de poètes. Nous n'avons guère restauré d'œuvres d'art. D'ordinaire, il n'y a que l'Église pour s'intéresser suffisamment à... » Il s'interrompit. Elle le regardait, l'œil rond. Il rougit. « Là d'où je viens, acheva-t-il.
— L'église ? De quelle église parlez-vous ?
— Eh bien, de l'Église. » Il se sentait désorienté. On lui apporta son chocolat et il se mit à le boire à petites gorgées en se félicitant de cette diversion. Lora l'observait toujours.

« Vous êtes un curieux personnage, lui dit-elle. Bill ne vous aime pas ; il n'aime jamais ce qui est différent. Il est si... si prosaïque. Vous ne croyez pas qu'en grandissant on devrait... élargir sa vision des choses ? »

Il approuva de la tête.

« Il dit que les étrangers devraient rester chez eux, ne pas venir ici. Mais vous n'êtes pas si étranger que ça. Il veut dire les Orientaux ; vous voyez. »

Il approuva encore.

Derrière eux, la porte s'ouvrit. Bill fit son entrée et les toisa. « Eh bien... », dit-il.

Conger se tourna vers lui. « Salut.

— Eh bien... » Bill s'assit. « Salut, Lora. » Il ne quittait pas Conger du regard. « Je ne m'attendais pas à vous trouver ici. »

Conger se tendit. Il sentait l'hostilité qui émanait du garçon. « Ça vous dérange ?

— Non. » Un silence. Soudain, Bill se tourna vers Lora. « Viens. On s'en va.

— Ah bon ? répéta-t-elle, stupéfaite. Pourquoi ?

— On s'en va, c'est tout. » Il lui saisit la main. « Viens. La voiture est dehors.

— Ma parole, Bill Willet, mais tu es jaloux !

— Qui c'est, ce type ? Tu sais quelque chose de lui ? Regarde-le, avec sa barbe... »

Lora s'enflamma. « Et alors ? Tout ça parce qu'il ne roule pas en Packard et qu'il ne fréquente pas le lycée du coin ! »

Conger jaugea le garçon. Il était costaud. Probablement membre d'un comité de vigilance.

« Désolé, dit-il. C'est moi qui m'en vais.

— Qu'est-ce que vous avez à faire en ville ? jeta Bill. Qu'est-ce que vous trafiquez par ici ? Pourquoi tournez-vous autour de Lora ? »

Conger regarda la fille et haussa les épaules. « Sans raison précise. À plus tard. »

Il se détourna. Et se figea aussitôt. Bill avait bougé. Les doigts de Conger étaient déjà à sa ceinture. *Pression réduite de moitié*, se dit-il. *Pas plus. Pression réduite de moitié.*

Il appuya. La salle parut bondir autour de lui. Quant à lui, il était protégé par la gaine de plastique qui formait la doublure de ses vêtements.

« Mon Dieu... » Lora leva les mains. Conger jura. Il n'avait pas voulu l'atteindre elle. Mais l'effet se dissiperait peu à peu ; ça ne faisait qu'un demi-ampère. Ça allait les picoter, voilà tout.

Et les paralyser aussi.

Il franchit la porte sans un regard en arrière. Il avait presque tourné le coin quand Bill sortit lentement, en s'appuyant contre le mur, comme un homme ivre. Conger poursuivit son chemin.

Il marchait, nerveux, dans la nuit, lorsqu'une forme vague se profila tout à coup devant lui. Il s'immobilisa et retint son souffle.

« Qui va là ? » demanda une voix masculine.

Tendu, Conger attendit.

« Qui va là ? » répéta l'homme.

Il fit cliqueter un objet dans sa main. Une lumière s'alluma. Conger s'avança.

« Moi.

— Qui ça, " moi " ?

— Je m'appelle Conger. Je loge chez les Appleton. Et vous, qui êtes-vous ? »

L'autre approcha d'un pas lent. Il portait un blouson de cuir et un revolver pendait à sa ceinture. « Je suis le shérif Duff. Je vous cherchais, justement. Vous étiez bien chez Bloom, aujourd'hui, vers trois heures ?

— Chez Bloom ?

— Le bar. Là où traînent les gamins. »

Duff le rejoignit, en l'éblouissant avec sa torche. Conger cligna des yeux. « Ôtez-moi cette lumière des yeux. »

Une pause, puis : « D'accord. » Le rayon alla danser sur le sol. « Vous y étiez. Vous avez eu des histoires avec le fils Willet. Exact ? Vous avez eu un accrochage à propos de sa petite amie.

— Nous avons eu une discussion, dit Conger, prudent.
— Que s'est-il passé ensuite ?
— Pourquoi ?
— Simple curiosité. Ils disent que vous avez fait quelque chose.
— Comment cela ?
— Je ne sais pas, justement. C'est ce que je me demande. Ils ont vu un éclair, et il leur a semblé que quelque chose se passait ; ils ont tous eu un passage à vide ; impossible de bouger.
— Comment vont-ils, maintenant ?
— Bien. » Nouveau silence. « Alors ? reprit Duff. C'était quoi ? Une bombe ?
— Une bombe ? » Conger éclata de rire. « Non. Mon briquet a pris feu. Il fuyait, et le gaz s'est enflammé.
— Mais pourquoi sont-ils tombés dans les pommes ?
— Les vapeurs, sans doute. »

Encore un silence. Conger changea de position. Ses doigts glissèrent tout doucement vers sa ceinture. Le shérif baissa les yeux et grogna.

« Si vous le dites... De toute manière, il n'y a pas eu grand mal. » Il recula d'un pas. « Et ce Willet est un enquiquineur.
— Bonsoir, alors. » Conger se remit en marche.

« Encore une chose, avant que vous ne partiez, Mr. Conger ; ça ne vous ennuie pas si je jette un coup d'œil à vos papiers ?
— Non, pas du tout. » Conger plongea sa main dans sa poche et en retira son portefeuille, qu'il tendit au shérif. Celui-ci l'éclaira de sa torche. Conger l'observa en retenant sa respiration. Ce portefeuille avait demandé beaucoup de travail ; il avait fallu étudier des documents historiques, des reliques de l'époque, tous les papiers qu'on avait jugés nécessaires.

Duff lui rendit l'objet. « Parfait. Navré de vous avoir importuné. »

La torche s'éteignit.

Quand Conger regagna la pension, il trouva les Appleton devant la télévision. Ils n'en détachèrent même pas les yeux lorsqu'il entra. Il s'arrêta sur le seuil. « Je peux vous poser une question ? » commença-t-il. Mrs. Appleton se retourna lentement. « Puis-je vous demander... Quelle est la date d'aujourd'hui ?

— La date ? répondit-elle en l'observant. Nous sommes le 1ᵉʳ décembre.

— Le 1ᵉʳ décembre ! Mais on était à peine en novembre ! »

Ils le regardèrent l'œil rond. Soudain, cela lui revint. Au xxᵉ siècle, on employait encore ce drôle de calendrier à douze mois. Novembre menait tout droit à décembre ; il n'y avait pas de quartembre entre les deux.

Il s'étrangla. Mais alors, c'était le lendemain, le 2 décembre ! Le lendemain !

« Merci, fit-il. Merci. »

Il gravit l'escalier. Quel imbécile d'avoir oublié cela ! Le Fondateur avait été incarcéré le 2 décembre, selon le journal local. Le lendemain, dans douze heures tout au plus, le Fondateur apparaîtrait, s'adresserait au peuple, et serait emmené de force.

Le soleil brillait ; il faisait bon. Les chaussures de Conger crissaient sur la croûte de neige fondante tandis qu'il marchait sous les arbres aux branchages alourdis. Il gravit une colline dont il dévala l'autre versant en glissant.

Il s'arrêta pour observer les alentours. Partout le silence. Personne en vue. Il extirpa une fine baguette de sa ceinture et en tourna la poignée. Tout d'abord, rien ne se passa. Puis l'air se mit à miroiter.

La cage de cristal se matérialisa et se posa en douceur. Conger poussa un soupir. Il n'était pas fâché de la revoir. Après tout, elle représentait son unique billet de retour.

Il gagna le sommet de la colline et, les mains sur les hanches, parcourut les environs d'un regard plutôt satisfait. Devant lui, en contrebas, le pré Hudson s'étendait jusqu'à la lisière de la ville, vide, plat et recouvert d'une fine couche de neige.

Ici viendrait le Fondateur. Ici il s'adresserait au peuple. Et ici les autorités se saisiraient de lui.

Mais il mourrait avant leur arrivée. Avant même d'avoir parlé.

Conger regagna le globe de cristal, prit le fusil Slem rangé sur l'étagère et en verrouilla la culasse. L'arme était maintenant prête à l'emploi. Il réfléchit un instant. Devait-il la prendre avec lui ?

Non. Il pouvait s'écouler des heures avant la venue du Fondateur, et si quelqu'un l'abordait dans l'intervalle... Lorsqu'il verrait le Fondateur traverser le pré, il irait chercher le fusil.

Conger tourna son regard vers l'emballage plastique bien soigné reposant sur l'étagère, puis alla le défaire.

Il tourna et retourna le crâne dans ses mains. Il frissonna involontairement. Le crâne du Fondateur, un homme qui pourtant vivait encore, qui serait ici le jour même, dans ce pré, à moins de cinquante mètres de lui.

Et s'il se retrouvait face à son propre crâne corrodé et jauni, vieux de deux cents ans ? S'adresserait-il tout de même au peuple ? Parlerait-il, s'il voyait ce crâne antique et grimaçant ? Que trouverait-il à dire ? Quel message pourrait-il bien délivrer ?

Toutes les initiatives devaient paraître futiles quand on avait sous les yeux son propre crâne jauni. Mieux valait jouir d'une vie éphémère, tant qu'on était encore là pour en jouir.

Celui qui tenait son propre crâne entre ses mains croirait sans doute en bien peu de causes et rallierait bien peu de mouvements. Il prêcherait plutôt l'opposé.

Un bruit. Conger se hâta de replacer le crâne sur l'étagère et saisit le fusil Slem. Dehors, quelque chose bougeait. Le cœur battant, il gagna la porte d'un pas vif. Était-ce *lui*, le Fondateur, errant seul dans le froid, en quête d'un lieu où prendre la parole ? Méditait-il sur ses déclarations, choisissait-il ses phrases ?

Et s'il avait vu ce que Conger tenait en main une seconde plus tôt !

Il ouvrit la porte, le fusil pointé.

Lora !

Il la dévisagea, stupéfait. Elle portait une veste en laine et des bottes ; ses mains étaient enfoncées dans ses poches. Un nuage de vapeur s'échappait de son nez et de sa bouche. Il voyait sa poitrine se soulever régulièrement.

Ils s'observèrent en silence. Enfin, Conger baissa le canon de son arme. « Qu'y a-t-il ? Qu'est-ce que vous faites ici ? »

Elle pointa un doigt, manifestement incapable de prononcer un mot. Il fronça les sourcils ; que lui arrivait-il donc ?

« Quoi ? répéta-t-il. Qu'est-ce que vous voulez ? » Il regarda dans la direction qu'elle avait désignée. « Je ne vois rien.

— Ils arrivent.

— Ils ? Qui, ils ? Qui arrive ?

— Eux. Les policiers. Cette nuit, le shérif a réclamé des renforts à la police d'État. Ils sont venus de partout. Ils barrent les routes. Pas loin de soixante en tout. Des policiers d'ici, et aussi des alentours. » Elle s'étrangla. « Ils ont dit... ils ont dit...

— Quoi ?

— Que vous étiez une espèce de communiste. Ils ont dit... »

Conger rentra dans la cage pour reposer le fusil sur l'étagère, puis ressortit. Il sauta à terre et rejoignit la fille.

« Merci. Vous êtes venue me prévenir ? Vous ne les croyez donc pas ?

— Je ne sais pas.

— Vous êtes venue seule ?

— Non. Joe m'a amenée dans son camion.

— Joe ? Qui est-ce ?

— Joe French. Le plombier. Un ami de papa.

— Allons-y. »

Foulant la neige, ils montèrent au sommet de la colline et redescendirent dans le pré. Une camionnette était garée au milieu. Assis au volant, un homme trapu fumait la pipe. Il se redressa en les voyant approcher. « C'est vous, l'homme en question ?

— Oui. Merci de m'avoir prévenu. »

Le plombier haussa les épaules. « Je ne sais rien de tout ça. Lora dit que vous êtes un type bien. » Il se détourna. « Ça vous intéressera peut-être de savoir qu'il en arrive d'autres. Pas pour vous avertir, non ; juste par curiosité.

— Ah bon ? » Conger regarda en direction de la ville. Des silhouettes noires avançaient dans la neige.

« Des gens de la ville. Dans une petite commune comme la nôtre, on ne peut pas garder le secret sur une affaire pareille. Tout le monde écoute les messages radio de la police ; ils ont entendu comme Lora. Quelqu'un a capté la nouvelle et l'a répandue... »

Les silhouettes se précisaient. Il en reconnut deux ou trois. Bill Willet en compagnie de quelques lycéens. Et les Appleton, un peu à la traîne.

« Même Ed Davies », murmura Conger.

Le commerçant cheminait péniblement dans le pré avec trois ou quatre de ses concitoyens.

« Tous curieux comme des fouines, remarqua French. Bon, je crois que je vais retourner en ville. Je ne veux pas voir ma camionnette criblée de balles. Viens, Lora. » La jeune fille regardait Conger en ouvrant de grands yeux. « Allez, viens, réitéra le plombier. Partons. Tu ne peux pas rester là, tu sais.

— Pourquoi ?

— Il peut y avoir des coups de feu. C'est ce qu'ils viennent tous voir. Vous le savez, n'est-ce pas, Conger ?

— Oui.

— Vous avez une arme ? Ou bien vous vous en fichez ? » French eut un petit sourire. « Ils ont déjà arrêté pas mal de monde. Vous ne vous sentirez pas seul. »

Non, il ne s'en fichait pas ! Il devait rester là, dans le pré. Il ne pouvait se permettre de se faire arrêter. À tout instant, le Fondateur risquait d'apparaître. Serait-ce l'un des citadins silencieux qui attendaient patiemment au bout du pré ?

Ou alors c'était Joe French. Ou l'un des policiers. N'importe lequel d'entre ces gens pouvait tout à coup se mettre en tête de prendre la parole. Et les quelques phrases qu'il prononcerait pèseraient lourd pour de longues années !

Oui, Conger devait être là, prêt à tirer dès le premier mot prononcé !

« Non, je ne m'en fiche pas, dit-il. Rentrez en ville. Et emmenez-la. »

Lora s'assit, toute raide, au côté de Joe French. Le plombier démarra. « Regardez-les plantés là, lança-t-il. De vrais vautours. Venus voir un homme se faire tuer. »

La camionnette s'éloigna, emportant Lora qui se tenait toute droite, muette et effrayée. Conger la suivit un moment du regard. Puis il se hâta de regagner le couvert des arbres et fila vers la crête.

Il pouvait s'enfuir, bien sûr. À tout instant. Il lui suffisait de sauter dans la cage en cristal et de tourner les poignées. Mais il avait une tâche à accomplir, une tâche primordiale. Il lui fallait rester là, à cet endroit précis, en cette seconde précise.

Il atteignit la cage, entra et prit son arme. Le fusil Slem réglerait la question. Il poussa le curseur au maximum. La réaction en chaîne les aplatirait tous, policiers, curieux et sadiques...

Ils ne l'arrêteraient pas. Ils seraient morts avant d'avoir pu le capturer. *Lui* au moins s'enfuirait. Pas comme l'autre. Il leur échapperait et d'ici la fin de la journée, ils seraient tous morts, si c'était ce qu'ils voulaient ; quant à lui, il...

Son regard tomba sur le crâne.

Reposant son arme, il s'en saisit, le retourna, en examina les dents. Puis il alla devant le miroir.

Là, il l'éleva en s'observant dans la glace et le pressa contre sa joue. Le crâne grimaçant lui retourna son regard, tout à côté de *son* crâne à lui, de sa chair bien vivante.

Il dénuda ses dents. Et il sut.

C'était son propre crâne qu'il tenait. C'était lui qui allait mourir. Il était le Fondateur.

Au bout d'un temps, il reposa le crâne. Pendant quelques minutes, debout face au tableau de bord, il joua négligemment avec les commandes. Il entendait des bruits de moteurs, le brouhaha de tout un rassemblement. Devait-il regagner le présent, où l'attendait le Porte-parole ? Bien sûr, il pouvait toujours s'échapper...

Fuir ?

Il reporta son regard sur le crâne. Son propre crâne jauni par les ans. Fuir ? Fuir alors qu'il l'avait tenu dans ses mains ?

À quoi bon retarder l'échéance d'un mois, d'un an, de dix ans, voire de cinquante ? Le temps n'était rien. Il avait bu un chocolat avec une fille née cent cinquante ans avant lui. Fuir ? Quelque temps, peut-être.

Mais il ne pourrait pas *vraiment* fuir, pas plus que les autres, que ce soit par le passé ou dans l'avenir.

Cependant, il avait tenu ses propres ossements dans ses mains ; sa propre tête de mort.

Pas eux.

Il franchit la porte et s'engagea dans le pré les mains vides. Ils étaient nombreux à l'attendre. Ils escomptaient une belle bagarre ; ils savaient qu'il possédait quelque chose. Ils avaient entendu parler de l'incident du bar.

Il y avait aussi beaucoup de policiers ; munis de fusils et de bombes lacrymogènes, ils se coulaient sur les versants et sur les crêtes et se faufilaient entre les arbres en se rapprochant toujours plus. En ce siècle, cela n'avait rien d'exceptionnel.

Un des spectateurs lui jeta un objet, qui tomba dans la neige à ses pieds. Il baissa les yeux. Une pierre. Il sourit.

« Allez ! cria l'un d'eux. T'as pas de bombes ?

— Une bombe ! Hé, le barbu ! Lance une bombe !

— Fais-leur en voir !

— Largue quelques bombes A ! »

Ils se mirent à rire. Lui souriait toujours. Il mit les poings sur ses hanches. Soudain ils se turent, voyant qu'il allait parler.

« Désolé, dit-il simplement. Je n'ai pas de bombes. Vous vous trompez. »

Une vague de murmures.

« Je possède bien un fusil, poursuivit-il. Un très bon fusil. L'œuvre d'une science plus avancée que la vôtre. Mais je ne vais pas l'utiliser non plus. »

Ils en restèrent perplexes.

« Pourquoi ? » lança quelqu'un.

Parmi les plus proches spectateurs, une femme d'âge mûr le dévisageait. Il éprouva un choc brusque. Il l'avait déjà vue. Mais où ?

Puis il se souvint. Le jour où il était allé la bibliothèque. Au coin de cette rue. Elle l'avait reconnu, et son visage avait exprimé sa stupéfaction. Sur le moment, il n'avait pas compris pourquoi.

Il sourit. Ainsi il allait bien échapper à la mort, l'homme qui en cet instant l'acceptait sans regret. Les autres se riaient de lui, qui possédait un fusil mais refusait de s'en servir. Mais par un étrange subterfuge rendu possible par la science, il réapparaîtrait quelques mois plus tard, une fois ses os enfouis sous le pavé d'une prison.

Ainsi, par un chemin détourné, il échapperait à la mort. Il allait mourir, puis revivre brièvement l'espace d'un après-midi.

Un après-midi. Pourtant, cela suffirait pour qu'ils le voient, pour qu'ils comprennent qu'il vivait encore. Qu'ils sachent qu'il avait mystérieusement repris vie.

Enfin, il réapparaîtrait une fois de plus, au bout de deux cents ans. Oui, deux siècles plus tard.

Il renaîtrait, ou plutôt *naîtrait* dans un petit village marchand de Mars. Il grandirait, apprendrait la chasse, le commerce...

Une voiture de police s'arrêta à la lisière du pré. Les gens reculèrent. Conger leva les bras au ciel.

« Voici un étrange paradoxe. Ceux qui prennent la vie d'autrui perdront la leur. Ceux qui tuent mourront. Mais celui qui donne sa vie revivra ! »

Ils partirent d'un rire nerveux. Les policiers descendaient de voiture et venaient vers lui. Il sourit. Il avait dit tout ce qu'il avait à dire. Il leur avait concocté un joli petit paradoxe qu'ils essaieraient de résoudre, et qu'ils garderaient éternellement en mémoire.

Toujours souriant, Conger attendit une mort décrétée de longue date.

Le Grand O

Ce fut seulement à l'heure du départ qu'on lui apprit les questions à poser.

Pour cela, Walter Kent l'entraîna à l'écart et lui posa ses mains sur les épaules en le regardant droit dans les yeux. « Souviens-toi : personne n'en est jamais revenu. Tu serais le premier en l'espace de cinquante ans. »

Tim Meredith acquiesça, nerveux et gêné mais réconforté par les paroles de Kent. Après tout, ce vieillard impressionnant aux cheveux et à la barbe gris fer était leur Chef de Tribu. Un bandeau masquait son œil droit, et il portait deux couteaux à la ceinture, au lieu d'un seul comme le voulait la coutume. Et on disait qu'il avait des lettres.

« Le voyage lui-même ne te prendra guère plus d'une journée. Nous te donnerons un pistolet. Et des balles, mais nul ne sait combien sont encore efficaces. Tu as de quoi manger ? »

Meredith fouilla dans son paquetage et en sortit une boîte métallique à laquelle était attachée une clé. « Ça devrait suffire, dit-il en retournant la boîte dans ses mains.

— Et l'eau ? »

Meredith agita son bidon.

« Bien. »

Kent étudia le jeune homme. Meredith avait revêtu des bottes, un manteau en peau et des jambières. Un casque en métal rouillé protégeait sa tête. À son cou pendaient des jumelles retenues par une lanière de cuir brut.

Kent effleura les gants épais qui enveloppaient les mains du jeune homme. « Notre dernière paire, dit-il. On n'en reverra jamais plus de pareils.

— Dois-je les laisser ici ?

— Nous allons espérer qu'ils reviendront — avec toi. »

Kent le prit par le bras et l'attira encore plus à l'écart pour que personne ne les entende. Silencieux, attentifs, les autres membres de la tribu, hommes, femmes et enfants, se tenaient les uns contre les autres à la limite de l'Abri. Celui-ci était en béton renforcé par des étais récupérés çà et là. Jadis, dans un lointain passé, il y avait eu un entrelacs de feuilles et de branchages sur le rebord, mais tout avait pourri à mesure que les fils de fer rouillaient et cassaient. De toute manière, il ne passait désormais plus rien dans le ciel qui soit susceptible de repérer ce petit cercle de ciment, l'entrée de l'immense réseau de salles souterraines où vivait à présent la tribu.

« Bon, dit Kent. Et maintenant, les trois questions. » Il s'approcha tout près de Meredith. « Tu as bonne mémoire ?

— Oui.

— Combien de livres as-tu mémorisés ?

— On ne m'en a lu que six, murmura Meredith, mais je les sais tous.

— Cela suffit amplement. Bon, écoute. Nous avons passé une année entière à élaborer ces questions. Malheureusement, on ne peut en poser que trois, aussi les avons-nous choisies avec soin. » Sur ce, il souffla les questions à l'oreille du jeune homme.

Il s'ensuivit un silence. Meredith méditait les questions en les tournant et les retournant dans sa tête. « Crois-tu que le Grand O saura y répondre ? dit-il enfin.

— Je ne sais pas. Ce sont des questions difficiles. »

Meredith hocha la tête. « Oui. Prions. »

Kent lui donna une claque sur l'épaule. « Bon. Tu es prêt à partir. Si tout se passe bien, tu seras de retour dans deux jours. Nous guetterons ton arrivée. Bonne chance, mon garçon.

— Merci. »

Meredith retourna lentement vers les autres. Les yeux brillants d'émotion, Bill Gustavson lui tendit le pistolet sans un mot.

« Une boussole », dit John Page en s'écartant de sa compagne.

Il tendit à Meredith une petite boussole de l'armée. Sa jeune épouse, une petite brune enlevée à une tribu voisine, lui adressa un sourire d'encouragement.

« Tim ! » Meredith se retourna. Anne Fry venait vers lui en courant.

Il tendit les mains et s'empara des siennes. « Tout ira bien, lui dit-il. Ne t'en fais pas.

— Tim. » Elle lui jeta un regard fiévreux. « Tim, sois prudent. Tu me le promets ?

— Bien sûr. » Il sourit et passa une main maladroite dans les courts cheveux drus de la jeune femme. « Je reviendrai. » Mais dans son cœur se formait comme un bloc de glace. Le froid de la mort. Il s'écarta brusquement d'elle. « Au revoir », lança-t-il à la cantonade.

La tribu lui tourna le dos et s'éloigna. Il était seul. Il n'avait plus qu'à se mettre en route. Il se répéta une fois de plus les trois questions. Pourquoi l'avaient-ils choisi lui ? Enfin, il fallait bien que quelqu'un y aille. Il se dirigea vers la limite de la clairière.

« Au revoir ! » s'écria Kent, debout près de ses fils.

Meredith agita la main. Un moment plus tard il s'enfonçait dans la forêt, une main sur son couteau et l'autre étreignant sa boussole.

Il marchait à une allure soutenue en balançant sans cesse son couteau de droite à gauche pour sectionner les lianes et les plantes grimpantes qui pouvaient entraver sa progression. De temps en temps des insectes géants détalaient dans l'herbe sous ses pieds. Une fois, il vit même un scarabée pourpre presque aussi gros que son poing. Existait-il des créatures pareilles avant la Débâcle ? Sans doute pas. Un des livres qu'il avait appris traitait des espèces qui vivaient sur Terre en ces temps-là, mais il n'y était pas question d'insectes géants. Les animaux étaient élevés en troupeaux et régulièrement abattus, se remémora-t-il. Personne ne chassait ni ne posait de pièges.

Cette nuit-là, il campa sur une dalle en béton, fondations d'un édifice dont il ne subsistait rien. Il se réveilla par deux fois en entendant des choses bouger autour de lui, mais elles n'approchèrent pas ; au lever du soleil Meredith était toujours sain et sauf. Il ouvrit sa boîte de rations et mangea. Puis il rassembla ses affaires et reprit sa route. Vers le milieu de la journée, le compteur qu'il portait à la ceinture se mit à cliqueter de manière alarmante. Il s'immobilisa, inspira profondément et réfléchit.

Pas de doute, il arrivait aux ruines. À partir de maintenant, il pouvait s'attendre à rencontrer partout des zones irradiées. Il tapota son compteur ; très utile, vraiment. Il parcourut une courte distance en procédant avec prudence. Le cliquetis cessa ; il avait passé la zone dangereuse. Meredith gravit une pente en se frayant un passage au couteau parmi les lianes. Une horde de papillons lui sauta au visage ; il frappa au hasard. Arrivé en haut, il se redressa et porta ses jumelles à ses yeux.

Au loin, il distingua une coulée noire au milieu d'une infinité de vert. Un lieu détruit par le feu. Une vaste trouée de terre brûlée, de métal fondu et de béton. Il retint son souffle. C'étaient les ruines ; il approchait. Pour la première fois de sa vie, il voyait de ses yeux les vestiges d'une ville, les piliers brisés et autres décombres qui avaient été autant d'immeubles et de rues.

Une idée folle lui vint. Il pouvait se cacher ici, sans aller plus loin ! Se dissimuler dans les fourrés et attendre. Alors, quand tous le croiraient mort et que les éclaireurs de la tribu seraient repartis, il filerait discrètement vers le nord pour s'en aller loin, très loin d'eux.

Le Nord... Une autre tribu y vivait, une grande. Avec eux, il serait en sécurité. On ne le retrouverait jamais, et de toute manière, les tribus du Nord avaient des bombes et des bactériosphères. S'il réussissait à les rejoindre...

Non. Il prit une profonde inspiration. Ce n'était pas bien. On l'avait envoyé en mission. Chaque année un jeune partait comme lui, porteur de trois questions sélectionnées avec soin. Des questions difficiles, dont nul homme ne détenait la réponse. Il les passa de nouveau en revue. Le Grand O saurait-il y répondre ? À toutes les trois ? On disait que le Grand O savait tout. Depuis un siècle il répondait aux questions dans sa gigantesque demeure en ruine. S'il n'y allait pas, si aucun jeune homme ne se présentait... Meredith frissonna. Il déclencherait une deuxième Débâcle, semblable à la première. Il l'avait fait une fois, il saurait bien le refaire. Meredith n'avait pas le choix ; il devait continuer.

Il abaissa ses jumelles et descendit le flanc de la colline. Un énorme rat gris croisa son chemin. Il dégaina vivement son couteau, mais le rat fila. Les rats étaient néfastes. C'étaient eux qui portaient les germes.

Une demi-heure plus tard son compteur cliqueta de nouveau, mais cette fois en s'affolant. Meredith battit en retraite. Une fosse pleine de décombres béait devant lui, un cratère de bombe que la végétation ne recouvrait pas encore. Mieux valait le contourner. Il en fit lentement le tour en regardant bien autour de lui. Le compteur cliqueta une fois encore, puis se tut : une courte salve, comme une rafale de mitraillette. Puis ce fut le silence. Meredith était en sécurité.

Plus tard dans la journée, il mangea encore quelques rations et but l'eau que contenait son bidon. Ce ne serait plus très long maintenant. Il y serait avant la tombée de la nuit. Il longerait des rues désertes pour gagner l'amas informe de pierres et de piliers qui était *sa* demeure. Il en gravirait les marches. On lui avait décrit tout cela bien des fois. Chaque pierre était répertoriée sur une carte, qu'ils gardaient précieusement dans l'Abri. Il connaissait par cœur la rue menant à la maison en question. Il savait que les grandes portes gisaient par terre, fracassées. Il savait à quoi ressembleraient les longs couloirs vides, à l'intérieur. Il entrerait dans une grande salle obscure pleine d'araignées, de chauves-souris et d'échos. Et il serait là. Le Grand O. Il attendrait en silence d'entendre les questions.

Trois — pas une de plus. Il les écouterait. Puis il méditerait. En dedans, il vibrerait et jetterait des éclairs. Rouages, interrupteurs et bobines se mettraient en mouvement. Des contacteurs s'ouvriraient, se fermeraient...

Le Grand O donnerait-il les bonnes réponses ?

Meredith repartit. Loin devant lui, des kilomètres de forêt enchevêtrée ; et après, le contour des ruines, de plus en plus précis.

Le soleil allait se coucher lorsque Meredith gravit un amas de pierraille et contempla à ses pieds les restes d'une cité. Il prit la torche suspendue à sa ceinture et l'alluma. Le faisceau vacilla et faiblit : ses petites batteries étaient presque mortes. Mais il distinguait les rues détruites et les tas de gravats. Vestiges d'une ville où son grand-père avait vécu.

Il redescendit de l'autre côté, se laissa tomber dans la rue et heurta le sol avec un bruit sourd. Son compteur cliqueta rageusement, mais il fit la sourde oreille. De toute façon, il n'y avait pas d'autre accès. À l'autre bout, un mur de scories vitrifiées formait un obstacle infranchissable. Il marchait d'un pas lent en respirant profondément. Il distingua dans la pénombre du crépuscule quelques oiseaux perchés sur les pierres et, çà et là, un lézard qui disparaissait furtivement dans une crevasse. Il y avait donc de la vie ici. Des oiseaux et des lézards qui s'étaient accoutumés à se faufiler entre les ossements et les décombres. Mais il ne venait jamais rien d'autre, ni tribus ni gros animaux. En général, les espèces animales — même les chiens sauvages — évitaient ce genre d'endroit. Et Meredith n'en était guère surpris.

Il continua d'avancer en dirigeant le maigre faisceau de sa torche d'un côté puis de l'autre. Il évita un trou béant révélant un ancien abri souterrain. De part et d'autre, des vestiges de canons pointaient leurs fûts tout tordus. Meredith n'avait jamais tiré avec une arme à feu. Sa tribu possédait très peu d'armes en métal. Ils dépendaient surtout de ce qu'ils savaient fabriquer : lances et sarbacanes, arcs et flèches, massues en pierre...

Un colosse se dressa soudain au-dessus de lui : les vestiges d'un formidable bâtiment. Il dirigea sa torche vers le haut, mais le faisceau ne portait pas assez loin. Était-ce la maison du Grand O ? Non. Il n'y était pas encore. Il franchit les restes d'une barricade : plaques de métal, sacs de sable éventrés, fil de fer barbelé...

Il atteignit son but quelques instants plus tard.

Les mains sur les hanches, il regarda, en haut des marches de béton, la cavité obscure qui marquait l'emplacement de la porte. Il était arrivé. Bientôt il ne pourrait plus revenir en arrière. S'il s'avançait encore, il s'engageait à aller jusqu'au bout. Dès que ses bottes fouleraient les marches, sa décision serait prise. Derrière la porte béante, il n'y aurait pas long jusqu'au bout du couloir dont les méandres s'enfonçaient au cœur de l'immeuble.

Meredith resta longtemps perdu dans ses pensées, à caresser sa barbe noire. Que faire ? Fuir, rebrousser chemin, repartir d'où il était venu ? Avec son arme, il abattrait assez de gibier pour pouvoir subsister. Puis il irait vers le nord...

Mais non. On comptait sur lui pour poser ces trois questions. S'il ne le faisait pas, quelqu'un d'autre devrait reprendre le flambeau. Pas question de flancher. Les dés en étaient jetés, et cela depuis le jour où on l'avait choisi. Maintenant, il était bien trop tard.

Il entreprit de gravir les marches encombrées de gravats, précédé par le faisceau de sa torche. Il s'immobilisa sur le seuil. Au-dessus de lui, des mots gravés dans le béton. Lui aussi savait ses lettres. Voyons s'il pouvait déchiffrer l'inscription... Lentement, il épela : STATION FÉDÉRALE DE RECHERCHE N° 7 — LAISSEZ-PASSER EXIGÉ.

Cela ne lui disait rien. Sauf, peut-être, le terme « fédérale ». Il l'avait déjà entendu, mais où ? Il haussa les épaules. Peu importait. Il repartit.

Il ne lui fallut que quelques minutes pour négocier l'enfilade de couloirs. Une fois, il tourna à droite par erreur et se retrouva dans une cour défoncée, jonchée de dalles descellées et de câbles arrachés, envahie de mauvaises herbes noires et visqueuses. Mais ensuite il s'orienta correctement en gardant une main sur le mur pour éviter de bifurquer par erreur. De temps en temps son compteur cliquetait, mais il n'en tint pas compte. Enfin, une bouffée d'air sec et fétide le frappa au visage et le mur de béton qu'il longeait s'interrompit abruptement. C'était là. Il promena le faisceau lumineux tout autour de lui. Devant s'ouvrait une arche. Il y était. Meredith leva les yeux. Encore des mots gravés, cette fois sur une plaque de métal vissée dans le béton.

DIVISION INFORMATIQUE
ENTRÉE RÉSERVÉE AU PERSONNEL AUTORISÉ
INTERDIT À TOUTE PERSONNE ÉTRANGÈRE AU SERVICE

Il sourit. Mots, signes, lettres... Disparu tout cela, oublié. Il passa sous l'arche. Un nouveau courant d'air l'effleura, assez violent cette fois. Une chauve-souris effrayée prit son envol avec force battements d'ailes. Au son que rendaient ses bottes, il devina que la pièce était immense, beaucoup plus vaste qu'il n'aurait cru. Il trébucha sur quelque chose et s'arrêta promptement pour éclairer l'obstacle de sa torche.

Tout d'abord, il ne comprit pas de quoi il s'agissait. La salle était pleine d'objets dressés, alignés par centaines, qui tombaient en miettes. Perplexe, il fronça les sourcils. Des idoles ? Des statues ? Puis il comprit. C'était fait pour s'asseoir. Des rangées de sièges désagrégés par la pourriture. Il en heurta un du pied : il s'effondra en un amas informe, libérant un nuage de poussière qui se dispersa dans l'obscurité. Meredith éclata de rire.

« Qui est là ? » fit une voix.

Il se figea. Sa bouche s'ouvrit mais aucun son n'en sortit. Des gouttelettes de sueur glacée perlèrent sur sa peau. Il déglutit, s'essuya les lèvres de ses doigts raidis.

« Qui est là ? » redemanda la voix métallique, dure et pénétrante, dépourvue de toute nuance chaleureuse.

Une voix sans émotion. Une voix d'acier et de cuivre. Née de bobinages et de connecteurs.

Le Grand O !

Il avait peur ; jamais il n'avait eu aussi peur. Il en tremblait de la tête aux pieds. Il s'engagea maladroitement dans l'allée centrale, entre les sièges décomposés, en s'éclairant de sa torche.

Une série de lumières luisait au loin, un peu en hauteur. Un bourdonnement se fit entendre. Conscient de sa présence, le Grand O sortait de sa léthargie. De nouveaux voyants s'allumèrent, d'autres interrupteurs cliquetèrent.

« Qui es-tu ? dit le Grand O.

— Je... je suis venu poser des questions. » Meredith avança en trébuchant vers la rangée de lumières. Il heurta une barre de fer, partit en arrière et essaya de recouvrer son équilibre. « Trois questions. Pour vous. »

Silence.

« Oui, dit enfin le Grand O. Le temps des questions est revenu. Vous les avez donc préparées pour me les poser ?

— Oui. Elles sont très ardues. Vous ne les résoudrez pas facilement, je crois. Peut-être même en serez-vous incapable. Nous...

— J'y répondrai. J'ai toujours répondu. Approche. » Meredith s'avança dans l'allée, en évitant la barrière métallique. « Oui, je saurai répondre. Vous les trouvez difficiles. Vous autres êtres humains n'avez pas idée des questions qu'on me soumettait jadis. Avant la Débâcle, je résolvais des problèmes qui dépassent votre entendement. Il me fallait des jours entiers de calculs. Les hommes, eux, auraient mis des mois à parvenir au même résultat. »

Meredith rassembla un semblant de courage. « Est-il vrai qu'on venait des quatre coins du monde pour vous interroger ?

— Oui. Des scientifiques de tous les continents me questionnaient, et je répondais. On ne pouvait me prendre en défaut.

— Comment... comment êtes-vous venu à l'existence ?

— Est-ce une de tes trois questions ?

— Non. » Meredith secoua promptement la tête. « Bien sûr que non.

— Approche, reprit le Grand O. Je ne discerne pas bien ta silhouette. Tu viens de la tribu toute proche de la ville ?

— Oui.

— Combien êtes-vous ?

— Plusieurs centaines.

— Votre population s'accroît.

— Il y a toujours plus d'enfants. » Meredith se rengorgea, tout fier. « Moi-même, j'ai eu des enfants de huit femmes différentes.

— Merveilleux », dit le Grand O d'un ton que Meredith ne sut interpréter.

Un silence.

« J'ai une arme, reprit Meredith. Un pistolet.

— Ah oui ? »

Le jeune homme le lui montra. « Je n'ai encore jamais tiré au pistolet. Nous avons des balles, mais nous ne savons pas si elles sont toujours valables.

— Comment t'appelles-tu ?

— Meredith. Tim Meredith.

— Et tu es jeune, bien sûr.

— Oui. Pourquoi ?

— Je te vois assez bien, dit le Grand O en faisant la sourde oreille. Mon matériel a été partiellement détruit lors de la Débâcle, mais je vois encore un peu. À l'origine, je prenais visuellement connaissance des problèmes mathématiques. Ainsi, on gagnait du temps. Je vois que tu portes un casque et des jumelles. Et des bottes de l'armée. D'où les tiens-tu ? Ta tribu ne fabrique pas ce genre d'objets, si ?

— Non. On les a trouvés dans des casiers souterrains.

— Matériel militaire abandonné pendant la Débâcle, estima le Grand O. Appartenant aux Nations-Unies, si j'en juge par la teinte.

— C'est vrai que... que vous pourriez provoquer une deuxième Débâcle ? Vous pourriez vraiment recommencer ?

— Bien sûr ! Et à tout moment. Tout de suite.

— Mais comment ? demanda Meredith avec prudence. Dites-moi comment.

— De la même façon, répondit le Grand O sans préciser davantage. Je l'ai déjà fait — comme ta tribu le sait si bien.

— La légende dit que le monde entier s'est embrasé. Brusquement dévasté par... par les atomes. Que vous avez inventé les atomes et que vous les avez donnés au monde. Que vous les avez fait tomber du ciel. Mais nous ne savons pas *comment*.

— Je ne le révélerai jamais. Ce savoir est trop terrible. Mieux vaut qu'il reste dans l'oubli.

— Si vous le dites, murmura Meredith. L'homme vous a toujours écouté. Il est toujours venu poser des questions et écouter les réponses. »

Le Grand O demeura silencieux. « Tu sais, dit-il enfin, j'existe depuis très longtemps. Je me rappelle l'existence avant la Débâcle. Je pourrais t'en dire très long là-dessus. La vie était bien différente en ce temps-là. Vous, vous portez la barbe et vous chassez des animaux dans les bois. Avant la Débâcle, il n'y avait pas de forêts. Seulement des fermes et des villes. Et les hommes se rasaient de près. Beaucoup d'entre eux portaient des vêtements blancs. C'étaient des scientifiques. Ils étaient remarquables. J'ai été construit par des scientifiques.

— Que leur est-il arrivé ?

— Ils sont partis, répondit vaguement le Grand O. Tu connais le nom d'Einstein ? Albert Einstein ?

— Non.

— C'était le plus grand de tous. Tu es sûr que tu ne connais pas son nom ? » Le Grand O parut déçu. « J'ai résolu des problèmes auxquels même *lui* n'aurait pu répondre. Il existait d'autres Ordinateurs, en ce temps-là, mais aucun n'était aussi puissant que moi. »

Meredith acquiesça en silence.

« Quelle est ta première question ? demanda le Grand O. Pose-la-moi et j'y répondrai. »

Une bouffée de crainte envahit Meredith. Ses genoux se dérobèrent. « La première question ? dit-il. Un instant. Je dois réfléchir.

— L'aurais-tu oubliée ?

— Non. Mais je dois les poser dans l'ordre. » Il s'humecta les lèvres et passa ses doigts nerveux dans sa barbe. « Voyons. Je vous livre la plus facile en premier. Mais elle reste très difficile quand même. Le Chef de la Tribu...

— Vas-y. »

Meredith hocha la tête, leva brièvement les yeux et déglutit. Quand il reprit la parole, ce fut d'une voix sèche et rauque. « Première question. D'où... d'où est-ce que...

— Plus fort », dit le Grand O.

Meredith prit une profonde inspiration. « D'où est-ce que vient la pluie ? »

Un silence.

« Vous le savez ? » demanda-t-il, tendu par l'expectative. Des rangées de lumières jouaient au-dessus de lui. Le Grand O réfléchissait. Puis il émit une vibration grave. « Vous connaissez la réponse ?

— À l'origine, la pluie provient de la Terre, principalement des océans, fit le Grand O. Elle s'élève dans les airs par un phénomène d'évaporation. L'agent de ce processus est la chaleur du soleil. L'humidité des océans s'élève sous forme de minuscules particules. Lorsqu'elles atteignent une altitude suffisante, celles-ci pénètrent une couche d'air plus froid. À ce stade se produit la condensation. Les gouttelettes s'amassent en vastes nuages. Quand il y en a en quantité suffisante, l'eau retombe sous la forme de gouttes, auxquelles vous donnez le nom de pluie. »

Meredith se frotta distraitement le menton en hochant la tête. « Je vois. » Nouveau mouvement de tête. « Alors c'est comme ça que ça se passe ?

— Oui.

— Vous en êtes certain ?

— Absolument. Quelle est la deuxième question ? Celle-ci n'était pas très difficile. Tu n'as pas idée du savoir stocké en moi. Autrefois, je répondais à des questions sur lesquelles butaient les plus grands esprits du monde. Enfin, ils auraient pu répondre, mais pas aussi vite que moi. Question suivante ?

— Elle est beaucoup plus difficile. » Meredith eut un petit sourire. Le Grand O avait répondu à la question sur la pluie, mais il ne connaissait certainement pas la réponse à celle-ci. « Dites-moi, fit-il lentement. Répondez-moi si vous le pouvez : qu'est-ce qui fait bouger le Soleil dans le ciel ? Pourquoi ne s'arrête-t-il jamais ? Pourquoi ne tombe-t-il pas par terre ? »

Le Grand O émit un drôle de bourdonnement, presque un rire. « La réponse va t'étonner. Le soleil ne bouge pas. Du moins, ce que tu perçois comme un mouvement n'en est pas un. Ce que tu vois, c'est en fait la Terre qui tourne autour du soleil. Comme tu es sur Terre, tu as l'impression de rester immobile tandis que le Soleil se déplace. Mais les neuf planètes, Terre comprise, tournent autour du Soleil en suivant des orbites elliptiques régulières. Il en est ainsi depuis des millions d'années. Cela répond-il à ta question ? »

Le cœur de Meredith se serra. Il fut pris de tremblements incoercibles, puis réussit enfin à reprendre ses esprits. « J'ai peine à le croire. Vous dites la vérité ?

— Je ne connais qu'elle. Mentir m'est impossible. Quelle est la troisième question ?

— Attendez, dit Meredith d'une voix pâteuse. Laissez-moi réfléchir un moment. » Il s'éloigna. « Je dois m'interroger.

— Pourquoi ?

— Attendez. »

Meredith recula et s'assit sur ses talons, le regard dans le vague. Ce n'était pas possible. Le Grand O avait répondu aux premières questions sans le moindre problème ! Mais comment pouvait-il savoir ces choses ? Le soleil, le ciel... Le Grand O restait pourtant emprisonné dans sa demeure. Comment savait-il que le Soleil ne bougeait pas ? Meredith en avait le vertige. Comment connaissait-il ce qu'il ne voyait pas ? À l'aide de livres, peut-être. Il secoua la tête pour s'éclaircir les idées. Peut-être lui avait-on lu des livres là-dessus avant la Débâcle. Il fronça les sourcils et serra les lèvres. Oui, c'était sans doute ça. Il se releva lentement.

« Tu es prêt, maintenant ? demanda le Grand O. Pose ta question.

— Vous ne saurez sûrement pas y répondre. Aucune créature vivante ne peut détenir la solution. Voici. Comment le monde a-t-il commencé ? » Meredith sourit. « Vous ne pouvez pas le savoir. Vous n'existiez pas avant le monde. Il est donc impossible que vous connaissiez la réponse.

— Plusieurs théories s'affrontent, énonça posément le Grand O. La plus satisfaisante est l'hypothèse de la nébuleuse. Selon elle, l'effondrement progressif de... »

Meredith l'écouta, abasourdi ; il n'entendait que la moitié des mots. Était-ce possible ? Le Grand O pouvait-il vraiment savoir comment le monde avait été formé ? Il reprit ses esprits et tenta de rattraper le fil.

« ... Il y a plusieurs manières de vérifier cette théorie, et de lui accorder la prééminence sur les autres. Parmi ses concurrentes, la plus populaire — mais finalement discréditée — pose qu'une deuxième étoile s'est approchée de la nôtre, provoquant une violente... »

Le Grand O discourait, emporté par son sujet. De toute évidence, il s'intéressait à la question. C'était manifestement le genre de problème qu'on lui posait jadis, avant la Débâcle. Les trois questions que la Tribu avait préparées pendant toute une année avaient été élucidées sans la moindre difficulté. Assommé, Tim n'en croyait pas ses oreilles.

Le Grand O conclut sa démonstration. « Alors, dit-il, tu es satisfait ? Tu vois, je connais les réponses. Tu te figurais vraiment que j'échouerais ? »

Meredith se tut. Il en restait hébété, choqué, terrifié. La sueur ruisselait sur son visage et dans sa barbe. Il ouvrit la bouche, mais aucun son n'en sortit.

« Et maintenant, reprit le Grand O, puisque j'ai su répondre, je te saurais gré d'avancer. »

Meredith s'approcha avec raideur, le regard rivé droit devant lui, comme s'il était en transe. La lumière se fit brusquement autour de lui et illumina bientôt la pièce. Pour la première fois, il vit le Grand O. Pour la première fois, les ténèbres se dissipèrent.

Un énorme cube de métal terne et rouillé reposant sur une estrade. Une portion du toit s'était effondrée au-dessus de lui, et des blocs de béton avaient cabossé son flanc droit.

Tubes métalliques et pièces diverses étaient éparpillés autour de l'estrade, éléments brisés ou tordus arrachés par la chute du toit.

Jadis le Grand O avait arboré une surface luisante. Mais le cube était à présent couvert de taches et de détritus. L'eau avait ruisselé par la brèche du toit, la pluie et la crasse avaient maculé les murs. Des oiseaux étaient venus s'y percher, laissant derrière eux plumes et fientes. La plupart des câbles reliant le cube au panneau de contrôle avaient été sectionnés lors du désastre originel.

Parmi les pièces et les bouts de fils éparpillés ou entassés autour de l'estrade, on distinguait autre chose. Des piles d'ossements disposés en cercle devant le Grand O, ainsi que des morceaux de vêtements, des boucles de ceinture métalliques, des épingles, un casque, des couteaux, une boîte de rations.

Les restes des cinquante jeunes gens venus poser leurs trois questions. Chacun espérant, priant même, pour que le Grand O ne connaisse pas les réponses.

« Monte », dit le Grand O.

Meredith obtempéra. Devant lui, une courte échelle métallique menait au sommet du cube. Il la gravit sans comprendre, l'esprit vide, en enchaînant des gestes mécaniques. Une portion de surface se rétracta en grinçant.

Il regarda vers le bas. Il avait sous les yeux une cuve emplie d'un liquide tourbillonnant qui s'ouvrait dans les entrailles du cube, les profondeurs mêmes du Grand O. Il hésita, s'arc-bouta soudain et recula.

« Saute », dit le Grand O.

Un long moment, Meredith se tint en équilibre sur le rebord, le regard plongé dans la cuve, paralysé de frayeur et d'horreur. Sa tête bourdonnait, sa vision se brouillait. La pièce commençait à s'incliner et tournoyer lentement. Il oscillait d'avant en arrière.

« Saute », répéta le Grand O.

Il sauta.

Quelques instants plus tard, la plaque métallique se remit en place. La surface du cube était à nouveau uniforme.

À l'intérieur, au cœur de la machinerie, l'acide chlorhydrique contenu dans la cuve tourbillonnait et absorbait peu à peu dans ses remous le corps inerte qui finit par se dissoudre. Ses différents composants furent absorbées par des conduits et autres tuyaux et bientôt distribués à tous les éléments du Grand O. Enfin, toute activité cessa. Le cube immense retomba dans le silence.

Les lumières s'éteignirent une à une. Les ténèbres reprirent possession de la salle.

Le dernier stade de la digestion se manifesta par l'ouverture d'une fente étroite sur l'avant du Grand O. Une masse grise en fut expulsée : des os, un casque métallique. Le tout alla rejoindre le rebut laissé par les cinquante jeunes gens précédents. Puis la dernière lumière s'éteignit, et la machinerie se tut. Le Grand O attendait maintenant l'année suivante.

Au bout du troisième jour, Kent sut que le jeune homme ne reviendrait pas. Muet, le visage sombre, un pli soucieux au front, il regagna l'Abri avec les Éclaireurs de la Tribu.

« Encore un de disparu, dit Page. J'étais si sûr qu'il ne répondrait pas à ces trois-là ! Toute une année de travail perdue.

— Nous faudra-t-il toujours lui offrir des sacrifices ? demanda Bill Gustavson. Cela durera-t-il toujours, année après année ?

— Un jour, on trouvera une question à laquelle il ne pourra pas répondre, dit Kent. Alors il nous laissera tranquilles. Si on le coince, on n'aura plus à le nourrir. Si seulement on trouvait la bonne question ! »

Anne Fry accourut vers lui, toute pâle. « Walter ?

— Oui ?

— A-t-il toujours été... maintenu en vie de cette façon ? Grâce à l'un d'entre nous ? Je ne peux pas croire que des humains aient servi à alimenter une machine. »

Kent secoua la tête. « Avant la Débâcle, il devait utiliser une forme de carburant artificiel. Puis il s'est passé quelque chose. Peut-être ses conduites d'alimentation ont-elles été endommagées ou rompues, ce qui l'a obligé à changer. Je suppose qu'il y était contraint. À cet égard, nous avons agi de même. Nous avons *tous* changé de mode de vie. Il fut un temps où les humains ne chassaient pas, ni ne prenaient d'animaux au piège. Il fut aussi un temps où le Grand O ne prenait pas d'humains au piège.

— Pourquoi... pourquoi a-t-il provoqué la Débâcle, Walter ?

— Pour démontrer qu'il était plus fort que nous.

— Il a toujours été aussi fort ? Plus que l'homme ?

— Non. On dit qu'il fut un temps où le Grand O n'existait pas. Que c'est l'homme lui-même qui l'a créé pour qu'il lui dise des choses. Mais il est devenu de plus en plus puissant, jusqu'au jour où il a appelé les atomes, et avec eux la Débâcle. Maintenant, il vit sur notre dos. Sa puissance a fait de nous ses esclaves. Il est devenu trop fort.

— Mais le jour viendra où il ne connaîtra pas la réponse, dit Page.

— Et ce jour-là, comme le veut la tradition, il devra nous libérer, dit Kent. Cesser de nous utiliser comme réserve de nourriture. »

Page serra les poings en se retournant pour jeter un regard furieux en direction de la forêt. « Ce jour viendra. Un jour, nous lui trouverons une question trop difficile !

— Mettons-nous au travail, dit Gustavson d'un air résolu. Préparons-nous pour l'année prochaine ; le plus tôt sera le mieux ! »

James P. Crow

« Espèce de sale petit... *humain* », glapit avec humeur le robot de Type Z nouvellement formé.

Donnie s'empourpra et s'éloigna, honteux. C'était vrai. Il était un être humain, un enfant humain. Et la science n'y pouvait rien. Il était condamné à le rester. Humain dans un monde de robots.

Il aurait voulu être mort. Il aurait voulu être couché dans la terre, que les vers le mangent, lui rampent à l'intérieur et lui dévorent le cerveau, son misérable cerveau d'être humain. Alors le Z-236r, son compagnon robot, n'aurait plus personne avec qui jouer, et il le regretterait.

« Où tu vas? demanda Z-236r.
— Chez moi.
— Poule mouillée. »

Donnie ne répondit pas. Il replia son échiquier quadridimensionnel, le fourra dans sa poche et prit l'avenue bordée d'écardas en direction du quartier humain. Derrière lui, le soleil vespéral faisait briller la carcasse tout métal et plastique de Z-236r.

« Je m'en fiche, s'écria hargneusement Z-236r. De toute façon, personne ne tient à jouer avec les êtres humains. C'est ça, retourne chez toi. D'abord, tu... tu sens mauvais. »

Donnie ne dit rien mais rentra un peu plus la tête dans les épaules, et son menton s'enfonça davantage dans sa poitrine.

« Ça devait arriver », dit Edgar Parks d'une voix sombre à sa femme, attablée en face de lui dans la cuisine.

Grace releva vivement la tête. « Quoi ?

— Donnie s'est fait remettre à sa place aujourd'hui. Il me l'a raconté pendant que je me changeais. Un des nouveaux robots avec lequel il jouait l'a traité d'être humain. Pauvre gosse. Pourquoi faut-il sans cesse qu'ils nous le rappellent ? Pourquoi ne nous laissent-ils pas en paix ?

— Alors c'est pour ça qu'il n'a pas voulu dîner. Il est dans sa chambre. Je savais bien qu'il s'était passé quelque chose. » Grace effleura la main de son mari. « Il s'en remettra. On est tous passés par là. Il est fort. Il redressera bientôt la tête. »

Ed Parks se leva de table et passa au salon ; la famille occupait une modeste unité d'habitation à cinq pièces, située dans la partie de la ville réservée aux humains. Il n'avait plus faim. « Les robots... » Il serra les poings d'un air impuissant. « J'aimerais en tenir un. Juste une fois. Plonger mes mains dans ses entrailles et en arracher des poignées de fils et de composants. Juste une fois avant de mourir.

— Tu en auras peut-être l'occasion.

— Non. Non, on n'en viendra jamais là. De toute façon, les humains seraient bien incapables de faire marcher quoi que ce soit sans robots. C'est vrai, tu sais, chérie. Ils ne sont pas faits pour vivre durablement en société. Les Listes le prouvent bien deux fois par an. Regardons la vérité en face. Les humains sont inférieurs aux robots. Seulement, c'est cette façon de nous le démontrer constamment ! Comme aujourd'hui avec Donnie. Inutile de nous mettre le nez dedans à chaque instant. Moi, ça ne me dérange pas d'être le serviteur corporel d'un robot. C'est un bon boulot. Ça paie bien et on n'est pas accablés de travail. Mais quand mon fils s'entend traiter de... »

Ed s'interrompit. Donnie était sorti de sa chambre à pas de loup et entrait dans le salon. « Salut, P'pa.

— Salut, fils. » Ed lui tapa gentiment dans le dos. « Ça va ? Tu veux qu'on s'offre un spectacle, ce soir ? »

Il y avait des divertissements humains tous les soirs sur le vidécran. Les humains faisaient de bons amuseurs. C'était au moins un domaine où les robots ne pouvaient pas se mesurer avec eux. Les humains peignaient, écrivaient, dansaient, chantaient et jouaient la comédie pour distraire les robots. Ils cuisinaient mieux, aussi ; malheureusement, les robots ne mangeaient pas. Les humains avaient une place à part. On les comprenait et on les recherchait – comme serviteurs corporels, comme artistes, comme employés, ou jardiniers, manœuvres, réparateurs, hommes à tout faire et ouvriers d'usine.

Mais pour les postes de coordinateurs au contrôle civique, ou d'inspecteur de circulation pour les bobines qui alimentaient en énergie les douze hydrosystèmes de la planète...

« P'pa, dit Donnie, je peux te poser une question ?
— Bien sûr. » Ed s'assit sur le canapé avec un soupir, se laissa aller en arrière et croisa les jambes. « De quoi s'agit-il ? »

Donnie s'assit tranquillement auprès de lui ; son petit visage rond était tout empreint de sérieux. « P'pa, je voudrais que tu me parles des Listes.
— Ah, oui. » Ed se frotta la mâchoire. « C'est vrai. Les Listes sont dans quelques semaines. Il est temps de te mettre à potasser pour préparer ton entrée. On va se procurer des annales et faire les exercices ensemble. Peut-être qu'à nous deux, on pourra te préparer à la Classe Vingt.
— Écoute, P'pa. » Donnie se pencha vers son père et, véhément, lui dit à voix basse : « Combien d'humains ont déjà réussi aux Listes ? »

Ed se leva brusquement et se mit à arpenter la pièce en bourrant sa pipe, les sourcils froncés. « Eh bien, c'est difficile à dire. Vois-tu, les humains n'ont pas accès aux archives de la Banque C. Je ne peux donc pas vérifier. D'après la loi, tout humain se classant dans les quarante pour cent de tête a droit à une nomination, avec une promotion progressive selon ses résultats ultérieurs. Je ne sais pas combien d'humains ont pu...
— Est-ce qu'il y a jamais eu un *seul* humain reçu aux Listes ? »

Ed déglutit nerveusement. « Écoute, fiston... Je n'en sais rien. En toute franchise, je ne l'ai jamais entendu dire, pour présenter les choses comme ça. Peut-être que non. Les Listes ne se tiennent que depuis trois cents ans. Avant cela, l'État était réactionnaire ; on interdisait aux humains de concurrencer les robots. Aujourd'hui, on a un gouvernement libéral, on peut entrer en compétition avec eux sur les Listes et si on obtient un score suffisant... » Sa voix se brisa ; il se tut. « Non, fiston, reprit-il enfin sur un ton malheureux. Aucun humain n'a jamais été reçu. Nous ne sommes... tout simplement... pas assez... intelligents. »

Le silence tomba dans la pièce. Donnie acquiesça vaguement, le visage sans expression.

Ed ne le regarda pas en face. Les mains tremblantes, il se concentrait sur sa pipe. « La situation n'est pas si tragique, reprit-il d'une voix rauque. J'ai un bon boulot. Je suis serviteur corporel chez un robot de Type N drôlement gentil. Je reçois de gros pourboires à Noël et à Pâques. Il me donne des congés quand je suis malade. » Il s'éclaircit bruyamment la gorge. « Non, ce n'est pas si mal. »

Grace se tenait sur le seuil. Elle entra dans la pièce, les yeux brillants. « Pas mal, en effet. Pas mal du tout, même. Tu lui ouvres les portes, tu lui apportes ses instruments, tu passes ses appels, tu fais ses courses, tu le graisses, tu le répares, tu lui chantes des chansons, tu lui parles, tu scannes ses bobines...

— Tais-toi donc, marmonna Ed, irrité. Et qu'est-ce que je devrais faire d'après toi, hein ? Démissionner ? Tu préférerais peut-être que je tonde les pelouses comme John Hollister et Pete Klein. Au moins, moi, mon robot m'appelle par mon nom. Comme un être vivant. Il m'appelle Ed.

— Est-ce qu'il y aura un jour un humain reçu sur une Liste ? demanda Donnie.

— Mais oui », jeta Grace.

Ed hocha la tête. « Bien sûr, fiston. Bien sûr. Un jour peut-être, humains et robots vivront ensemble sur un pied d'égalité. Il existe un Parti Égalitaire chez les robots. Il a dix sièges au Congrès. Ils pensent que les humains devraient être admis sans Listes. Puisqu'il est évident que... » Il s'interrompit. « Je veux dire, puisque jusqu'à présent, aucun humain n'a jamais réussi à sa Liste...

— Donnie, dit farouchement Grace en se penchant sur son fils. Écoute-moi bien. Je veux que tu fasses très attention à ce que je vais te dire. Personne ne le sait. Les robots n'en parlent pas. Les humains ne le savent pas. Mais c'est vrai.
— Quoi ?
— Je connais un être humain qui... qui s'est qualifié. Il a passé ses Listes avec succès il y a dix ans. Et il a poursuivi son ascension. Jusqu'à la Classe Deux. Un jour, il sera Classe Un. Tu entends ? Un être humain. Et il continue à monter. »

Le visage de Donnie reflétait son doute. « Vraiment ? » Le doute se mua en un espoir mélancolique. « Classe Deux ? Sans blague ?

— Ce sont des racontars, grommela Ed. Je les ai entendus toute ma vie.

— Non, c'est vrai ! J'ai entendu deux robots en discuter pendant que je faisais le ménage dans une des Unités de construction mécanique. Ils se sont tus quand ils m'ont remarquée.

— Comment s'appelle-t-il ? demanda Donnie, les yeux écarquillés.

— James P. Crow, répondit fièrement Grace.

— Drôle de nom ! murmura Ed.

— C'est le sien. Je le sais. Ce ne sont pas des racontars. C'est vrai ! Et un jour, il sera tout en haut de l'échelle. Au Conseil suprême. »

Bob McIntyre baissa la voix. « Oui, c'est bien vrai. Il s'appelle James P. Crow.

— Alors ce n'est pas une légende ? demanda Ed avec empressement.

— Il existe bel et bien un être humain de ce nom. Et il est Classe Deux. Il a gravi tous les barreaux de l'échelle. Il a réussi aux Listes et ça ne lui a pas demandé plus d'effort que ça. » McIntyre claqua des doigts. « Les robots étouffent l'affaire, mais c'est un fait. Et la nouvelle se répand. De plus en plus d'humains sont au courant. »

Les deux hommes s'étaient arrêtés devant l'entrée de service de l'énorme bâtiment de la Recherche Structurelle. L'air affairé, des cadres robots franchissaient dans les deux sens la porte d'entrée principale : c'étaient les planificateurs qui guidaient la société terrienne avec habileté et efficacité.

Les robots dirigeaient la Terre. Il en avait toujours été ainsi. C'était sur toutes les bobines d'histoire. Les humains avaient été inventés durant la Guerre Totale du Onzième Millibar. Tous les types d'armes avaient été essayés et utilisés, et les humains faisaient partie du nombre. La Guerre avait totalement détruit la société. Pendant des dizaines d'années, l'anarchie et la ruine avaient régné sans partage. La société ne s'était reformée que peu à peu, sous la tutelle patiente des robots. Les humains avaient contribué à la reconstruction. Quant à savoir pourquoi au juste on les avait fabriqués, à quoi on les employait et quel avait été leur rôle dans la Guerre... tout cela avait péri sous les bombes à hydrogène. Les historiens avaient dû combler les vides à l'aide de conjectures. Ce qu'ils avaient fait.

« Pourquoi ce nom curieux ? » s'enquit Ed.

McIntyre haussa les épaules. « Tout ce que je sais, c'est qu'il est sous-conseiller à la Conférence Septentrionale de Sécurité. Et sur les rangs pour entrer au Conseil dès qu'il sera passé Classe Un.

— Qu'en pensent les robs ?

— Ils n'aiment pas ça. Mais ils n'y peuvent rien. La loi dit qu'ils doivent laisser un humain occuper tel ou tel poste s'il est qualifié pour cela. Ils n'auraient jamais cru que la situation se présenterait, évidemment. Mais ce Crow a réussi ses Listes.

— C'est vrai que ça fait bizarre. Un humain plus intelligent que les robs... Je me demande pourquoi.

— C'est un banal réparateur. Un mécanicien qui entretenait les machines et dessinait des circuits. Non classé, bien sûr. Et puis un jour, il a passé sa première Liste. Il est entré en Classe Vingt. Le semestre suivant, il montait en Classe Dix-Neuf. Ils ont bien dû lui donner un travail. » McIntyre gloussa. « Pas de chance, hein ? Ils se sont trouvés obligés de s'asseoir à la même table qu'un humain.

— Comment réagissent-ils en pareil cas ?

— Certains démissionnent. Ils préfèrent partir plutôt que de siéger en compagnie d'un humain. Mais la plupart restent. Un grand nombre de robots sont corrects. Ils s'y astreignent, d'ailleurs.

— J'aimerais bien rencontrer ce Crow. »

McIntyre fronça les sourcils. « C'est que...

— Quoi ?

— Je crois qu'il n'aime pas être trop souvent vu en compagnie d'humains. »

Ed se hérissa. « Et pourquoi donc ? Qu'est-ce qu'il a contre les humains ? Se croit-il trop éminent, trop puissant pour eux, maintenant qu'il siège avec les robots ?...

— Ce n'est pas ça. » McIntyre avait un drôle de regard tout à coup. Distant, languissant. « Non, ce n'est pas aussi simple, Ed. Il prépare quelque chose. Quelque chose de retentissant. Je ne devrais pas en parler. Mais c'est important. *Très* important.

— Qu'est-ce que c'est ?

— Je ne peux pas te le dire. Mais attends qu'il entre au Conseil. Tu verras. » Les yeux de McIntyre étaient fébriles. « La terre en tremblera. Les étoiles et le soleil aussi.

— Mais encore ?

— Mystère. Mais Crow mijote quelque chose. Quelque chose d'incroyablement osé. On attend tous. On attend tous le grand jour... »

Assis derrière son bureau en acajou poli, James P. Crow réfléchissait. Ce n'était pas son vrai nom, bien sûr. Il l'avait adopté après les premières expériences, avec un sourire intérieur. Personne ne saurait jamais ce qu'il représentait ; il resterait une discrète plaisanterie d'initié. Mais une bonne. Pleine de mordant et d'à-propos [1].

C'était un Irlando-Allemand fluet et de petite taille, avec le teint clair, les yeux bleus, et des cheveux blonds qui lui retombaient sur le front et qu'il devait sans cesse ramener en arrière. Il portait d'amples pantalons non repassés et roulait les manches de ses chemises. Il était nerveux, constamment tendu.

---

1. En anglais, James a pour diminutif Jim et *crow* signifie « corbeau ». Or, « Jim Crow » est le surnom donné aux Noirs, expression devenue verbe aussi bien qu'adjectif pour marquer la discrimination raciale... *(N.d.T.)*

Il fumait du matin au soir, buvait du café noir et ne dormait guère la nuit. Mais il avait beaucoup de choses en tête.

Énormément, même. Crow se leva brusquement et gagna le vidécran. « Appelez-moi le Commissaire aux Colonies », ordonna-t-il.

Tout métal et plastique, le Commissaire entra bientôt dans le bureau. C'était un Type R, patient et efficace. « Vous avez demandé à me... » Voyant qu'il avait affaire à un humain, le robot s'interrompit. L'espace d'une seconde, ses lentilles oculaires de couleur claire lancèrent çà et là des regards incrédules. Un léger dégoût se peignit sur ses traits. « Vous vouliez me voir ? »

Cette expression-là, Crow l'avait déjà vue des milliers de fois. Il y était habitué – ou presque. La surprise, d'abord, puis ce repli hautain, cette froideur, voire cette sécheresse protocolaire. Officiellement, il était « *Monsieur* Crow », et non « Jim ». La loi leur faisait obligation de s'adresser à lui en égal. Cela en perturbait certains plus que d'autres. Les uns le montraient sans ambages. Celui-ci maîtrisa tant bien que mal ses sentiments ; Crow était son supérieur hiérarchique.

« Oui, j'ai demandé à vous voir, répondit calmement Crow. J'attends votre rapport. Pourquoi n'est-il pas encore là ? »

Sans se départir de son attitude hautaine et distante, le robot chercha à gagner du temps. « Ces choses-là prennent du temps. Nous faisons de notre mieux.

— Je le veux d'ici quinze jours. Maximum. »

Manifestement en proie à une lutte intérieure – toute une vie de préjugés combattant les instructions légales – le robot répondit : « Bien *monsieur*. Ce sera fait. » Il sortit et la porte se referma derrière lui.

Crow poussa un soupir. Quand ce Commissaire prétendait faire de son mieux, il n'y croyait pas une seconde. Pour être agréable à un humain ? Jamais. Même un humain du Niveau Consultatif et de Classe Deux. Ils traînaient tous les pieds, tout au long de la voie hiérarchique. En multipliant les obstructions mineures chaque fois qu'ils le pouvaient.

La porte s'effaça et un robot entra prestement en roulant sur ses chenilles. « Dites donc, Crow, vous avez une minute ?

— Bien sûr. » Il sourit. « Entrez, asseyez-vous. Je suis toujours content de vous parler. »

Le robot laissa tomber une liasse de documents sur le bureau. « Des bobines, entre autres. Les habituelles tracasseries administratives. » Il considéra Crow avec attention. « Vous m'avez l'air contrarié. Un problème ?

— Un rapport que j'attendais et qui est en retard. Quelqu'un prend son temps.

— Air connu, grommela L-87t. Au fait... on a une réunion ce soir. Vous voulez venir faire un discours ? Il devrait y avoir pas mal de monde.

— Quel genre ?

— Une réunion du Parti pour l'Égalité. » L-87t traça vivement un signe de sa pince droite, une sorte d'arc de cercle. Le symbole de l'Égalité. « On serait heureux de vous avoir avec nous, Jim. Vous voulez venir ?

— Non. J'aimerais bien, mais j'ai d'autres projets.

— Ah. » Le robot se dirigea vers la porte. « D'accord. Merci quand même. » Il s'attarda sur le seuil. « Pourtant, vous nous insuffleriez des forces, vous savez. Vous êtes tout de même la preuve vivante de ce que nous affirmons : les humains sont les égaux des robots, et devraient être reconnus comme tels. »

Crow eut un pâle sourire. « Mais les humains *ne sont pas* les égaux des robots. »

L-87t en bredouilla d'indignation. « Qu'est-ce que vous dites ? N'en êtes-vous pas la preuve vivante ? Regardez vos résultats aux Listes : ils sont parfaits ! Pas une seule erreur. Et d'ici une semaine ou deux, vous passerez Classe Un. Le sommet. »

Crow secoua la tête. « Navré. L'humain n'est pas plus l'égal d'un robot que d'une cuisinière électrique, d'un moteur Diesel ou d'un chasse-neige. Il y a beaucoup de choses qu'un humain ne peut pas faire. Regardons la vérité en face. »

L-87t n'en revenait pas. « Mais enfin...

— Je suis sérieux. Vous vous cachez la vérité. Les humains et les robots n'ont rien en commun. Nous autres humains savons chanter, jouer la comédie, écrire des pièces de théâtre, des histoires, des opéras... Nous savons peindre, créer des décors ou des jardins fleuris, concevoir des immeubles, cuisiner de délicieux repas, faire la cour, griffonner des sonnets sur des menus de restaurant... Pas les robots. Mais les robots, eux, savent édifier des villes complexes et des machines qui fonctionnent à la perfection, ils peuvent travailler sans relâche pendant des jours entiers, réfléchir sans subir d'entraves affectives, gérer en temps réel d'inextricables *gestalts* de données.

« Les êtres humains excellent dans certains domaines, et les robots dans d'autres. Les humains sont dotés de perceptions et de capacités affectives extrêmement développées. Ils possèdent une conscience esthétique. Nous sommes sensibles aux couleurs, aux sons, aux textures, à la musique douce accompagnée d'un verre de bon vin. Toutes choses belles et bonnes, dignes de respect, mais qui sont autant de territoires interdits aux robots. Les robots sont fait d'intellect pur. Et il n'y a rien à redire à cela non plus. Ces deux territoires se valent, chacun dans son genre. D'un côté des humains émotifs, sensibles aux arts graphiques, à la musique et au théâtre. Et de l'autre des robots qui pensent, planifient et conçoivent des machines. Mais ça ne veut pas dire que nous soyons pareils. »

L-87t secoua tristement la tête. « Je ne vous comprends pas, Jim. Vous ne voulez donc pas aider votre espèce ?

— Bien sûr que si. Mais en homme réaliste. Pas en fermant les yeux sur les faits, ni en défendant l'assertion illusoire selon laquelle hommes et robots seraient interchangeables. Identiques. »

Un étrange regard passa dans la lentille oculaire de L-87t. « Quelle solution proposez-vous, alors ? »

Crow serra les mâchoires. « Patientez quelques semaines et vous le saurez peut-être. »

Crow sortit de l'immeuble de la Sécurité Terrienne et, une fois dans la rue, se retrouva environné de robots, avec leur coque de métal brillant, de plastique et de fluide d/n. Car hormis les serviteurs corporels, aucun humain ne venait jamais dans ce secteur. C'était le quartier administratif, le cœur, le noyau de la ville, là où s'élaboraient la planification et l'organisation générales. C'était d'ici qu'on supervisait la vie de la communauté. Les robots étaient partout. Dans les véhicules de surface, sur les trottoirs roulants, sur les balcons... On les voyait pénétrer dans les immeubles ou bien en ressortir par dizaines, s'assembler çà et là par petits groupes plus ou moins luisants, tels des sénateurs de l'époque romaine évoquant les affaires de la cité.

Quelques-uns d'entre eux le saluèrent, distants et respectueux de l'étiquette, d'un hochement de tête métallique. Puis ils lui tournèrent le dos. La plupart des robots faisaient semblant de ne pas le voir ou s'écartaient pour éviter le contact. Parfois, un groupe de robots en grande discussion se taisait brusquement au passage de Crow. Des lentilles oculaires se fixaient sur lui, solennelles et cachant mal leur ébahissement. Ils remarquaient la couleur de son brassard, qui signalait son appartenance à la Classe Deux. Surprise et indignation! Puis, après son passage, une brève vibration exprimant leur colère et leur ressentiment. On se retournait pour lui jeter un regard tandis qu'il poursuivait son chemin vers le quartier humain.

Deux humains armés de cisailles et de râteaux se tenaient devant les bureaux du Contrôle Domestique. Des jardiniers, dont la mission consistait à désherber et arroser les pelouses du vaste édifice public. Ils regardèrent passer Crow d'un air tout excité. L'un d'eux alla jusqu'à lui adresser un signe fiévreux plein d'espoir, en subalterne humain saluant le seul humain à avoir jamais obtenu de qualification.

Crow lui rendit brièvement son salut.

Ils ouvrirent de grands yeux craintifs et respectueux. Quand il obliqua au carrefour pour aller se mêler aux innombrables cadres qui faisaient leurs achats dans les différents centres commerciaux transplanétaires, ils le suivaient encore du regard.

Ces centres commerciaux en plein air regorgeaient de marchandises originaires des opulentes colonies de Vénus, Mars et Ganymède. Les robots défilaient dans les allées par grappes entières occupées à essayer, évaluer et négocier les produits tout en échangeant des on-dit. On voyait quelques humains, pour la plupart des domestiques chargés de l'intendance venus là renouveler leurs réserves. Crow se faufila parmi les étals et déboucha de l'autre côté. Il approchait du quartier humain. Il le flairait déjà. L'odeur ténue mais âcre des humains...

Les robots, bien sûr, n'émettaient aucune odeur. Dans un monde de machines inodores, les émanations humaines se détachaient avec un relief tout particulier. Le quartier humain avait jadis été prospère. Puis les humains s'y étaient installés et sa valeur immobilière avait chuté. Peu à peu, les robots avaient abandonné les maisons, et à présent, seuls les humains y vivaient. Malgré sa position sociale, Crow était tenu d'y résider. Avec ses cinq pièces standard, sa maison, identique aux autres, se situait au fond du secteur. Une demeure parmi tant d'autres.

Il présenta sa paume à la porte, qui s'effaça. Crow entra sans attendre et la porte se reforma. Il consulta sa montre. Il avait largement le temps. Il lui restait une heure avant de devoir regagner son bureau.

Il se frotta les mains. Il trouvait toujours palpitant de venir ici, dans ses quartiers personnels, là où il avait grandi et vécu en être humain ordinaire non qualifié – avant la trouvaille qui lui avait permis d'entamer son ascension fulgurante vers les sphères supérieures.

Crow traversa la petite maison silencieuse et gagna l'appentis situé à l'arrière, dont il déverrouilla les portes avant de les écarter. Il y faisait chaud et sec. Il éteignit le système d'alarme ; ce fouillis de fils électriques et de sonnettes était d'ailleurs inutile : les robots ne pénétraient jamais dans le secteur humain, et les humains se cambriolaient rarement entre eux.

Une fois les portes refermées, Crow s'assit devant un ensemble d'appareillages occupant le centre de l'atelier. Il établit le contact et l'installation se mit en marche avec un léger bourdonnement. Cadrans et compteurs entrèrent en activité. Des voyants s'allumèrent.

Devant lui, une fenêtre carrée et grise vira au rose tendre en miroitant légèrement. La Fenêtre... Crow sentait son cœur battre à grands coups douloureux. Il appuya sur une touche. La Fenêtre s'embruma puis afficha une scène. Il plaça devant un scanner à bobine et l'activa. L'engin émit une série de déclics à mesure que l'image se précisait dans la Fenêtre. On y voyait maintenant bouger des formes vagues et oscillantes. Crow stabilisa l'image.

Deux robots se tenaient derrière une table. Ils se déplaçaient rapidement, par saccades. Il les ralentit. Ils manipulaient quelque chose. Crow demanda un agrandissement et les objets en question s'enflèrent afin que la lentille du scanner les sauvegardent sur les bobines.

Les robots triaient des Listes. Des Listes de Classe Un. Ils les notaient et les répartissaient par catégories formant plusieurs centaines de liasses, questions et réponses. Devant la table, des dizaines de robots attendaient leurs résultats avec impatience. Crow accéléra la vitesse de défilement. Les deux robots, soudain pris d'une activité frénétique, continuèrent à départager les listes, mais avec une telle célérité qu'on distinguait à peine leurs mouvements. Enfin on proclama la Liste maîtresse Classe Un.

La Liste. Crow la cadra dans la Fenêtre et ramena la vitesse de défilement à zéro. La Liste s'y affichait, immobile, telle une diapositive reproduisant un précieux spécimen. Aussitôt le scanner enregistra questions et réponses.

Il ne se sentait pas coupable. Aucun remords ne l'effleurait à l'idée d'utiliser une Fenêtre Temporelle pour observer le résultat des futures Listes. Il le faisait depuis dix ans, c'est-à-dire depuis le temps où il occupait le bas de l'échelle, et avait continué jusqu'à atteindre la Classe Un. Il ne s'était jamais fait d'illusions. Sans cette connaissance anticipée des résultats, jamais il n'aurait réussi. Il serait encore non qualifié, au fond du panier, avec la masse indifférenciée des humains.

Car les Listes étaient adaptées au cerveau des robots. Conçues par eux, elles étaient le reflet de leur civilisation. Une civilisation étrangère aux humains et à laquelle ces derniers avaient eu bien du mal à se faire. Pas étonnant que seuls les robots réussissent aux Listes.

Crow effaça la scène et écarta vivement le lecteur. Puis il expédia la Fenêtre dans le passé, dans le tourbillon des siècles enfuis. Il ne se lassait jamais de voir les jours anciens, avant que la Guerre Totale ne signe la fin de la société humaine et ne détruise toutes ses traditions. L'époque où les hommes vivaient sans robots.

Il régla les cadrans et s'arrêta sur un instant précis. La Fenêtre montrait des robots édifiant leur propre société d'après-guerre, se répandant sur la planète en ruine dont ils avaient hérité, érigeant de vastes cités peuplées d'immeubles géants et déblayant les décombres. Et pour ce faire, ils employaient des esclaves humains. Des citoyens de seconde zone confinés dans un rôle de serviteurs.

Il vit la Guerre Totale et la pluie mortelle qui était tombée du ciel, les nombreuses corolles blêmes signalant l'impact des engins meurtriers. Il vit la société humaine se dissoudre en particules radioactives, entraînant dans sa perte son savoir et sa culture.

Puis, une fois de plus, il visionna sa scène préférée. Il l'avait examinée à maintes reprises, et ce spectacle sans pareil l'emplit comme toujours d'une satisfaction aiguë. On y voyait, aux premiers jours de la guerre, dans un laboratoire souterrain, des êtres humains dessiner et fabriquer les premiers robots, les Type A d'origine, il y avait de cela quatre cents ans.

Ed Parks rentrait chez lui à pas lents, tenant son fils par la main.

Donnie fixait le sol sans rien dire. Il avait les yeux rougis, bouffis. Il était livide de chagrin. « Je te demande pardon, P'pa », murmura-t-il.

Ed exerça une pression sur la petite main de son fils. « Ce n'est pas grave, mon petit. Tu as fait de ton mieux. Ne te tourmente pas. La prochaine fois sera peut-être la bonne. On commencera les révisions plus tôt. » Il jura tout bas. « Sales tas de ferraille sans âme ! »

Le soir tombait. Le soleil se couchait. Tous deux gravirent les marches menant à la véranda puis entrèrent dans la maison. Grace les accueillit à la porte. « Ça n'a pas marché ? » Elle les dévisagea. « Non, je vois bien. Toujours la même histoire.

— Oui, fit Ed avec amertume. Donnie n'avait pas une chance. C'était sans espoir. »

Un brouhaha leur parvint de la salle à manger.

« Qui est là ? demanda Ed d'un ton irrité. Ce n'est vraiment pas le moment d'inviter du monde, un jour comme aujourd'hui.

— Viens donc. » Grace l'attira vers la cuisine. « Il y a du nouveau. Ça te réconfortera peut-être un peu. Viens avec nous, Donnie. Ça t'intéressera, toi aussi. »

Le père et le fils entrèrent dans la cuisine, qui était pleine de monde. Il y avait là Bob McIntyre et sa femme Pat, John Hollister, son épouse Joan et leurs deux filles, Pete et Rose Klein, plusieurs de leurs voisins, plus Nat Johnson, Tim Davis et Barbara Stanley. La pièce vibrait d'excitation ; nerveux et agités, tous se tenaient autour de la table, où s'empilaient des sandwiches entre les bouteilles de bière. On riait, on souriait joyeusement, on avait les yeux brillants d'animation.

« Qu'est-ce qui se passe ? grommela Ed. Qu'est-ce qu'on fête ? »

Bob McIntyre lui donna une bonne claque sur l'épaule. « Comment va, Ed ? On a de bonnes nouvelles. » Il brandit une bobine d'informations publiques. « Prépare-toi.

— Lis-la-lui, lança Pete Klein.

— Allez ! Lis-la ! » Tout le monde s'agglutina autour de McIntyre. « On veut l'entendre encore, nous aussi ! »

McIntyre avait l'air vivement ému. « Écoute, Ed : ça y est, il a réussi. Il y est !

— Qui ? Qui a réussi quoi ?

— Mais Crow ! Jim Crow. Il est passé Classe Un. » La bobine tremblait dans la main de McIntyre. « Il a été nommé au Conseil Suprême. Tu comprends ? Il est dans la place, lui, un être humain, membre du suprême corps d'État de la planète.

— Mince alors ! fit Donnie, ahuri.

— Et maintenant ? demanda Ed. Qu'est-ce qu'il va faire ? »

McIntyre eut un sourire mal assuré. « Nous le saurons bientôt. Il tient quelque chose, c'est sûr. Nous le savons. Nous le sentons. Et nous ne devrions plus tarder à le voir entrer en action — ça peut arriver d'une minute à l'autre. »

Crow entra d'un pas énergique dans la Chambre du Conseil, sa serviette sous le bras. Il portait un élégant costume neuf. Ses cheveux étaient bien peignés, ses chaussures bien cirées. « Bonjour », dit-il poliment.

Les cinq robots le considérèrent avec des sentiments partagés. Ils étaient vieux ; il avaient plus d'un siècle. Quatre d'entre eux appartenaient au puissant Type N, qui dominait la scène publique depuis sa construction, et le cinquième était un vénérable Type D âgé de presque trois siècles. Comme Crow s'avançait vers son siège, ils s'écartèrent pour lui ouvrir un large passage.

« C'est vous ? dit un des Types N. C'est vous le nouveau membre du Conseil ?

— Effectivement. » Crow prit place. « Vous voulez peut-être mes références ?

— S'il vous plaît, oui. »

Crow lui passa la carte-plaque que lui avait remise le Comité des Listes. Les cinq robots l'étudièrent avec une extrême attention avant de la lui rendre.

« Tout a l'air en ordre, reconnut à regret le Type D.

— Mais naturellement. » Crow défit la glissière de sa serviette. « J'aimerais ouvrir la séance immédiatement. L'ordre du jour est très chargé. J'ai là quelques rapports et bobines que vous trouverez certainement dignes d'intérêt. »

Les robots prirent lentement place, sans quitter Jim Crow des yeux. « Ceci est proprement incroyable, dit le D. Vous êtes sérieux ? Vous comptez vraiment siéger avec nous ?

— Bien sûr, jeta Crow. Laissons cela et venons-en à l'ordre du jour. »

Un des Types N se pencha vers lui, massif et dédaigneux, sa coque patinée luisant d'un éclat terne. « Mr. Crow, dit-il d'un ton glacial. Vous devez comprendre que c'est tout à fait impossible. En dépit des dispositions légales et du fait que vous ayez théoriquement le droit de siéger ici... »

Crow lui adressa un sourire serein. « Je vous suggère de vérifier mes résultats aux Listes. Vous verrez qu'en vingt examens, je n'ai pas commis une seule erreur. Le score parfait. À ma connaissance, aucun d'entre vous ne l'a atteint. Par conséquent, aux termes du décret officiel promulgué par le Comité des Listes, je suis votre supérieur hiérarchique. »

Ces derniers mots firent l'effet d'une bombe. Les cinq robots se tassèrent sur leurs sièges, abasourdis. Leurs lentilles oculaires clignèrent tant leur malaise était grand. Une vibration inquiète emplit la Chambre en sourdine.

« Voyons cela », murmura un N en tendant sa pince. Crow lui lança ses feuilles de Liste et les cinq robots les étudièrent rapidement, l'un après l'autre.

« C'est vrai, trancha le D. Incroyable! Aucun robot n'a jamais obtenu de sans-faute. Cet humain nous surclasse, selon nos propres lois.

— À présent, dit Crow, venons-en à l'ordre du jour. » Il étala devant lui ses bobines et ses rapports. « Je n'ai pas de temps à perdre. J'ai une proposition à vous soumettre. Une importante proposition concernant le problème capital de cette société.

— Quel problème? » demanda un N d'un ton plein d'appréhension.

Crow était manifestement tendu. « Celui des humains. De la position inférieure qu'ils occupent dans un monde de robots. Du fait qu'ils sont relégués au rang d'éternels domestiques dans une civilisation de robots. Qu'ils sont perpétuellement obligés de servir les robots. »

Silence.

Les cinq autres membres étaient pétrifiés. Ce qu'ils avaient toujours redouté était donc arrivé... Crow se laissa aller contre son dossier et alluma une cigarette. Les robots suivaient chacun de ses mouvements, ses mains, la cigarette, la fumée, l'allumette qu'il écrasait du pied... L'heure avait donc sonné.

« Que proposez-vous? s'enquit enfin le D avec une dignité toute métallique. Quelle est donc cette proposition?

— Je vous propose d'évacuer immédiatement la Terre. Faites vos valises et partez. Émigrez dans les colonies. Ganymède, Mars, Vénus. Laissez-nous la Terre à nous, les humains. »

Les robots se levèrent aussitôt. « Impensable! Ce monde, c'est nous qui l'avons bâti. Nous sommes chez nous! La Terre nous appartient. Elle nous a toujours appartenu.

— *Ah oui?* » fit Crow d'un air impassible.

Un frisson de malaise parcourut les robots. Ils hésitèrent, curieusement alarmés. « Mais bien sûr », murmura le D.

Crow tendit la main vers sa pile de bobines et de documents sous l'œil craintif des robots. « Qu'est-ce que c'est ? demanda nerveusement un des N.

— Des bobines.

— Quel genre de bobines ?

— Historiques. » Crow fit un signe et un serviteur humain en tenue grise apporta précipitamment un scanner. « Merci », dit Crow. L'humain s'apprêta à partir. « Attendez. Vous devriez rester regarder ça, mon ami. »

Les yeux exorbités, le serviteur alla se tenir dans le fond, tout tremblant.

« Très irrégulier, protesta le D. Que faites-vous donc ? Que se passe-t-il au juste ?

— Regardez. » Crow alluma le lecteur et y introduisit la première bobine. Une image en trois dimensions naquit dans les airs au-dessus de la table du Conseil. « Regardez bien. Vous n'êtes pas près d'oublier ce que vous allez voir. »

L'image se précisa. Ils voyaient se dérouler à travers la Fenêtre temporelle une scène de la Guerre Totale. Des hommes, des techniciens humains, travaillaient à un rythme effréné dans un laboratoire souterrain. Ils étaient en train d'assembler...

Le serviteur humain affolé poussa un cri rauque. « Un A ! Ils fabriquent un robot de Type A ! »

Les cinq robots du Conseil bourdonnèrent de consternation. « Faites sortir ce serviteur ! » ordonna le D.

La scène changea. On voyait maintenant les premiers robots, les Types A, monter combattre en surface. D'autres robots antiques apparurent ; ils se faufilaient prudemment dans les ruines et les cendres. Les deux groupes de robots se heurtèrent. Il y eut des explosions de lumière blanche donnant naissance à d'aveuglants nuages de particules.

« À l'origine, les robots ont été conçus pour servir de soldats, expliqua Crow. Puis on a construit des modèles plus raffinés pour occuper des postes de techniciens, de laborantins, de mécaniciens. »

Apparut une usine souterraine peuplée de robots en rang qui

manœuvraient des presses et des emboutisseurs, rapides, efficaces — sous la surveillance de contremaîtres humains.

« Ces bobines sont des faux ! s'écria rageusement un N. Vous voudriez que nous croyions une chose pareille ? »

Une nouvelle scène apparut. C'étaient des robots plus élaborés encore, des modèles toujours plus complexes, qui assumaient de plus en plus de fonctions économiques et industrielles à mesure que les humains mouraient à la Guerre.

« Au début, les robots étaient simples, poursuivit Crow, car ils satisfaisaient à des besoins simples. Puis, avec l'évolution de la Guerre, on en a créé de plus perfectionnés. Les humains ont fini par produire les Types D et E, qui étaient leurs égaux — voire leurs maîtres en ce qui concernait les facultés conceptuelles.

— C'est de la démence ! affirma un N. Les robots sont le résultat d'une évolution. Si les premiers modèles étaient simples, c'est parce qu'ils représentaient les stades originels, les formes primitives qui ont ensuite donné naissance à des types plus complexes. Les lois de l'évolution expliquent parfaitement ce processus. »

Une nouvelle scène s'afficha. On en était aux derniers stades de la guerre. Les robots combattaient à présent des hommes, et finissaient par l'emporter. On assistait au chaos total des dernières années, avec leurs vastes étendues stériles où tourbillonnaient cendres et particules radioactives, leurs interminables champs de ruines...

« Toutes les archives avaient été détruites pendant la Guerre, dit Crow. Les robots en sont sortis vainqueurs sans savoir comment ni pourquoi, ni même dans quelles circonstances ils étaient venus au monde. Mais aujourd'hui vous ne pouvez plus vous cacher la vérité. Les robots ont été créés pour servir d'outils aux hommes. Et pendant la Guerre, ils ont échappé à leurs créateurs. »

Il éteignit le scanner. L'image s'estompa. Les cinq robots gardaient un silence stupéfait.

Crow croisa les bras. « Eh bien ? Qu'en dites-vous ? » Du pouce, il désigna le serviteur humain tassé au fond de la pièce, hébété, stupéfait. « À présent vous savez, et lui aussi. Qu'est-il en train de se dire, à votre avis ? Je le sais bien, moi. Il pense que...

— Comment avez-vous obtenu ces bobines ? demanda le D. Elles ne peuvent pas être authentiques. Ce sont forcément des faux.

— Oui, pourquoi nos archéologues ne les ont-ils pas découvertes ? s'écria un N d'une voix aiguë.

— Je les ai enregistrées moi-même, dit Crow.

— Comment cela, *vous-même ?* Que voulez-vous dire ?

— Grâce à une Fenêtre temporelle. » Crow jeta un épais paquet sur la table. « En voici les schémas. Vous pouvez en construire une, si vous voulez.

— Une machine à voyager dans le temps... » Le D passa en revue le contenu du paquet. « Vous avez vu dans le passé. » Une lueur de compréhension éclaira son visage. « Mais alors...

— Il a aussi vu dans l'avenir ! s'écria un N qui compulsait les documents avec frénésie. Cela explique ses Listes parfaites. Il les scannait à l'avance. »

Crow remua ses papiers avec impatience. « Vous avez entendu ma proposition. Vous avez vu les bobines. Si vous votez contre la première, je diffuse les secondes. Ainsi que les schémas. Tous les humains de la planète connaîtront la vérité sur leurs origines, et sur les vôtres par la même occasion.

— Et alors ? jeta un N. Nous savons les manier. S'il y a un soulèvement, nous le maîtriserons.

— Vous croyez ? » Crow se leva subitement, le visage fermé. « Réfléchissez. La planète en proie à la guerre civile, avec d'un côté les hommes et leurs siècles de haine rentrée, de l'autre les robots soudain démythifiés, comprenant qu'à l'origine ils n'étaient que simples instruments. Êtes-vous bien sûrs d'en sortir vainqueurs, cette fois ? Sûrs et certains ? »

Les robots gardèrent le silence.

« Si vous évacuez la Terre, je détruis les bobines. Nos deux espèces pourront se perpétuer, chacune avec sa civilisation, sa forme de société propre. Les humains ici, sur Terre, et les robots dans les colonies. Sans que ni les uns ni les autres jouent les maîtres ou les esclaves. »

Les cinq hésitèrent, furieux et amers. « Mais nous avons œuvré des siècles pour construire cette planète ! Notre départ n'aurait pas de sens. Comment allons-nous l'expliquer ? »

Crow eut un sourire sans pitié. « Vous n'avez qu'à déclarer que la Terre ne convient plus à la race maîtresse qui y a vu le jour. »

Nouveau silence. Les quatre robots de Type N échangèrent des regards nerveux et tinrent un conciliabule. Massif, le D demeurait silencieux ; son archaïque lentille oculaire en cuivre restait rivée sur Crow, tandis qu'une expression de stupéfaction et de défaite se peignait sur son visage.

Calme, Jim Crow attendit.

« Puis-je vous serrer la main ? demanda timidement L-87t. Je pars bientôt. Je fais partie d'un des premiers convois. »

Crow lui tendit promptement une main que L-87t serra, un peu embarrassé.

« J'espère que ça marchera, hasarda-t-il. Vidémettez de temps en temps. Tenez-nous au courant. »

Devant les bâtiments du Conseil, le vacarme des haut-parleurs commençait à perturber la tranquillité du soir. D'un bout à l'autre de la ville ils répercutaient leur message et la Directive du Conseil.

Les hommes qui se hâtaient de rentrer chez eux après le travail s'arrêtaient pour les écouter. Dans les maisons toutes semblables du quartier humain, hommes et femmes interrompaient leurs tâches quotidiennes et levaient la tête, attentifs et curieux. Partout, dans toutes les villes de la Terre, robots et humains cessaient leurs activités pour prêter l'oreille à mesure que les haut-parleurs d'État se mettaient en marche.

« Le Conseil Suprême a officiellement décrété que les riches colonies planétaires de Vénus, Mars et Ganymède étaient désormais réservées à l'usage exclusif des robots. Aucun humain ne sera plus autorisé à quitter la Terre. Afin de tirer un meilleur parti des ressources uniques et des conditions de vie supérieures offertes par ces colonies, tous les robots de la Terre seront transférés sur la colonie de leur choix.

« Le Conseil Suprême a jugé que la Terre n'était pas digne

des robots en raison de sa stérilité partielle et de ses zones encore dévastées. Tous les robots seront conduits à leurs nouveaux foyers coloniaux dès que les moyens de transport adéquats pourront être mis en œuvre.

« Les humains ne pourront en aucun cas pénétrer dans le secteur des colonies, qui sont exclusivement réservées aux robots. La population humaine aura le droit de rester sur Terre.

« Le Conseil suprême a officiellement décrété que les riches colonies planétaires de Vénus... »

Crow s'éloigna de la fenêtre, satisfait. Il regagna sa table de travail et continua de classer ses papiers en piles régulières non sans leur jeter un bref coup d'œil au passage.

« J'espère que vous autres humains vous en tirerez bien », répéta L-87t.

Crow continua de passer en revue ses piles de rapports au plus haut niveau, et de les annoter avec son stylet. Il travaillait vite, tout à sa tâche. Il remarqua à peine le robot qui s'attardait sur le seuil. « Vous pouvez me donner une idée de la forme de gouvernement que vous allez instaurer ? » s'enquit celui-ci.

Crow lui jeta un regard impatient. « Quoi ?

— Eh bien oui, comment allez-vous diriger la société maintenant que vous avez manœuvré pour nous chasser de la Terre ? Quel régime va remplacer notre Conseil suprême et notre Congrès ? »

Crow ne répondit pas. Il s'était déjà replongé dans son travail. Son visage était devenu un masque de pierre empreint d'une dureté singulière que L-87t ne lui avait jamais vue.

« Qui gouvernera après notre départ ? insista le robot. Vous m'avez dit vous-même que les humains n'avaient guère de dispositions pour la gestion des sociétés modernes complexes. Allez-vous trouver un humain capable de faire tourner la machine ? De prendre la tête de l'humanité ? »

Crow eut un mince sourire. Et poursuivit sa tâche.

Service avant achat

Quand cette nouvelle est parue, les lecteurs l'ont détestée. Je l'ai relue, étonné par cette hostilité, et j'en ai compris la raison : c'est une histoire super-déprimante, jusqu'au bout. Si je pouvais la récrire, je changerais la fin, justement; je ferais en sorte que l'homme et le robot, l'« arcad », s'allient et deviennent amis. La logique paranoïaque de ce récit devrait être reconstruite en son antithèse; Y, le thème « humain contre robot », aurait dû se muer en non-Y, thème « humain et robot contre le reste de l'univers ». Je regrette vraiment la chute. Alors en la lisant, essayez de l'imaginer comme elle aurait dû être écrite. L'arcaa dit : « Monsieur, je suis là pour vous aider. Au diable mon boniment. Ne nous séparons plus jamais. » Sauf qu'on m'aurait critiqué pour avoir inventé une fin faussement optimiste, j'imagine. Reste que celle-ci n'est pas bonne. Les fans avaient raison.
(1978)

Fatigué, Ed Morris regagnait la Terre après une dure journée de bureau. Les voies Ganymède-Terre étaient encombrées de bureaucrates renfrognés rentrant chez eux à bord de leurs navettes personnelles; Jupiter étant en opposition avec la Terre, le trajet durerait deux bonnes heures. Tous les quelques millions de kilomètres, la marée ralentissait péniblement et tout progrès devenait impossible; des feux de signalisation clignotaient aux embranchements, là où le flot de véhicules en provenance de Mars et Saturne venait s'insérer dans le courant principal de la circulation.

« Bon sang, grommela Morris. C'est pas possible d'être crevé à ce point. »

Il activa le pilote automatique et se détourna momentanément du tableau de bord pour allumer la cigarette dont il avait tant besoin. Ses mains tremblaient. La tête lui tournait. Il était plus de six heures ; Sally allait enrager ; le dîner serait gâché. Toujours la même histoire. Une circulation à vous rendre cinglé, les avertisseurs omniprésents, les conducteurs courroucés qui le doublaient de près avec force gesticulations furibondes, vociférations et autres injures...

Sans parler des pubs. Ça, c'était vraiment la goutte d'eau qui faisait déborder le vase. Il aurait pu supporter le reste, mais pas les pubs incessantes, tout au long du trajet de Ganymède à la Terre. Avec les milliers de robots représentants qui sévissaient sur Terre, c'était trop. En plus, ils étaient partout.

Il ralentit pour éviter un carambolage entre une cinquantaine de véhicules. Des vaisseaux-dépanneuses s'affairaient à dégager les voies. Ed Morris entendit les sirènes des fusées de police par le truchement de son haut-parleur. D'une main experte il éleva son vaisseau, s'interposa entre deux transports commerciaux lents, se glissa brièvement dans la voie de gauche, qui était libre, puis prit de la vitesse pour s'éloigner du lieu de l'accident. Un concert de klaxons ponctua son initiative, mais il n'en tint aucun compte.

« Les Produits Trans-Solaires vous souhaitent la bienvenue ! » tonitrua une voix dans son oreille. Morris gémit et se tassa dans son siège. À mesure qu'il approchait de la Terre, le tir de barrage augmentait. « Votre indice de tension dépasse la cote d'alerte sous l'effet des contrariétés de la journée ? Alors, vous avez besoin d'une *Unité Id-Persona*. Si petite qu'on peut la porter derrière l'oreille, tout près du lobe... »

Dieu merci, il avait déjà dépassé la pub, qui décrut dans le sillage de son vaisseau lancé à pleine vitesse. Mais une autre se profilait déjà au-devant.

« Conducteurs ! La circulation interplanétaire fait chaque

année des milliers de morts inutiles. Le *Contrôle Hypno-Moteur*, mis au point par des experts, assure votre sécurité. Confiez-lui votre corps et sauvez votre vie ! » Le rugissement s'amplifia encore. « Le constructeur vous garantit... »

Deux pubs audio, les plus faciles à traiter par le mépris. Malheureusement, c'était à présent une pub visuelle qui se formait à proximité ; il grimaça et ferma les yeux, mais en vain.

« Messieurs ! éclata une voix onctueuse tout autour de lui. Bannissez à *jamais* les odeurs nauséabondes d'origine interne. L'ablation, par des méthodes indolores, du tractus digestif et l'implantation d'un système de substitution vous soulagera de ce qui reste le motif de rejet le plus fréquent dans les relations sociales. »

L'image se stabilisa ; une immense fille nue aux cheveux blonds tout en désordre et aux yeux bleus mi-clos, les lèvres ouvertes, rejetait la tête en arrière dans une attitude d'extase alanguie. Ses traits enflèrent et ses lèvres approchèrent de celles d'Ed. Soudain, son expression orgiaque s'évanouit, remplacée par une mimique de dégoût appuyée ; sur ce, la scène s'effaça.

« Cela vous arrive-t-il ? vrombit la voix. Durant vos jeux érotiques, gênez-vous votre partenaire par la présence de processus gastriques qui... »

La voix s'éteignit, il était passé. Reprenant possession de son esprit, Morris écrasa sauvagement l'accélérateur. Le petit vaisseau fit un bond. La pression appliquée directement aux aires auditives et visuelles de son cerveau était désormais presque imperceptible. Il grogna et secoua la tête afin de s'en débarrasser pour de bon. Tout autour de lui, scintillants et baragouinants, ce n'étaient que vagues échos de pubs, tels les fantômes de lointaines stations vidéo. De tous côtés, les pubs attendaient ; il suivit un itinéraire prudent, avec une dextérité née d'un désespoir animal, mais on ne pouvait pas toutes les éviter. Le désarroi l'envahit. Déjà se dessinaient les contours d'une nouvelle pub audiovisuelle.

« Vous, monsieur le salarié ! » claironna-t-elle dans les yeux, les oreilles, le nez et la gorge de mille banlieusards las. « Fatigué de faire toujours le même boulot ? *Circuits Miracles, Inc.* a mis au point un merveilleux scanner d'ondes cérébrales à longue portée. Découvrez ce que les autres pensent et disent. Prenez l'avantage sur vos collègues. Apprenez les faits et gestes de votre employeur en privé. Bannissez l'incertitude ! »

La détresse de Morris s'accrut d'un coup. Il appuya à fond sur l'accélérateur ; le petit vaisseau quitta la voie de circulation et s'éleva en tanguant dans la zone d'arrêt d'urgence. Son aile transperça la paroi protectrice avec un hurlement métallique – et la pub s'évanouit enfin derrière lui.

Il ralentit, tremblant d'angoisse et de fatigue. La Terre était droit devant. Il serait bientôt rentré. Peut-être pourrait-il s'accorder une bonne nuit de sommeil. D'une main mal assurée, il manœuvra son vaisseau pour lui faire piquer du nez et l'apprêter à s'amarrer au rayon tracteur de l'astroport de Chicago.

La voix aiguë d'un robot représentant lui vrilla les oreilles. « Le meilleur régulateur métabolique du marché. Assuré de maintenir un équilibre endocrinien parfait, satisfait ou intégralement remboursé. »

Morris le contourna avec lassitude pour emprunter le trottoir roulant menant au bloc résidentiel où se trouvait son unité d'habitation. Le robot fit quelques pas derrière lui, puis l'oublia pour se ruer sur les talons d'un autre Terrien morose revenant de l'espace.

« Toutes les nouvelles quand elles sont nouvelles, lui assena alors une voix métallique assourdissante. Faites-vous implanter un vidécran rétinien dans l'œil que vous utilisez le moins. Gardez le contact avec le monde ; n'attendez plus les flashes horaires aussitôt dépassés.

— *Tire-toi de mon chemin* », grommela Morris. Le robot s'écarta pour le laisser traverser la rue en compagnie d'une véritable meute d'hommes et de femmes aux épaules voûtées.

Il y avait partout des robots représentants gesticulants, suppliants, piaillants. L'un d'eux lui emboîta le pas ; il accéléra l'allure. L'autre se maintint à sa hauteur, en ânonnant son baratin pour essayer d'attirer son attention, et ce jusqu'au sommet de la colline où se trouvait son unité d'habitation. Il n'abandonna qu'en voyant Morris se baisser pour ramasser prestement un caillou et le lui lancer en pure perte avant de se ruer dans sa maison et de verrouiller la porte derrière lui. Après un temps d'hésitation, le robot se rua à la poursuite d'une femme chargée d'une brassée de paquets qui gravissait la colline avec peine. Elle aussi essaya de l'éviter, mais sans succès.

« Chéri ! » s'écria Sally. Tout excitée, les yeux brillants, elle sortit précipitamment de la cuisine en s'essuyant les mains sur son short en plastique. « Oh, mon pauvre ! Que tu as l'air fatigué ! »

Morris ôta manteau et chapeau puis piqua un petit baiser sur l'épaule nue de sa femme. « Qu'est-ce qu'il y a pour dîner ? »

Sally confia les effets de son mari à l'auto-placard. « Du faisan sauvage d'Uranus, ton plat préféré. »

Morris saliva et sentit un regain d'énergie chasser sa lassitude. « Sans blague ? En quel honneur ? »

Les larmes lui vinrent aux yeux sous le coup de la compassion. « Chéri, c'est ton anniversaire ; tu as trente-sept ans aujourd'hui. Tu avais oublié ?

— Oui. » Morris eut un pâle sourire. « Complètement. » Il alla dans la cuisine. La table était mise ; le café fumait dans les tasses, et il y avait du pain blanc, du beurre, de la purée et des petits pois. « Mince ! Un véritable festin. »

Sally pianota sur les commandes de la cuisinière et le plat de faisan fumant glissa tout seul sur la table, pour se voir aussitôt découpé avec adresse. « Va te laver les mains, c'est prêt. Dépêche-toi, avant que ça refroidisse. »

Morris présenta ses mains à la fente de lavage, puis s'assit à table avec un sentiment de bien-être. Sally servit le faisan tendre et odorant et ils se mirent tous deux à manger.

« Sally », déclara Morris quand son assiette fut vide et qu'il se fut renversé contre son dossier pour savourer son café. « Je ne peux pas continuer comme ça. Il faut faire quelque chose.

— Pour le trajet, tu veux dire ? Si seulement tu trouvais du travail sur Mars, comme Bob Young ! Peut-être que si tu t'adressais à la Commission de l'Emploi en leur expliquant que le stress te...

— Il ne s'agit pas que du trajet. *Ils sont partout.* Sans cesse à me guetter. Jour et nuit.

— Qui ça, chéri ?

— Les robots vendeurs. Dès que je pose le vaisseau. Les robots et les pubs audiovisuelles. Celles-là agissent directement sur le cerveau. Elles collent au train des gens jusqu'à ce que mort s'ensuive.

— Je sais. » Sally lui tapota la main avec sympathie. « Quand je vais faire les courses ils me suivent par troupeaux entiers. Ils parlent tous en même temps. C'est vraiment terrifiant — on ne comprend pas la moitié de ce qu'ils disent.

— Il faut mettre un terme à tout ça.

— Que veux-tu dire ? bredouilla Sally.

— S'en aller loin d'eux. Ils sont en train de nous détruire. »
Morris fouilla dans sa poche et en sortit avec précaution un fragment minuscule de papier métallique. Il le déroula délicatement et le lissa sur la table. « Regarde. On a distribué ça aux employés de mon bureau ; quand ça m'est parvenu, je l'ai gardé.

— Qu'est-ce que ça veut dire ? » Sally déchiffra le message en fronçant les sourcils. « Chéri, je ne crois pas que *tout* te soit parvenu. Il doit en manquer une partie.

— Un monde nouveau, dit tout doucement Morris. Où ils ne sont pas encore arrivés. Loin, hors du système solaire. Dans les étoiles.

— Proxima ?

— Vingt planètes dont la moitié d'habitables, avec seulement quelques milliers de colons. Des familles, des ouvriers, des scientifiques, quelques équipes d'exploration industrielle. Des terres à volonté.

— Mais... » Sally fit la moue. « Chéri, est-ce que ce n'est pas un peu sous-développé ? On dit qu'on y vit comme au xxe siècle. Avec des toilettes à chasse d'eau, des baignoires primitives, des voitures à essence...

— C'est cela. » L'air très sérieux, Morris roula le morceau de papier métal froissé. « On y est en retard de cent ans. Il n'y a rien de tout ça là-bas », ajouta-t-il en indiquant la cuisinière, puis les équipements du salon. « Il faudra s'en passer. S'habituer à une vie plus simple. Celle que menaient nos ancêtres. » Il voulut sourire, mais son visage s'y refusa. « Tu ne crois pas que tu aimerais ça ? Plus de pubs, plus de robots vendeurs... Des voitures qui roulent à quatre-vingt-dix kilomètres heure au lieu de quatre-vingt-dix millions. On pourrait se payer la traversée sur un des gros transporteurs réguliers intersystèmes. Je pourrais vendre ma navette... »

Il y eut un silence hésitant et peu convaincu.

« Ed, commença Sally. Je crois qu'on devrait y réfléchir davantage. Et ton travail ? Qu'est-ce que tu ferais là-bas ?

— Je trouverais bien quelque chose.

— Mais *quoi ?* Tu n'y as pas encore pensé ? » Une note d'irritation perça dans sa voix, qui monta dans les aigus. « Il me semble, moi, que nous devrions étudier un peu plus cet aspect du problème avant de tout laisser tomber et de... partir comme ça.

— Si on ne s'en va pas, énonça Morris en essayant de garder son calme, ils finiront par nous avoir. Il ne nous reste pas beaucoup de temps. Je ne sais pas si je pourrai leur résister encore longtemps.

— Vraiment, Ed ! Dans ta bouche, tout ça a l'air si mélodramatique. Si tu te sens si mal que ça, pourquoi ne pas prendre un congé et te soumettre à un dépistage d'inhibitions en règle ? J'ai vu un vidprogramme là-dessus : on y guérissait un type dont le système psychosomatique était en bien plus mauvais état que le tien. Un homme beaucoup plus âgé que toi. » Elle sauta sur ses pieds. « Allons faire la fête quelque part, ce soir. D'accord ? » Elle manipula la fermeture à glissière de son short. « Je vais passer ma nouvelle plastirobe, celle que je n'ai jamais eu le courage de mettre. » Les yeux brillants d'excitation, elle se précipita dans la chambre. « Tu vois de laquelle je veux parler ? Quand on en est tout près, elle est à peine transparente, mais plus on s'en éloigne, et plus elle devient diaphane, jusqu'au moment où...

— Je connais, dit Morris d'une voix lasse. J'ai vu la publicité en revenant du travail. » Il se mit debout sans hâte et partit en

direction du salon. Il fit halte sur le seuil de la chambre.
« Sally...
— Oui ? »

Morris ouvrit la bouche pour lui reposer la question, lui reparler du morceau de papier métal qu'il avait soigneusement roulé en boule et rapporté à la maison. Ramener la conversation sur le sujet de la « frontière ». Proxima du Centaure. Insister pour partir à jamais. Mais il n'en eut pas le temps.

Le carillon de la porte d'entrée retentit.

« Il y a quelqu'un à la porte ! s'écria Sally sur un ton animé. Dépêche-toi d'aller voir qui c'est ! »

Dans la pénombre se profilait la silhouette immobile et muette d'un robot. Un vent froid s'engouffra dans la maison. Morris frissonna et recula un peu. « Qu'est-ce que vous voulez ? demanda-t-il en sentant naître en lui une étrange appréhension. Qu'est-ce que c'est ? »

Le robot dépassait en stature tous ceux qu'il avait pu voir. Grand et large, il était pourvu de lourdes pinces métalliques et de lentilles oculaires étirées. Son tronc était carré, et non conique comme chez les autres, et reposait sur quatre chenilles au lieu de deux. Il dominait Morris de ses quelque deux mètres dix. L'ensemble donnant une impression de solidité imposante.

« Bonsoir », dit le robot d'une voix pondérée qui, chahutée par le vent nocturne, se mêlait aux sinistres sons de la nuit, bruits de circulation et autres claquements lointains de panneaux de signalisation. Des formes indistinctes se hâtaient çà et là dans la pénombre. Le monde entier était obscur, hostile.

« Bonsoir », répondit machinalement Morris. Il s'aperçut qu'il tremblait. « Qu'est-ce que vous vendez ?

— J'aimerais vous montrer un *arcad* », répondit le robot.

Morris avait l'esprit tout engourdi, comme incapable de réagir. Que pouvait bien être un arcad ? Les choses prenaient une tournure onirique et cauchemardesque. Il s'efforça de reprendre ses esprits. « Un quoi ? coassa-t-il.

— Un arcad. » Le robot ne fit pas mine de s'expliquer. Il considérait l'homme sans broncher, comme s'il ne lui appartenait pas d'expliquer quoi que ce soit. « Cela ne prendra qu'un instant.

— C'est que... », commença Morris. Il fit un pas en arrière pour se mettre à l'abri du vent et, sans changer d'expression, le robot entra à sa suite.

« Merci. » Il s'immobilisa au milieu du salon. « Voulez-vous appeler votre femme, s'il vous plaît ? J'aimerais lui montrer l'arcad, à elle aussi.

— Sally ! appela Morris, impuissant. Viens voir. »

Sally entra en coup de vent, la poitrine toute frémissante d'excitation. « Qu'y a-t-il ? » Puis elle vit le robot et s'arrêta, hésitante. « Tu as commandé quelque chose, Ed ? On a besoin de faire un achat ?

— Bonsoir, lui dit le robot. Je vais vous faire la démonstration de l'arcad. Asseyez-vous, je vous en prie. Sur le canapé, s'il vous plaît. Tous les deux. »

Sally s'assit, l'air curieux, les joues cramoisies et les yeux brillants d'émerveillement perplexe.

Hébété, Ed s'installa à côté d'elle. « Écoutez, murmura-t-il d'une voix pâteuse. Qu'est-ce que c'est que cette histoire d'arcad ? *Qu'est-ce qui se passe ?* Je ne veux rien acheter du tout, moi !

— Comment vous appelez-vous ? lui demanda le robot.

— Morris. » Il faillit s'étrangler. « Ed Morris. »

Le robot se tourna vers Sally. « Mrs. Morris. » Il s'inclina légèrement. « Je suis heureux de faire votre connaissance, Mr. et Mrs. Morris. Vous êtes les premières personnes du quartier à voir l'arcad. Il s'agit de la toute première démonstration dans le secteur. » Ses yeux froids balayèrent la pièce. « Mr. Morris, vous êtes salarié, je suppose. De quelle entreprise ?

— Il travaille sur Ganymède, dit Sally d'un ton appliqué, comme une écolière. Pour la *Terran Metals Development Co.* »

Le robot digéra l'information. « L'arcad vous sera précieux. » Il regarda Sally. « Et vous, que faites-vous ?

— Je transcris des bandes pour Histo-Recherche.

— Alors l'arcad ne vous servira pas dans votre activité professionnelle, mais sera utile ici, dans votre maison. » Il prit une table dans l'une de ses puissantes pinces en acier. « Par exemple, il arrive qu'un beau meuble soit endommagé par un invité maladroit. » Le robot réduisit la table en miettes ; il n'en resta plus que des fragments de bois et de plastique. « Un arcad est alors nécessaire. »

Ahuri, Morris sauta sur ses pieds, mais fut incapable d'intervenir ; une chape de plomb pesait sur lui. Le robot rejeta les débris de la table et choisit un lampadaire massif.

« Oh ! non, souffla Sally. Ma plus belle lampe.

— Quand on possède un arcad, on n'a rien à craindre. » Le robot tordit le lampadaire de grotesque façon, déchiqueta l'abat-jour, pulvérisa les ampoules, puis se débarrassa des restes. « Une situation de ce type peut se produire lors d'une violente explosion, par exemple celle d'une bombe H.

— Pour l'amour du ciel, souffla Morris. Nous ne...

— Cela peut ne jamais se produire, poursuivit le robot, mais dans une telle éventualité, un arcad est indispensable. » Il s'agenouilla et retira de sa taille une espèce de tube compliqué. Il le pointa vers le sol et atomisa un trou d'un mètre cinquante de diamètre avant de mettre quelques pas entre la cavité béante et lui. « Je n'ai fait qu'amorcer un tunnel, mais vous voyez qu'un arcad vous sauverait la vie en cas d'agression. »

Le mot parut déclencher une nouvelle série de réactions dans son cerveau de métal. « Il arrive qu'on se fasse attaquer la nuit par un voyou, un truand. » Il pivota inopinément et donna un coup de poing dans le mur, qui s'effondra sur tout un pan. « Voilà qui règle le problème du voyou. » Le robot se redressa et promena son regard sur la pièce. « Souvent, le soir, vous êtes trop fatigués pour manipuler les commandes de la cuisinière. » Il gagna promptement la cuisine et entreprit d'enfoncer les boutons en question ; d'énormes quantités de nourriture se répandirent dans toutes les directions.

« Stop ! cria Sally. Laissez ma cuisinière tranquille !

— Vous pouvez aussi être trop las pour faire couler l'eau de votre bain. » Le robot déclencha les commandes de la baignoire et l'eau s'écoula en trombe. « Ou souhaiter vous coucher tout de suite. » D'un coup sec, il fit jaillir le lit de sa niche et le jeta à plat par terre. Puis il s'approcha de Sally qui recula, terrifiée. « Parfois, après une dure journée de labeur, vous êtes trop fatiguée pour ôter vos vêtements. Dans ce cas...

— Sortez d'ici ! hurla Morris. Sally, cours chercher les flics. Ce truc a perdu la boule. *Dépêche-toi !*

— L'arcad est une nécessité dans tous les foyers modernes, poursuivit le robot. Par exemple, un appareil électrique peut tomber en panne. L'arcad le répare aussitôt. » Il arracha les fils de l'humidificateur automatique avant de le replacer au mur. « Parfois, vous préféreriez ne pas aller à votre travail. L'arcad est légalement autorisé à occuper votre poste pendant une période qui ne doit pas excéder dix jours consécutifs. Si, passé ce délai...

— Bonté divine, dit Morris, qui comprenait enfin. L'arcad, c'est *vous*.

— Exact, reconnut le robot. Androïde à Régulation Complètement Automatique (Domestique). Il existe aussi l'arcac (Construction), l'arcam (Management), l'arcas (Soldat) et l'arcab (Bureaucrate). Moi, je suis conçu pour l'usage domestique.

— Vous..., souffla Sally. Vous êtes à vendre. Vous vous vendez vous-même.

— Je fais ma propre démonstration », répondit le robot, autrement dit l'arcad, dont les yeux de métal impassibles fixaient Morris. « Je suis sûr, Mr. Morris, que vous aimeriez me posséder. Mon prix est raisonnable et ma garantie totale. Le manuel d'instructions est inclus. Je n'imagine même pas que vous puissiez dire non. »

À minuit et demi, Ed Morris était toujours assis au pied du lit, une chaussure au pied, l'autre dans sa main, à regarder dans le vide sans rien dire.

« Pour l'amour du ciel, geignit Sally, finis de défaire ton lacet et viens au lit ; tu dois te lever à cinq heures et demie. »

Morris continua de jouer machinalement avec son lacet. Au bout d'un moment, il laissa tomber le soulier et s'attaqua à l'autre. La maison était froide et silencieuse. Dehors, un vent lugubre fouettait les cèdres sur le flanc de l'immeuble. Sally était pelotonnée sous les lentilles radiantes, cigarette aux lèvres, à moitié assoupie.

Dans le salon se tenait l'arcad. Il n'était pas parti. Il restait là, à attendre que Morris l'achète.

« Allez ! dit Sally d'un ton brusque. Mais qu'est-ce tu as, enfin ? Puisqu'il a réparé tout ce qu'il avait cassé ! Il se contentait de faire sa propre démonstration. » Un soupir somnolent. « Il m'a bien fichu la frousse, quand même. J'ai bien cru qu'il déraillait. Belle idée, en tout cas, que de l'envoyer se vendre lui-même chez les gens. »

Morris resta muet.

Sally roula sur le ventre et écrasa languissamment sa cigarette. « Il ne coûte pas tant que ça. Dix mille unités-or, avec une commission de cinq pour cent si on convainc nos amis d'en acheter un. Tout ce qu'on a à faire, c'est de le montrer. Ce n'est pas comme si on devait le *vendre*. Il se vend bien tout seul. » Elle gloussa. « C'est ce qu'ils ont toujours voulu, pas vrai ? Un produit qui se vende tout seul. »

Morris défit le nœud de son lacet, remit sa chaussure et la relaça bien serré.

« Qu'est-ce que tu fabriques ? demanda Sally avec irritation. Viens te coucher ! » Elle se redressa rageusement en position assise, mais Morris sortit sans hâte de la chambre. « Où vas-tu ? »

Dans le salon, il alluma la lumière et s'assit face à l'arcad. « Vous m'entendez ?

— Bien sûr, répondit le robot. Je ne suis jamais inopérant. Il peut se produire une urgence la nuit : un enfant tombe malade ou un accident survient. Vous n'avez pas encore d'enfant, mais dans l'éventualité où...

— Taisez-vous, dit Morris. Je ne veux pas vous entendre.

— Vous m'avez posé une question. Les androïdes à régulation automatique sont connectés à un central d'information. Quand une personne souhaite s'informer sans délai, l'arcad est toujours à même de répondre aux questions, théoriques ou concrètes. Du moment que cela ne relève pas de la métaphysique. »

Morris feuilleta le manuel d'instructions. L'arcad savait faire des tas de choses ; il ne s'usait jamais, n'était jamais pris de court, ne commettait jamais la moindre erreur. Morris jeta le manuel par terre. « Je ne vous achèterai pas. Il n'en est absolument pas question.

— Oh ! Mais si, le reprit l'arcad. C'est une chance que vous ne pouvez pas vous permettre de laisser passer. » Il y avait dans sa voix une nuance de confiance tranquille, métallique. « Vous ne pouvez pas me refuser, Mr. Morris. L'arcad est une nécessité dans tous les foyers modernes.

— Sortez d'ici, dit Morris d'une voix unie. Sortez de ma maison et ne revenez jamais.

— Vous n'avez pas d'ordres à me donner. Jusqu'à ce que vous m'ayez acheté au prix indiqué, je ne suis responsable que devant *Androïdes à Régulation Automatique, Inc.* Or, mes instructions vont à l'encontre de ce que vous me demandez ; je dois rester avec vous jusqu'à ce que vous m'achetiez.

— Et si je ne vous achète jamais ? » demanda Morris, qui sentit simultanément son cœur se glacer. Il pressentait la terrifiante réponse que l'arcad ne pouvait manquer de lui faire.

« Je resterai là. Vous finirez par m'acheter. » Le robot préleva deux ou trois roses fanées dans un vase sur le manteau de la cheminée et les laissa tomber dans la fente de son broyeur incorporé. « Vous verrez, les situations où la présence d'un arcad est indispensable vont se multiplier. Un jour vous vous demanderez comment vous avez pu vivre sans.

— Il y a des choses que vous ne savez pas faire ?

— Oh ! certainement ; beaucoup. Mais je sais faire tout ce que *vous* savez faire — en bien mieux. »

Morris, qui retenait son souffle, expira lentement. « Je serais dingue de vous acheter.

— Vous *devez* m'acheter », répondit la voix impassible. L'arcad déploya un tuyau et se mit à nettoyer la moquette. « Je suis utile dans toutes les situations. Voyez comme cette moquette bouffe, une fois débarrassée de sa poussière. » Il rétracta le tuyau pour en sortir un autre. Morris toussa et battit tant bien que mal en retraite devant les nuages de particules blanches qui s'enflaient çà et là, emplissant toute la pièce. « Je fais des pulvérisations contre les mites », expliqua l'arcad.

Le nuage blanc prit une affreuse couleur bleu-noir. La pièce fut brusquement plongée dans une pénombre de mauvais augure au centre de laquelle l'arcad n'était plus qu'une forme indistincte se déplaçant avec méthode. Enfin, le nuage se dissipa et le mobilier réapparut.

« J'ai procédé à une pulvérisation contre les bactéries toxiques. »

Ensuite il repeignit les murs, fabriqua de nouveaux meubles pour aller avec, puis renforça le plafond de la salle de bains. Il augmenta le nombre de bouches d'air pulsé de la chaudière, améliora l'installation électrique, arracha tous les appareils ménagers de la cuisine pour en monter de plus modernes. Il examina les comptes de Morris et calcula son impôt sur le revenu pour l'année à venir. Il tailla tous les crayons ; il prit le pouls de Morris et diagnostiqua aussitôt une tension artérielle élevée d'origine psychosomatique.

« Vous vous sentirez mieux lorsque vous m'aurez délégué toutes vos responsabilités. » Il jeta la soupe que Sally conservait depuis trop longtemps. « Risque de botulisme, expliqua-t-il. Votre femme est sexuellement attirante, mais incapable d'atteindre un haut niveau d'intellectualisation. »

Morris alla décrocher son manteau dans le placard.

« Où allez-vous ? demanda l'arcad.

— Au bureau.

— À cette heure de la nuit ? »

Morris jeta un coup d'œil dans la chambre. Sally dormait à poings fermés sous les lentilles radiantes relaxantes. Son corps svelte était d'un rose éclatant de santé, son visage libre de tout souci.

Il referma la porte d'entrée et dévala les marches dans l'obscurité. Il gagna sous un vent glacial le parking où sa petite navette était garée parmi des centaines d'autres et donna une piécette au robot gardien qui partit docilement la lui chercher.

Dix minutes plus tard il était en route pour Ganymède.

L'arcad monta à bord de son vaisseau quand il s'arrêta sur Mars pour se ravitailler en carburant.

« Manifestement, vous ne m'avez pas compris. J'ai ordre de faire ma propre démonstration jusqu'à ce que vous soyez convaincu. De toute évidence, ce n'est pas encore le cas ; donc, de nouveaux arguments s'imposent. » Il promena un maillage complexe au-dessus des commandes et tous les réglages furent bientôt effectués. « Vous devriez faire réviser votre appareil plus souvent. »

Il se retira à l'arrière pour vérifier les réacteurs. Assommé, Morris adressa un signe à l'employé et le vaisseau se libéra des pompes. Il prit de la vitesse et la petite planète sableuse disparut dans son sillage. Devant lui se dessinait Jupiter.

« Vos réacteurs ne sont pas en bon état, dit l'arcad en émergeant de la partie arrière. Je n'aime pas ce bruit dans le circuit de freinage. Dès que vous vous poserez, j'effectuerai des réparations en règle.

— Ça ne fait rien à votre Société que vous me rendiez tous ces services ? demanda Morris avec une ironie amère.

— La Société me considère comme vous appartenant. Une facture vous sera envoyée à la fin du mois. » Le robot brandit un stylo et un bloc de formulaires. « Il y a des facilités de paiement — quatre formules différentes. Dix mille unités-or au comptant entraînent une réduction de trois pour cent. De plus, un certain nombre d'appareils ménagers peuvent être repris — vous n'en aurez plus l'utilité. Si vous souhaitez payer en quatre fois, le premier versement doit être effectué immédiatement, et le dernier à quatre-vingt-dix jours.

— Je paie toujours comptant », grommela Morris, qui reprogrammait soigneusement son itinéraire sur le tableau de bord.

« Le plan sur quatre-vingt-dix jours est gratuit. Pour le plan sur six mois, comptez six pour cent d'intérêts annuels pour une somme globale approximative de... » Il s'interrompit. « Nous avons changé d'itinéraire.

— C'est exact.

— Nous avons quitté la voie de circulation officielle. » L'arcad rengaina son stylo et son bloc et se précipita vers le tableau de bord. « Qu'est-ce que vous faites ? Vous risquez une amende de deux unités. »

Morris ne tint aucun compte du robot. Il empoigna fermement les commandes et garda les yeux rivés sur l'écran. Le vaisseau prenait de la vitesse. Il dépassa en trombe des balises d'alarme qui se mirent à hurler furieusement, et s'enfonça dans la morne noirceur du vide spatial. En quelques secondes ils étaient totalement dégagés du flot de la circulation et, seuls, s'éloignaient à toute allure de Jupiter, en direction de l'espace profond.

L'arcad calcula la trajectoire. « Nous quittons le système solaire. Droit vers le Centaure.

— Gagné.

— Vous ne croyez pas que vous devriez appeler votre femme ? »

Pour toute réponse, Morris émit un grognement et poussa d'un cran la barre de propulsion. Le vaisseau se cabra, tangua, puis réussit à se stabiliser. Les réacteurs gémirent de manière inquiétante. Les voyants indiquaient que les turbines principales commençaient à chauffer. Morris n'y prêta pas attention ; il mit en service le réservoir de secours.

« J'appelle Mrs. Morris, proposa l'arcad. Nous n'allons pas tarder à être hors de portée.

— Pas la peine.

— Elle va se faire du souci. » L'arcad courut à l'arrière revérifier les réacteurs, puis réapparut dans la cabine en bourdonnant d'inquiétude. « Mr. Morris, ce vaisseau n'est pas équipé pour le vol intersystèmes. C'est un quadriréacteur domestique de Classe D réservé à l'usage familial. Il n'a pas été conçu pour supporter une vitesse pareille.

— C'est cette vitesse-là qu'on doit atteindre pour rejoindre Proxima, répondit Morris. »

L'arcad connecta ses câbles d'alimentation au tableau de bord. « Je peux soulager un peu les circuits en surcharge. Mais si vous ne ramenez pas le régime du moteur à la normale, je ne saurais être tenu responsable de la détérioration des réacteurs.

— Au diable les réacteurs. »

L'arcad se tut. Il écoutait avec attention la plainte qui s'élevait sous leurs pieds. Le vaisseau tout entier frémit violemment. Des fragments de peinture se mirent à pleuvoir autour d'eux. Les réacteurs emballés communiquaient leur chaleur au sol. Le pied de Morris resta sur l'accélérateur. La navette prit encore de la vitesse et Sol décrut derrière eux. Ils avaient quitté la zone cartographiée. Sol rapetissait à toute allure.

« Il est maintenant trop tard pour vidphoner à votre femme, dit l'arcad. Il y a trois fusées de détresse à l'arrière ; si vous voulez, je peux les lancer dans l'espoir d'attirer un transport militaire de passage.

— Pour quoi faire ?

— Ils nous prendraient en remorque et nous ramèneraient dans le système solaire. Il y a six cents unités d'amende, mais étant donné les circonstances cela me semble être la meilleure conduite à adopter. »

Morris tourna le dos à l'arcad et pesa de tout son poids sur l'accélérateur. La plainte s'était muée en rugissement. Les instruments se fêlaient ou se brisaient. Des fusibles sautèrent un peu partout sur le tableau de bord. La lumière faiblit, s'éteignit puis revint comme à regret.

« Mr. Morris, vous devez vous préparer à mourir. La probabilité d'explosion est de soixante-dix/trente. Je ferai mon possible, mais le seuil critique est d'ores et déjà dépassé. »

Morris reporta son attention sur l'écran. L'espace d'un instant, il fixa avec avidité le point qui grossissait devant lui : l'étoile double du Centaure. « Elles ont fière allure, pas vrai ? C'est Prox la plus importante. Vingt planètes. » Il examina les instruments affolés. « Comment se comportent les réacteurs ? Je ne peux plus lire les instruments ; ils ont presque tous grillé. »

L'arcad hésita, voulut parler, puis se ravisa. « Je retourne vérifier. » Il se dirigea vers l'arrière du vaisseau et s'engagea dans la courte rampe d'accès donnant sur la salle des machines toute vibrante et hurlante.

Morris éteignit sa cigarette, attendit un instant puis poussa d'un coup les propulseurs à fond, jusqu'au dernier cran.

L'explosion sectionna la navette en deux. Des morceaux de coque se mirent à tourbillonner autour de lui. Il se sentit soulevé, privé de poids, et projeté contre le tableau de bord. Une avalanche de bouts de métal et de plastique s'abattit sur lui. Une foule de particules s'embrasèrent avant de s'évanouir lentement ; le silence tomba, et il ne resta plus que des cendres froides.

Le chuintement atténué des pompes à oxygène de secours lui fit reprendre conscience. Il était cloué sous le tableau de bord ravagé, un bras cassé et replié sous lui. Il essaya de bouger les jambes mais ne sentait plus rien en dessous de la ceinture.

L'épave fonçait toujours vers le Centaure. Un mécanisme tentait tant bien que mal de rétablir l'étanchéité de la coque. La climatisation et les compensateurs de gravité, qui fonctionnaient sur des batteries autonomes, émettaient une pulsation sourde et régulière. Sur l'écran, la masse énorme et flamboyante des soleils jumeaux grandissait lentement, inexorablement.

Il était heureux. Enseveli sous les décombres, dans le silence du vaisseau dévasté, il surveillait avec soulagement l'approche des soleils. Un spectacle superbe qu'il attendait depuis longtemps. D'ici un jour ou deux, le vaisseau plongerait dans le brasier et s'y consumerait. Mais il pouvait savourer l'intermède ; rien ne viendrait gâcher son bonheur.

Il pensa à Sally, profondément endormie sous ses lentilles radiantes. Aurait-elle aimé Proxima ? Sans doute pas. Sans doute aurait-elle voulu rentrer au plus tôt. C'était un plaisir qu'il devait goûter seul. Il lui serait exclusivement réservé. Une paix immense l'envahit. Il n'avait qu'à rester couché là sans bouger et laisser approcher cette ardente splendeur, toujours plus près...

Un bruit. Parmi les monceaux de métal fondu, quelque chose était en train de se redresser. Quelque chose de tout cabossé, à peine visible dans la lueur vacillante de l'écran. Morris parvint à tourner la tête.

L'arcad se releva avec peine. Il avait perdu la majeure partie de son tronc. Il chancela, puis s'effondra face contre terre dans un grand bruit de ferraille. Lentement il se rapprocha de Morris en rampant, puis s'immobilisa à quelques pas de lui. On entendit des rouages crisser, des connecteurs s'ouvrir et se refermer avec de petits bruits secs. Un semblant de vie erratique animait sa carcasse saccagée.

« Bonsoir », grinça-t-il d'une voix aiguë.

Alors Morris hurla. Il essaya de se déplacer mais des poutrelles écroulées le retenaient prisonnier. Il cria encore, essaya de s'éloigner de la chose, cracha, gémit, pleura...

« J'aimerais vous montrer un arcad, poursuivit la voix métallique. Voulez-vous appeler votre femme, s'il vous plaît ? J'aimerais lui montrer un arcad, à elle aussi.

— Allez-vous-en ! hurla Morris. Laissez-moi, allez-vous-en !

— Bonsoir, reprit l'arcad tel un magnétophone détraqué. Bonsoir. Asseyez-vous, je vous en prie. Je suis heureux de faire votre connaissance. Comment vous appelez-vous ? Merci. Vous êtes les premières personnes du voisinage à voir l'arcad. Vous êtes salarié, je suppose. De quelle entreprise ? » Rivant ses lentilles oculaires vides et mortes sur Morris, il répéta : « Asseyez-vous, je vous en prie. Cela ne prendra qu'une seconde. Juste une seconde. Cette démonstration ne prendra qu'une... »

Le tour de roue

« Les cultes », dit le barde Chaï d'un air pensif.

Il inspecta le ruban imprimé qui sortait du récepteur, une machine toute rouillée qui aurait eu bien besoin d'un peu d'huile ; elle émettait une plainte perçante accompagnée d'une volute de fumée âcre. Il l'éteignit au moment où le châssis surchauffé et criblé de trous prenait une vilaine teinte rouge. Il en eut bientôt fini avec le ruban, et l'envoya rejoindre le tas de déchets encombrant l'orifice du vide-ordures.

« Que voulez-vous dire par là ? » s'enquit à mi-voix le barde Sung-wu. Cet homme au visage potelé et au teint olivâtre se reprit avec effort et s'obligea à afficher un sourire d'intérêt. « Je vous demande pardon ?

— Toute société stable vit sous la menace des cultes ; la nôtre ne fait pas exception à la règle. » Tout en réfléchissant, Chaï frottait l'une contre l'autre ses mains aux doigts effilés. « Certaines castes inférieures sont par définition insatisfaites. Ces gens-là brûlent d'envie face à ceux que la roue a placés au-dessus d'eux ; ils forment en secret des bandes de rebelles fanatiques. Ils se réunissent au cœur de la nuit ; ils parlent insidieusement de renverser les valeurs établies ; ils se complaisent à faire étalage de mœurs et de coutumes primitives.

— Quelle horreur, acquiesça Sung-wu. Je veux dire, on a du mal à croire que les gens puissent pratiquer des rites aussi fanatiques, aussi révoltants », ajouta-t-il très vite. Il se remit nerveusement debout. « Si vous le permettez, il faut que je m'en aille à présent.

— Attendez, jeta Chaï. Connaissez-vous la région de Detroit ? »

Mal à l'aise, Sung-wu hocha la tête. « Très superficiellement. »

Chaï prit sa décision avec l'énergie qui le caractérisait. « Je vous y envoie en mission ; faites votre enquête et rédigez-moi un rapport. Si ce groupe est dangereux, l'Arme Sacrée doit en être informée. Il est composé des pires éléments qui soient : la classe Techno. » Chaï fit la grimace. « Des Caucasiens, des lourdauds couverts de poils. À votre retour, nous vous accorderons six mois en Espagne ; vous pourrez y faire des fouilles dans les ruines des villes désertées.

— Des Caucasiens ! » s'exclama Sung-wu dont le visage virait au vert. « C'est que... je ne me sens pas bien depuis quelque temps ; je vous en prie, si vous pouviez dépêcher quelqu'un d'autre...

— Vous approuvez sans doute la théorie de Plume-Brisée ? dit Chaï en haussant un sourcil. Philologue étonnant que ce Plume-Brisée, d'ailleurs. J'ai suivi quelques-uns de ses cours. Comme vous le savez, il prétendait que les Caucasiens descendaient de l'homme de Neandertal. Leur taille extrême, leur épaisse toison, leur faciès bestial, dénotent une inaptitude innée à dépasser le niveau intellectuel de l'animal ; avec eux, tout prosélytisme est une perte de temps. »

Il gratifia son cadet d'un regard sévère. « Je ne vous confierais pas cette mission si je n'avais pas une confiance exceptionnelle en votre dévotion. »

Sung-wu tripotait son chapelet d'un air misérable. « Elron soit loué, marmonna-t-il ; vous êtes trop bon. »

Sung-wu se glissa dans un ascenseur qui le hissa à grand renfort de gémissements, ronflements et arrêts intempestifs jusqu'au dernier étage de la Chambre centrale. Il enfila précipitamment un couloir faiblement éclairé par des ampoules espacées qui émettaient une lumière jaunâtre, et arriva bientôt aux portes des salles de sonde; il brandit ses papiers d'identité sous le nez du garde-robot. « Le barde Fei-p'ang est là ? s'enquit-il.

— En effet », répondit le robot en faisant un pas de côté.

Sung-wu pénétra dans les locaux, longea des rangées de machines rouillées mises au rebut et atteignit l'aile encore en service. Il repéra son beau-frère Fei-p'ang qui, assis à un bureau, se penchait sur des graphiques qu'il recopiait avec application. « La Clarté soit avec toi », murmura Sung-wu.

Fei-p'ang leva sur lui un regard agacé. « Je t'avais pourtant dit de ne plus venir ici; si jamais l'Arme découvre que je te laisse utiliser la sonde à des fins personnelles, elle me clouera au pilori.

— Doucement, chuchota Sung-wu en lui posant la main sur l'épaule. Cela ne se reproduira plus. Je pars; laisse-moi regarder encore une fois, la dernière. » Ses traits olivâtres prirent un air suppliant et piteux. « La roue va bientôt tourner pour moi; ceci est notre dernier entretien. »

Son expression pathétique se mua en air rusé. « Je suis sûr que tu ne veux pas avoir cela sur la conscience; il serait trop tard pour réparer. »

Fei-p'ang eut un reniflement. « Bon, d'accord; mais pour l'amour d'Elron, fais vite. »

Sung-wu se précipita vers la sonde-mère et prit place dans le réceptacle branlant. Il la mit en marche d'un geste, appuya son front contre l'oculaire, inséra sa fiche d'identification et déclencha le mouvement du stylet espace-temps. Lentement, comme à contrecœur, l'antique mécanisme se réveilla en crachotant et se mit à tracer la ligne personnelle de Sung-wu sur la piste du futur.

Ses mains tremblaient, tout son corps était secoué de frissons, la sueur lui dégoulinait dans le cou. Il se vit trotter çà et là en miniature. *Pauvre Sung-wu,* s'apitoya-t-il. Une créature de rien du tout vaquant à ses occupations — la créature qu'il serait dans huit mois, assaillie de toutes parts et s'acquittant de ses tâches. Puis tout à coup, dans le continuum suivant, elle tombait et mourait.

Sung-wu se détourna de l'oculaire et attendit que son cœur

reprenne un rythme normal. Il pouvait supporter de contempler ce moment-là, le moment de sa mort, mais ce qui se passait ensuite était vraiment trop déstabilisant.

Il récita tout bas une prière. Avait-il assez jeûné ? Pour ses quatre jours de purification et de flagellation, il s'était servi du fouet à pointes métalliques, le plus gros qu'il ait pu trouver. Il avait distribué tout son argent ; il avait fracassé le magnifique vase que lui avait laissé sa mère, un héritage qu'il chérissait pourtant ; il s'était roulé dans la boue et l'immondice, en pleine ville, sous les yeux de centaines de personnes.

Il en avait suffisamment fait, quand même ! Mais il restait si peu de temps... Il retrouva un peu de courage ; se redressant dans son siège, il appliqua de nouveau ses yeux à l'oculaire. Il tremblait d'épouvante. Et si rien n'avait changé ? Si ses mortifications n'avaient pas suffi ? Il tourna les boutons et le stylet se remit à tracer sa piste temporelle, au-delà de sa mort.

Sung-wu poussa un cri et recula vivement. Son avenir était le même, *exactement* le même qu'avant ; pas le *moindre* changement. Ses fautes étaient trop graves pour être lavées en si peu de temps ; il aurait fallu une éternité — et il était loin de l'avoir devant lui.

Il s'éloigna de la sonde et repassa devant son beau-frère. « Merci », marmotta-t-il d'une voix mal assurée.

Pour une fois, une certaine compassion effleura le visage sévère et brun de Fei-p'ang. « Mauvaises nouvelles ? Ton prochain tour de roue te réserve une réincarnation déplaisante ?

— Mauvaises ? Le mot est faible. »

Toute pitié s'évanouit, et Fei-p'ang prit une expression de reproche vertueux. « À qui t'en prendre sinon à toi-même ? Tu sais bien que ta conduite dans cette incarnation détermine ce que sera la suivante ; si tu t'es vu réincarné dans un animal inférieur, tu devrais réfléchir à ton attitude passée et te repentir. La loi cosmique qui gouverne nos vies est une loi impartiale ; elle est d'une justice impitoyable : les mêmes causes produisent les mêmes effets ; nos actions conditionnent notre prochaine vie — il ne peut y avoir ni blâme ni regret, seulement la compréhension et le repentir. » Mais sa curiosité fut la plus forte : « De quoi s'agit-il ? D'un serpent ? D'un écureuil ?

— Mêle-toi de ce qui te regarde, rétorqua Sung-wu en regagnant tristement la sortie.

— Je peux aller me rendre compte par moi-même.

— Ne te gêne pas. » Accablé, Sung-wu sortit dans le couloir.

Le désespoir l'aveuglait : rien n'avait changé. D'ici huit mois, il mourrait, victime d'une des nombreuses épidémies qui dévastaient les régions habitées du globe. Il attraperait la fièvre, se couvrirait de boutons rouges et se convulserait sous les mille supplices du délire. Les boyaux lui sortiraient du ventre ; sa chair se décomposerait ; ses yeux se révulseraient ; puis, après d'interminables souffrances, il mourrait. Son cadavre irait rejoindre les autres, des centaines d'autres — une rue entière de cadavres entassés dans des charrettes par les robots de la voirie qui eux, au moins, étaient invulnérables. Sa dépouille mortelle serait brûlée dans l'incinérateur à ordures public des faubourgs de la ville.

Pendant ce temps-là, l'étincelle éternelle qui était l'âme divine de Sung-wu quitterait cette manifestation spatio-temporelle pour s'incarner dans la suivante. Seulement, elle ne s'élèverait pas : au contraire, elle s'abîmerait ; souvent il avait contemplé sa chute grâce à la sonde. Et chaque fois c'était le même tableau hideux : le spectacle intolérable de son âme tombant comme une pierre jusqu'au continuum le plus bas, jusqu'à la pire des manifestations, tout en bas de l'échelle.

Car il avait péché. Au temps de sa jeunesse, Sung-wu avait eu une liaison avec une beauté aux yeux noirs et aux longs cheveux luisants qui retombaient en cascade sur ses épaules et ses reins. Lèvres appétissantes couleur carmin, seins bien ronds, hanches ondulantes, tout en elle était une invite sans équivoque. Bien qu'elle fût la femme d'un de ses amis appartenant à la classe des Guerriers, il en avait fait sa maîtresse ; il n'avait pas douté que le temps rachèterait sa lubricité.

Mais il s'était trompé : et maintenant, son tour était venu. La peste... et plus le temps de jeûner, de prier, ni de faire œuvre charitable. Il était destiné à descendre tout droit vers une planète bourbeuse baignant dans une atmosphère viciée au cœur d'un minable système à soleil rouge, une antique fosse pleine d'immondices en décomposition et de vase à n'en plus finir – une jungle de la pire espèce. Là, il serait une grosse mouche bleue aux ailes brillantes, une mouche rampante et bourdonnante qui se repaîtrait de la carcasse putride de lézards géants morts en combat singulier.

Depuis ce marécage, cette planète ravagée par les épidémies évoluant dans un système solaire contaminé, il lui faudrait remonter péniblement tous les barreaux de l'échelle cosmique qu'il avait déjà gravis une fois. Lui qui avait mis des millénaires à arriver jusqu'au statut d'humain; habitant de la planète Terre, dans le système de Sol, qui la baignait de son éclat jaune vif, il allait maintenant devoir recommencer de zéro.

« Elron soit avec vous », émit Chaï au moment où, après inspection par l'équipe de robots, la nef d'observation rongée par la rouille recevait enfin l'autorisation de s'envoler pour un vol de faible portée. Sung-wu y pénétra sans hâte et s'assit devant ce qui restait du tableau de commande. Il fit un vague signe d'adieu, puis claqua la porte du sas et la verrouilla manuellement.

On était en fin d'après-midi. Tandis que le vaisseau se hissait par à-coups dans le ciel, il consulta de mauvaise grâce les rapports et enregistrements que lui avait remis Chaï.

Les Réparateurs ne représentaient qu'un culte de faible importance : quelques centaines de membres, tous issus de la caste Techno, la plus méprisée de toutes. Bien entendu, les Bardes, eux, occupaient le haut de l'échelle; ils étaient les éducateurs de la société, les saints hommes qui guidaient l'homme vers la Clarté. Ensuite venaient les Poètes; leur rôle était de donner une dimension épique aux grandioses légendes d'Elron Hu, lequel vivait (selon la légende) à l'époque ignoble des Temps de Folie. En dessous des Bardes venaient les Artistes, puis les Musiciens; ensuite c'étaient les Travailleurs, qui supervisaient les équipes de robots. Plus bas encore, les Hommes d'Affaires, les Guerriers, les Cultivateurs, et pour finir – bons derniers – les Technos.

C'étaient pour la plupart des Caucasiens, d'immenses créatures à peau blanche incroyablement velues ; leur ressemblance avec les grands singes était frappante. Peut-être Plume-Brisée était-il dans le vrai ; peut-être avaient-elles réellement du sang de Neandertal, ce qui les empêchait d'accéder à la Clarté. Sung-wu ne s'était jamais considéré comme raciste ; il n'aimait pas qu'on maintienne les Caucasiens à l'écart.

Les extrémistes, eux, croyaient que l'espèce humaine subirait des dommages irréparables si les mariages mixtes étaient autorisés. De toute manière, le problème ne se posait pas : au sein des classes supérieures, aucune femme ayant tant soit peu de décence et de respect pour elle-même – qu'elle soit indienne, mongolienne ou bantoue – ne se serait commise avec un *Cauc*.

Sous la nef s'étendait la campagne stérile, laide et désolée. Des plaques de scories et de larges zones rougeâtres non encore recouvertes par la végétation restaient visibles, mais désormais les ruines étaient presque toutes sous la terre et les herbes folles. Il vit des hommes et des robots qui travaillaient aux champs, il vit des villages dessinant d'innombrables petits cercles bruns dans le vert des prairies, avec çà et là d'anciennes cités en ruines, blessures aveugles sous le ciel, bouches béantes qui jamais plus ne se refermeraient.

Devant lui se profilait la région de Detroit, ainsi nommée, croyait-on, d'après un chef spirituel depuis longtemps tombé dans l'oubli. Les villages se faisaient plus denses. À sa gauche, la surface plombée d'une pièce d'eau, peut-être un lac. Au-delà, Elron seul savait. Personne n'allait jamais plus loin ; il n'y avait là-bas que des animaux sauvages et des créatures difformes engendrées par les radiations qui infestaient toujours le Nord.

Il amorça sa descente. À droite se trouvait un terrain dégagé ; un robot cultivateur labourait à l'aide d'un crochet de métal soudé à sa ceinture, qui provenait sans doute de quelque machine hors d'usage. Cessant de traîner son soc, il regarda d'un air ébahi le vaisseau atterrir gauchement puis s'immobiliser avec un sursaut.

« La Clarté soit avec vous », grinça docilement le robot comme Sung-wu sortait de la nef.

Le Barde rassembla sa liasse de documents et la fourra dans

une mallette. Il claqua la porte du sas et se dirigea prestement vers la ville dévastée. Le robot se remit à traîner son soc rouillé dans le sol dur ; il travaillait lentement, sans se plaindre, alors que sa carcasse rongée était pliée en deux par l'effort.

« Où allez-vous, Barde ? » fit une petite voix flûtée tandis que Sung-wu se frayait péniblement un chemin dans un dédale de scories et de gravats.

C'était un petit Bantou au visage d'encre, vêtu de haillons rouges cousus au petit bonheur. Il se mit à courir comme un chiot sur les talons de Sung-wu, sautant en tous sens, un sourire découvrant ses dents blanches.

Sung-wu trouva instantanément une ruse ; son intrigue avec la fille aux cheveux noirs lui avait enseigné des feintes et des fuites élémentaires. « Mon vaisseau est en panne », répondit-il avec circonspection ; cela devait arriver souvent. « C'était le seul encore en état de marche sur notre terrain. »

L'enfant gambadait, riant et arrachant des brins d'herbe au bord du chemin. « Je connais quelqu'un qui saura le réparer », s'écria-t-il d'un ton insouciant.

Le pouls de Sung-wu s'accéléra. « Vraiment ? murmura-t-il pourtant avec une indifférence feinte. Il y a donc par ici des gens qui pratiquent l'art douteux de la *réparation* ? »

L'enfant eut un hochement de tête solennel.

« Des Technos ? poursuivit Sung-wu. Sont-ils nombreux ? »

Toute une bande d'enfants au visage noir, plus de petites Bantoues aux yeux sombres, arrivaient en gambadant parmi les ruines. « Qu'est-il arrivé à votre vaisseau ? brailla l'un d'eux. Il ne veut plus voler ? »

Ils étaient tous à courir et criailler autour de lui tandis qu'il avançait lentement, formant une horde étonnamment sauvage et parfaitement indisciplinée. Ils ne cessaient de se rouler par terre, de se battre, de tomber les uns sur les autres et de se courir après, l'ensemble composant une sarabande endiablée.

« Combien d'entre vous, s'enquit Sung-wu d'un ton impérieux, ont achevé leur instruction primaire ? »

Il y eut un silence gêné. Les enfants échangèrent des regards coupables ; pas un ne répondit.

« Par Elron ! s'exclama-t-il, horrifié. Êtes-vous donc tous incultes ? »

Les têtes restèrent baissées, honteuses.

« Comment voulez-vous entrer en phase avec la volonté cosmique ? Comment pouvez-vous vous attendre à connaître le divin dessein ? Vraiment, c'en est trop ! »

Il désigna l'un des garçons d'un doigt grassouillet. « Passes-tu ton temps à te préparer à ta vie future ? À faire pénitence et te purifier ? T'interdis-tu de consommer de la viande, de commettre le péché de chair, de t'amuser, de céder à l'appât du gain et de vivre dans l'oisiveté ? »

Mais la réponse sautait aux yeux : leurs libres éclats de rire et leurs jeux prouvaient bien qu'ils étaient encore embrouillés, loin de la clarté – la seule voie par laquelle l'individu puisse parvenir à la compréhension du dessein éternel, de la roue cosmique tournant indéfiniment pour tous les êtres vivants.

« Des papillons ! fit Sung-wu avec un reniflement dégoûté. Vous ne valez pas mieux que les bêtes sauvages et les oiseaux des champs, qui ne se soucient pas du lendemain. Vous vous amusez aujourd'hui sans penser que demain va venir. Comme des insectes... »

Mais cette dernière pensée lui rappela la mouche bleue aux ailes luisantes rampant sur un cadavre de lézard en décomposition et son estomac se convulsa ; il se contrôla pourtant et repartit à grands pas vers les villages épars qui se profilaient devant lui.

Partout des Cultivateurs labouraient la mince couche de terre stérile recouvrant les scories ; quelques tiges de blé décharnées se balançaient mollement. C'était bien le pire terreau qu'il eût jamais vu. Sung-wu sentait affleurer le métal sous ses pieds. Courbés en avant, des individus des deux sexes arrosaient leurs souffreteux épis à l'aide de bidons en fer-blanc, vieux récipients récupérés dans les ruines. Un bœuf tirait une charrette rudimentaire.

Ailleurs, des femmes arrachaient les mauvaises herbes à la main ; tous bougeaient avec lenteur, comme hébétés, sans doute travaillés par des parasites intestinaux attrapés au contact de la terre. Ils allaient pieds nus. Les enfants n'étaient pas encore touchés, mais cela ne tarderait pas.

Sung-wu leva les yeux au ciel et rendit grâce à Elron; ici la souffrance était plus grande; chacun traversait des épreuves d'une violence inaccoutumée. Ces hommes et ces femmes trempaient dans un creuset de feu; leur âme devait être d'une pureté exceptionnelle. Un bébé était couché à l'ombre, auprès de sa mère à demi assoupie. Des mouches couraient sur ses yeux; la bouche ouverte, la mère avait le souffle rauque. Une rougeur maladive colorait ses joues brunes. Elle avait le ventre gonflé : elle était à nouveau enceinte. Une autre âme éternelle allait franchir un échelon. Ses seins lourds et pendants tremblotèrent quand elle remua dans son sommeil et roulèrent sur son tablier crasseux.

« Venez par ici, cria-t-il d'un ton rude à la bande de noirauds qui le suivait toujours. Je veux vous parler. »

Les enfants approchèrent, les yeux baissés, et formèrent un cercle silencieux autour de lui. Sung-wu s'assit, posa sa mallette à côté de lui et prit la posture traditionnelle en repliant avec aisance ses jambes sous lui, ainsi que l'avait recommandé Elron dans le livre septième de son enseignement.

« Je vais vous poser des questions, et vous répondrez, déclara-t-il. Vous connaissez la catéchèse, je pense? » Il scruta attentivement les visages qui l'entouraient. « Qui d'entre vous connaît la catéchèse? »

Une ou deux mains se levèrent. La plupart des enfants détournaient les yeux d'un air malheureux.

« Premièrement! lança Sung-wu. *Qui êtes-vous?* Vous êtes un infime fragment du dessein cosmique.

« Deuxièmement! *Qu'êtes-vous?* Une simple parcelle au sein d'un système si vaste qu'il dépasse l'entendement.

« Troisièmement! *Qu'est-ce que vivre?* Vivre, c'est satisfaire aux exigences des forces cosmiques.

« Quatrièmement! *Où êtes-vous?* Sur l'un des degrés de l'échelle cosmique.

« Cinquièmement! *Où étiez-vous auparavant?* Sur d'autres échelons, en nombre infini; chaque tour de roue vous fait avancer ou reculer.

« Sixièmement! *Qu'est-ce qui détermine la direction que vous prendrez au prochain tour de roue?* Votre conduite dans votre manifestation actuelle.

« Septièmement! *Qu'est-ce que se bien conduire?* C'est se soumettre aux forces éternelles, aux éléments cosmiques qui constituent le divin dessein.

« Huitièmement! *Quel est le sens de la souffrance?* La souffrance purifie l'âme.

« Neuvièmement! *Quelle est le sens de la mort?* La mort libère l'individu de sa manifestation présente afin qu'il puisse s'élever vers un nouveau barreau de l'échelle.

« Dixièmement... »

À ce moment-là Sung-wu s'interrompit. Deux silhouettes vaguement humaines approchaient. De grands individus à peau blanche qui traversaient à pas de géants les champs desséchés entre les chétives rangées de blés.

Des Technos qui venaient à sa rencontre! Il en eut la chair de poule. Des Caucs! Leur peau luisait d'un éclat pâle et malsain évoquant ces insectes nocturnes qu'on trouve en retournant les pierres. Réprimant son dégoût, il se remit debout et se prépara à les accueillir.

« Clarté! » dit-il.

Lorsqu'ils s'arrêtèrent devant lui, il sentit leur odeur musquée, une odeur de mouton. C'étaient deux mâles, deux énormes mâles suants à la peau poisseuse, affublés de barbes et de longues chevelures en bataille. Ils étaient vêtus de pantalons de gros drap et chaussés de bottes. Horrifié, Sung-wu distingua l'épaisse toison qui leur tapissait la poitrine, poussait en touffe sous leurs bras, descendait jusqu'aux poignets et même sur le dos des mains. Plume-Brisée avait dû voir juste; peut-être l'archaïque Neandertal — cette parodie d'homme — se perpétuait-il à travers ces grosses bêtes pesantes et blondes. Il voyait presque le singe se profiler derrière leurs prunelles bleues.

« Salut », fit le premier Cauc. Au bout d'un moment, il ajouta d'un air réfléchi : « Je m'appelle Jamison.

— Et moi Pete Ferris », grogna le second.

Ni l'un ni l'autre n'observait les règles de déférence habituelles; Sung-wu grimaça mais réussit à ne pas extérioriser sa réaction. Était-ce une insulte voilée mais délibérée, ou simplement l'effet de leur ignorance? Impossible de trancher; mais comme l'avait dit Chaï, dans les castes inférieures couvait un foyer de ressentiment, d'hostilité et d'envie.

« Je fais une enquête de routine sur les taux de natalité et de mortalité en zone rurale, expliqua Sung-wu. Je passerai quelques jours ici. Y a-t-il un endroit où je puisse m'installer? Une auberge quelconque? »

Les deux mâles caucs gardèrent le silence. Puis l'un d'eux demanda brusquement : « Pourquoi ? »

Sung-wu cilla. « Pourquoi quoi ?

— Pourquoi cette enquête? Nous pouvons vous donner tous les renseignements que vous voulez. »

Sung-wu n'en croyait pas ses oreilles. « Vous savez à qui vous parlez? Je suis un Barde! Dix castes nous séparent; comment osez-vous... » Il s'étrangla de rage. Dans ces campagnes, les Technos ne savaient absolument plus se tenir. Quelle mouche avait donc piqué les Bardes locaux? Étaient-ils en train de laisser le système aller à vau-l'eau?

Il fut saisi d'un frisson violent en songeant à ce qui se passerait si Technos, Cultivateurs et Hommes d'Affaires étaient autorisés à se mélanger, voire à se *marier* entre eux, à prendre leurs repas et leurs boissons au même endroit. Ce serait la structure même de la société qui s'effondrerait. Si tous se faisaient transporter par les mêmes charrettes, utilisaient les mêmes cabinets, ce serait inimaginable. Une vision de cauchemar se matérialisa sous ses yeux; horrifié, il vit des Technos vivre et copuler avec des femmes de la caste Barde ou Poète, une société à l'organisation horizontale dont les membres seraient tous au même niveau. Ce qui irait à l'encontre de la nature même du cosmos et du divin dessein; le retour des Temps de Folie!

« Où est le directeur de la région? demanda-t-il. Menez-moi jusqu'à lui. Je verrai cela directement avec lui. »

Les deux Caucs tournèrent les talons et reprirent sans un mot le chemin par lequel ils étaient venus. Après un accès de fureur, Sung-wu leur emboîta le pas.

À leur suite il traversa des champs pelés et escalada des collines nues, rongées par l'érosion ; les ruines se faisaient plus denses. Aux abords de la ville s'étaient regroupés quelques maigres hameaux, huttes branlantes et rues bourbeuses d'où s'élevait une puanteur épaisse, une odeur de pourriture et de mort.

Des chiens dormaient à l'ombre des huttes ; les enfants jouaient à fouiller les tas d'ordures et de gravats. Sur le seuil des portes étaient assis quelques vieillards au visage inexpressif, aux yeux mornes et vitreux. Il vit des poules picorer çà et là, des porcs, des chats faméliques – et les éternels entassements de pièces métalliques, qui atteignaient jusqu'à dix mètres de haut. Partout des piles de scories rougeâtres.

Après les hameaux venaient les ruines proprement dites, des kilomètres de vestiges abandonnés, de squelettes de bâtiments, de pans de béton, de baignoires et de tuyaux, de carcasses de voitures retournées. Tout cela datait des Temps de Folie, la décennie qui avait suivi l'épisode le plus déplorable de toute l'histoire de l'humanité. Les cinq siècles de folie et de chaos étaient désormais connus sous le nom d'Âge d'Hérésie, âge où l'homme s'était dressé contre le divin dessein et avait pris en main sa propre destinée.

Ils arrivèrent devant une cabane en bois plus spacieuse que les autres et qui comportait un étage. Les Caucs escaladèrent une volée de marches pourries ; sous leurs lourdes bottes, les planches craquaient, menaçant à tout instant de céder. Mal à l'aise, Sung-wu fit de même ; ils débouchèrent sur une espèce de véranda ouverte à tous les vents.

Là se tenait un homme, un officiel obèse à la peau cuivrée, aux culottes défaites, dont la chevelure noire et luisante était retenue par un os sur le cou rouge et gonflé. Il avait un gros nez proéminent, un visage large et plat dominant une cascade de doubles mentons. Il buvait du jus de citron vert dans une tasse d'étain tout en contemplant la rue bourbeuse à ses pieds. En voyant les deux Caucs, il se souleva à demi au prix d'un prodigieux effort.

« Cet homme désire vous voir », fit le dénommé Jamison en désignant Sung-wu.

Irrité, ce dernier s'avança. « Je suis un Barde. Je viens de la Chambre du centre; savez-vous au moins reconnaître *ceci*? » Il ouvrit violemment sa toge et découvrit le symbole de l'Arme Sacrée, une gerbe flamboyante ciselée dans l'or rouge. « J'exige d'être traité selon mon rang! Je ne suis pas venu jusqu'ici pour me faire bousculer par des... »

Il s'était laissé emporter; il réprima à grand-peine sa colère et empoigna sa mallette. Le gros Indien l'observait calmement; quant aux deux Caucs, ils étaient partis à l'autre bout de la terrasse s'accroupir dans l'ombre. Ils allumèrent des cigarettes rudimentaires et leur tournèrent le dos.

« Comment pouvez-vous tolérer cela? demanda Sung-wu, incrédule. Cette... promiscuité? »

L'Indien haussa les épaules et s'enfonça encore un peu plus dans son fauteuil. « La Clarté soit avec vous, murmura-t-il. Désirez-vous vous joindre à moi? » Son expression placide demeurait inchangée; on aurait dit qu'il n'avait rien remarqué. « Un peu de jus de citron vert? Peut-être préférez-vous du café? Le citron vert est bon pour ça. » Il se tapota la bouche; ses gencives étaient criblées de plaies suintantes.

« Non merci », marmonna Sung-wu d'un air renfrogné en prenant un siège en face de l'Indien. « Je suis ici en mission officielle.

— Vraiment? fit l'autre avec un léger hochement de tête.

— J'enquête sur le taux de natalité et de mortalité. » Sung-wu hésita, puis se pencha vers l'Indien. « J'exige que vous renvoyiez ces deux Caucs; ce que j'ai à vous dire est confidentiel. »

L'autre ne parut pas s'émouvoir le moins du monde; son visage gras resta absolument impassible. Au bout d'un moment, il se tourna légèrement : « Veuillez descendre jusqu'à la rue, ordonna-t-il. S'il vous plaît. »

Les deux hommes se relevèrent en grognant; en passant devant la table, ils froncèrent les sourcils et dardèrent des regards pleins de ressentiment en direction de Sung-wu. L'un cracha sur la balustrade, ce qui était manifestement une insulte.

« Quelle impudence! s'étrangla Sung-wu. Comment pouvez-vous les laisser faire? Les avez-vous vus, au moins? Par Elron, cela dépasse l'imagination! »

L'Indien haussa les épaules d'un air indifférent et rota. « Tous les hommes sont frères sur la roue. Elron Lui-même n'a-t-il pas répandu cet enseignement lorsqu'il était sur Terre ?
— Bien sûr. Mais...
— Ceux-là ne seraient-ils pas nos frères ?
— Mais naturellement, répondit Sung-wu avec hauteur. Seulement, ils doivent savoir se tenir ; ils appartiennent à une classe insignifiante. Dans les rares circonstances où quelque objet a besoin de réparations, on les appelle ; mais je n'ai pas souvenir du moindre incident à l'issue duquel on ait jugé souhaitable de réparer quoi que ce soit. Le besoin que nous avons de cette classe diminue d'année en année ; le jour viendra où elle et les éléments qui la composent...
— Vous êtes sans doute partisan de la stérilisation ? s'enquit l'Indien sournois derrière ses paupières lourdes.
— Je suis partisan de faire *quelque chose* ! Les classes inférieures se reproduisent comme des lapins. Ils ne cessent de se répandre — beaucoup plus vite que nous autres Bardes. Je n'arrête pas de voir des femmes caucs au ventre gonflé, alors que c'est à peine s'il naît un Barde de nos jours ; ces inférieurs doivent passer leur temps à forniquer.
— C'est à peu près tout ce qui leur reste », murmura doucement l'autre. Puis il but un peu de jus. « Vous devriez essayer de vous montrer plus tolérant.
— Tolérant ! Mais je n'ai rien contre eux, du moment qu'ils...
— On dit, poursuivit l'autre à voix basse, qu'Elron Hu Lui-même était un Cauc. »

Sung-wu en bafouilla d'indignation et voulut riposter, mais son impitoyable réplique lui resta dans la gorge car en bas, dans la rue boueuse, quelque chose venait.

« Qu'est-ce que c'est ? » demanda-t-il. Il bondit sur ses pieds et se précipita vers la balustrade.

Une lente procession s'avançait d'un pas solennel. Comme mus par un signal, hommes et femmes sortaient à flots de leurs huttes branlantes et venaient en toute hâte contempler le spectacle du bord de la route. Lorsque la procession arriva sur lui,

Sung-wu fut paralysé d'horreur ; la tête lui tournait. Il arrivait de plus en plus de gens ; il devait y en avoir des centaines. Serrés les uns contre les autres, ils formaient une foule dense et murmurante, une mer houleuse de visages avides. Celle-ci était parcourue d'un gémissement hystérique, un grand vent qui la secouait comme les feuilles d'un arbre. Ils formaient un tout, un vaste organisme primitif hypnotisé et tenu en extase par l'approche de la colonne.

Les membres de la procession portaient un étrange costume : chemise blanche aux manches roulées, pantalon gris foncé, d'une coupe incroyablement archaïque, chaussures noires. Tous étaient vêtus exactement de la même manière. Ils formaient un double alignement défilant calmement, solennellement, la tête haute, les narines dilatées et la mâchoire crispée. Ils respiraient un fanatisme imperturbable, une détermination telle que Sung-wu recula, terrifié. L'une après l'autre défilaient des silhouettes au visage de pierre, dans leurs vêtements primitifs, vision d'horreur surgie du passé. Leurs talons frappaient le sol, et cette cadence monotone et dure résonnait entre les cabanes branlantes. Les chiens s'éveillèrent ; les enfants se mirent à pleurer. Les poules s'enfuirent en caquetant.

« Par Elron ! s'écria Sung-wu. Que se passe-t-il ? »

Ils portaient d'étranges instruments à valeur symbolique, des images rituelles dotées d'un sens ésotérique qui, forcément, échappait à Sung-wu. Il y avait des tubes, des tiges et des structures grillagées scintillantes qui semblaient faites de métal. *De métal !* Et il n'était pas rouillé ; au contraire, il jetait mille feux. Sung-wu n'en revenait pas ; ces objets avaient l'air neuf !

La procession arriva à leur hauteur. Derrière elle venait une énorme carriole supportant un symbole de fertilité évident : un tire-bouchon grand comme un arbre dépassant d'un cube d'acier brillant qui brimbalait au gré des cahots.

Puis venaient d'autres individus arborant la même expression figée, les mêmes yeux vitreux ; ils étaient également chargés de tuyaux, de tubes et de brassées de matériel étincelant. Dès qu'ils furent passés, la rue s'emplit d'une multitude d'hommes et de femmes en extase qui se mirent à les suivre, l'air parfaitement hébété. Suivaient les enfants et les chiens.

La femme qui fermait la marche portait, au bout d'une longue perche fermement tenue sur sa poitrine, une bannière aux couleurs vives qui flottait fièrement au-dessus de sa tête. Sung-wu en déchiffra l'inscription et crut défaillir. Juste sous son nez, exposé aux regards de tous, un grand R y était brodé.

« Ils... » commença-t-il, mais l'Indien obèse lui coupa la parole.

« Ce sont les Réparateurs », maugréa-t-il ; puis il se remit à siroter son jus de citron.

Sung-wu empoigna sa mallette et se rua dans l'escalier. En bas, les deux Caucs imposants passaient déjà à l'action. L'Indien leur fit rapidement signe. « Emparez-vous de lui ! » L'air maussade, ils montèrent les marches ; la méchanceté se lisait dans leurs petits yeux bleus bordés de rouge, des yeux au regard froid comme la pierre ; leurs muscles roulaient sous leurs vêtements.

Sung-wu fouilla dans sa tunique et en sortit son vibreur ; il le pointa en direction des deux hommes et pressa la détente, mais rien ne se produisit. L'arme refusait de fonctionner. Il la secoua frénétiquement ; des morceaux de rouille et d'isolateur desséché s'envolèrent. Le pistolet n'était plus bon à rien ; il le jeta par terre et, avec l'énergie du désespoir, sauta par-dessus la balustrade.

Il tomba dans la rue, entraînant dans sa chute une cascade de bois vermoulu. Il toucha terre, roula sur lui-même, heurta de la tête l'angle d'une hutte puis se releva en chancelant.

Il se mit à courir. Derrière lui, les deux Caucs se frayaient un passage dans la foule qui s'attardait sans but précis. De temps en temps, il apercevait leur visage blanc inondé de sueur. Il prit une ruelle transversale, fila entre les huttes miteuses, sauta par-dessus un égout, escalada des montagnes de déchets qui menaçaient à tout instant de s'écrouler, glissa, roula et, pour finir, alla reprendre son souffle derrière un arbre en étreignant toujours sa mallette.

Les Caucs n'étaient plus en vue. Il leur avait échappé ; pour le moment, il était en sécurité. Il inspecta les environs. De quel côté se trouvait son vaisseau ? Il abrita ses yeux du soleil jusqu'à distinguer sa forme fuselée. Presque indiscernable sous la lueur mourante que diffusait le ciel lugubre, il s'élevait loin sur sa droite. Sung-wu se remit tant bien que mal sur ses pieds et s'engagea prudemment dans cette direction.

Il était en très mauvaise posture ; toute la région était pro-Réparateurs – jusqu'au directeur nommé par la Chambre. Et ce n'était plus une simple affaire de caste ; ce culte s'était insinué jusqu'au niveau le plus élevé. Il ne concernait pas seulement les Caucs ; on ne pouvait compter ni sur les Bantous, ni sur les Mongols, ni sur les Indiens ; en tout cas, pas ici. C'était toute une campagne hostile qui le guettait dans l'ombre.

Par Elron, c'était bien pire que ce que croyait l'Arme ! Pas étonnant qu'elle exige un rapport. Toute la zone avait basculé dans un culte fanatique obéissant à un groupe d'extrémistes hérétiques violents, répandant une doctrine on ne peut plus diabolique. Parcouru d'un frisson, il poursuivit son chemin en évitant tout contact avec les agriculteurs au travail, qu'ils soient hommes ou robots. Poussé par l'inquiétude et l'horreur, il pressa le pas.

Si le phénomène s'étendait, s'il contaminait une partie appréciable de l'humanité, les Temps de Folie allaient peut-être revenir.

Ils s'étaient emparés du vaisseau. Trois ou quatre Caucs immenses, au visage pâle et au corps velu, allaient et venaient autour de l'appareil, une cigarette pendouillant entre leurs lèvres molles. Hébété, Sung-wu redescendit le flanc de la colline ; une onde de désespoir l'envahit. Plus de vaisseau ; ils y étaient arrivés avant lui. Qu'allait-il bien pouvoir faire ?

Le soir tombait. Il allait devoir couvrir à pied soixante-quinze kilomètres de contrées inconnues et hostiles, dans l'obscurité totale, pour rejoindre la plus proche zone habitée. Déjà le soleil se couchait, l'air se faisait plus frais ; qui plus est, Sung-wu dégoulinait de crasse et d'eau croupie. Dans la pénombre, il avait glissé et s'était retrouvé dans un écoulement d'égout.

L'esprit vide, il revint sur ses pas. Que faire ? Il était totalement impuissant ; son vibreur était hors d'usage, il était seul, hors de portée de l'Arme. Les Réparateurs grouillaient dans tous les coins ; ils allaient probablement l'étriper et répandre son sang sur leurs semailles — sinon pire.

Il contourna une ferme. Dans la lumière crépusculaire il distingua une jeune femme absorbée par son travail. Il l'observa prudemment ; elle lui tournait le dos, courbée entre deux rangées de blé. Qu'était-elle en train de faire ? Se pouvait-il que... Par Elron !

Oubliant toute prudence, il fonça vers elle à l'aveuglette. « Jeune femme ! *Cessez immédiatement !* Au nom d'Elron, je vous ordonne d'arrêter ! »

La fille se redressa. « Qui êtes-vous ? »

Hors d'haleine, Sung-wu surgit devant elle et, saisissant à deux mains sa mallette fatiguée, s'écria : « Mais ce sont nos *frères !* Comment pouvez-vous les détruire ? Ce sont peut-être de proches parents récemment disparus. » Il fit tomber le pot qu'elle tenait ; les blattes prisonnières détalèrent en tous sens.

Les joues de la jeune fille s'enflammèrent de fureur. « Il m'avait fallu une heure pour les ramasser !

— Vous étiez en train de les tuer ! De les écraser ! » Il était muet d'horreur. « Je vous ai vue !

— Évidemment. » Ses sourcils sombres se haussèrent. « Ils rongent le blé.

— Mais ce sont nos frères ! répéta sauvagement Sung-wu. Naturellement, ils mangent le blé ; en raison de certains péchés commis, les forces cosmiques les ont... » Atterré, il s'interrompit. « *Vous ne savez donc pas ?* On ne vous l'a pas dit ? »

La fille pouvait avoir seize ans. Il distingua dans la pénombre une silhouette petite mais bien faite, le pot vide dans une main et une pierre dans l'autre. Une vague de cheveux noirs cascadait dans son cou. Elle avait de grands yeux lumineux, des lèvres pleines d'un rouge sombre, une peau lisse et cuivrée — probablement une Polynésienne. Il entrevit ses seins bruns et fermes comme elle se penchait pour ramasser une blatte tombée sur le dos. À ce spectacle, son pouls s'accéléra ; en un éclair, il se retrouva trois ans en arrière.

« Comment vous appelez-vous ? demanda-t-il, radouci.

— Frija.
— Quel âge avez-vous ?
— Dix-sept ans.
— Je suis un Barde ; as-tu déjà adressé la parole à un Barde ?
— Non, murmura la jeune fille. Je ne crois pas. »

Dans les ténèbres, elle était devenue pratiquement indiscernable, mais ce qu'il pouvait encore voir lui fit battre le cœur à tout rompre ; même flot de cheveux sombres, mêmes lèvres rouge foncé. Cette fille était plus jeune, bien sûr — c'était encore une enfant, et de la classe des Fermiers en plus. Mais elle avait la même allure que Liu, et avec le temps, elle mûrirait. C'était probablement l'affaire de quelques mois.

Ce fut une ruse mielleuse, sans âge, qui actionna ses cordes vocales. « Je me suis posé dans cette région afin de mener une enquête. Mais mon vaisseau est en panne et je dois passer la nuit ici. Cependant, je ne connais personne. Les circonstances sont si difficiles que...

— Oh ! compatit instantanément Frija. Pourquoi ne resteriez-vous pas chez nous ? Nous avons une chambre libre, maintenant que mon frère est parti.

— J'accepte avec joie, répondit promptement Sung-wu. Voulez-vous m'y conduire ? Je me ferai un plaisir de vous récompenser pour votre amabilité. »

La fille partit en direction d'une vague forme qui se découpait dans l'obscurité.

Sung-wu s'empressa de lui emboîter le pas. « Je ne peux pas croire qu'on ne vous ait rien appris. La région tout entière est en déroute. Dans quelle erreur êtes-vous tous tombés ? Il faudra que nous passions beaucoup de temps ensemble, je vois cela d'ici. Pas un d'entre vous ne se rapproche un tant soit peu de la Clarté — vous êtes tous en discordance.

— Qu'est-ce que ça veut dire ? s'enquit Frija en gravissant les marches du perron pour aller ouvrir la porte.

— Discordance ? » Sung-wu cligna des yeux, sidéré. « Eh bien, nous avons *vraiment* beaucoup de chemin à faire. » Fou d'impatience, il manqua la dernière marche et se rattrapa de justesse. « Peut-être votre éducation est-elle entièrement à refaire ; il va sans doute falloir tout reprendre de zéro. Je peux vous arranger un séjour à l'Arme Sacrée — sous ma protection, naturellement. Discordance veut dire défaut d'harmonie avec les éléments cosmiques. Comment pouvez-vous vivre ainsi ? Petite, il va falloir vous remettre en accord avec le Dessein !

— De quel dessein s'agit-il ? » Elle le fit entrer dans une salle de séjour bien chauffée ; un feu crépitait dans l'âtre. Autour de la table de bois étaient assis un vieillard aux longs cheveux blancs et deux hommes plus jeunes. Dans un coin, une vieille dame frêle sommeillait dans un fauteuil à bascule. À la cuisine, une jeune femme aux formes généreuses préparait le repas du soir.

« Mais *le grand* dessein, voyons ! » répondit Sung-wu stupéfait. Il parcourut rapidement la pièce des yeux. Soudain, il lâcha sa mallette. « Des Caucs », fit-il.

C'étaient tous des Caucasiens, même Frija. Elle était si bronzée que sa peau paraissait noire, mais elle n'en était pas moins une Cauc. *Ils foncent au soleil,* se remémora-t-il ; *ils deviennent parfois plus sombres que des Mongols*. La fille avait accroché sa tunique de travail au crochet de la porte ; sous sa courte tenue d'intérieur, ses cuisses étaient d'un blanc laiteux. Quant aux deux vieux...

« Je vous présente mon grand-père, dit Frija en désignant le vieil homme. Benjamin le Réparateur. »

Sous l'œil vigilant des deux jeunes Réparateurs, Sung-wu fut lavé et décrotté, reçut des vêtements propres, et prit son dîner. Il ne mangea guère ; il ne se sentait pas très bien.

« Je ne comprends pas, marmonna-t-il en repoussant mollement son assiette. Le scanner de la Chambre centrale disait qu'il me restait huit mois à vivre. Que la peste me... » Il réfléchit. « Mais tout peut encore changer. Le scanner fonctionne sur la base de prédictions, et non de certitudes ; il y a les possibilités multiples, le libre arbitre... Toute action déclarée revêtue d'une importance suffisante... »

Ben le Réparateur éclata de rire. « Vous voulez donc rester en vie ?

— Naturellement ! » marmonna Sung-wu d'un ton indigné.

Tous se mirent à rire — même Frija, même la vieille dame enveloppée dans son châle, avec ses cheveux de neige et son doux regard bleu. C'étaient les premières femmes caucs qu'il eût jamais vues. À l'inverse des mâles, elles n'étaient ni robustes ni pesantes ; elles ne semblaient pas affligées des mêmes caractéristiques bestiales. En revanche, les deux jeunes mâles caucs avaient l'air joliment coriace ; en compagnie de leur père, ils étaient plongés dans l'étude d'un éventail complexe de papiers et de rapports déployé sur la table de la salle à manger au beau milieu des assiettes vides.

« Là, murmura Ben le Réparateur. C'est là que doivent mener les conduites. Et là aussi. C'est d'eau que nous avons le plus besoin. Avant de rentrer la prochaine récolte, nous épandrons quelques centaines de kilos d'engrais artificiel et nous passerons la charrue. Il faudra que les tracteurs soient prêts.

— Et ensuite ? s'enquit l'un des deux fils aux cheveux blond filasse.

— Ensuite, on pulvérise. Si nous n'arrivons pas à avoir de la nicotine, il faudra réessayer le cuivre. Je préférerais la pulvérisation, mais la production a déjà pris du retard. Encore que la sonde nous ait mis au jour quelques bonnes grottes de stockage. On devrait bientôt le rattraper.

— Et là, poursuivit un des fils, il va falloir drainer. C'est un véritable nid de moustiques. On peut essayer l'essence, comme on l'a déjà fait par ici. Mais je crois qu'il vaudrait mieux tout combler. On peut utiliser la drague et la pelleteuse, si elles ne sont pas immobilisées. »

Sung-wu n'en perdait pas une miette. Bientôt il se leva avec difficulté, ivre de rage, et il pointa un doigt tremblant sur l'aîné des Réparateurs. « Vous... vous osez intervenir ! » s'étrangla-t-il.

Ils levèrent les yeux sur lui. « Que voulez-vous dire ?

— Vous intervenez dans le dessein ! Le dessein cosmique ! Par Elron... vous vous mêlez des divins processus. » Il venait de comprendre et le choc était si terrible qu'il en fut ébranlé jusqu'au tréfonds. « Vous rendez-vous compte que vous allez ramener la roue en arrière ?

— C'est parfaitement exact », rétorqua le vieux Réparateur.

Ébahi, Sung-wu se rassit. Son esprit refusait de saisir toutes les implications. « Je ne comprends pas ; que va-t-il arriver ? Si vous ralentissez la roue, si vous dérangez le divin dessein...

— Celui-ci va nous poser des problèmes, murmura Ben d'un air pensif. Si on le tue, l'Arme se contentera d'en envoyer un autre ; ils en ont des centaines comme lui. Et si on ne le tue pas, si on le renvoie chez lui, il fera un tel tintamarre qu'on finira par nous expédier la Chambre tout entière. Or, il est trop tôt. Le recrutement avance vite, mais il nous faut encore quelques mois. »

Le front replet de Sung-wu se couvrit d'une sueur qu'il essuya d'une main mal assurée. « Si vous me tuez, marmotta-t-il, vous redescendrez d'un grand nombre de degrés dans l'échelle cosmique. Vous vous êtes élevés jusqu'ici ; pourquoi détruire le travail accompli au cours des innombrables ères révolues ? »

Ben le Réparateur fixa sur lui un œil bleu au regard impitoyable. « Mon ami, commença-t-il lentement, n'est-il pas vrai que nos prochaines manifestations sont déterminées par la conduite morale que nous adoptons dans celle-ci ?

— C'est bien connu, acquiesça Sung-wu.

— Et qu'est-ce que se bien conduire ?

— C'est accomplir le divin dessein, répondit instantanément Sung-wu.

— Peut-être notre Mouvement tout entier fait-il partie de ce dessein, fit l'autre, pensif. Peut-être les forces cosmiques *souhaitent-elles* qu'on draine les marécages, qu'on tue les sauterelles et qu'on vaccine les enfants ; après tout, c'est grâce à elles que nous sommes là.

— Si vous me tuez, gémit Sung-wu, je me réincarnerai en mouche à viande. J'ai tout vu. Une grosse mouche bleue aux ailes brillantes qui rampe sur la carcasse d'un lézard crevé... Dans une jungle pourrissante et fumante, sur une répugnante planète-dépotoir. » Des larmes lui montèrent aux yeux, qu'il tamponna vainement. « Dans un système solaire reculé, tout en bas de l'échelle !

— Et pourquoi cela ? fit le Réparateur, amusé.
— J'ai fauté, fit Sung-wu cramoisi, entre deux reniflements. J'ai commis le péché d'adultère.
— Et vous ne pouvez pas vous purifier ?
— Je n'ai plus le temps ! » Son accablement se mua en désespoir féroce. « Mon esprit est *toujours* impur ! » Il montra du doigt Frija, souple silhouette en short d'intérieur, à la fois blanche et hâlée, qui se tenait sur le seuil de la chambre à coucher. « Je continue d'avoir de mauvaises pensées ; je ne peux pas m'en défaire. Dans huit mois la peste m'emportera — le tour de roue... et c'en sera fait de moi ! Si je pouvais vivre assez longtemps pour devenir un vieillard sans appétit, tout ratatiné et édenté... » Son corps dodu se convulsa. « Je n'ai pas le *temps* de me purifier, de faire amende honorable. Si l'on en croit le scanner, je mourrai jeune ! »

Une fois passé ce torrent de paroles, le Réparateur observa un silence méditatif. « La peste..., dit-il enfin. Quels en sont les symptômes, au juste ? »

Sung-wu les lui décrivit et son visage prit une teinte maladive. Lorsqu'il eut terminé, les trois hommes échangèrent un regard significatif.

Puis Ben le Réparateur se leva. « Venez avec moi, ordonna-t-il vivement en prenant le Barde par le bras. J'ai quelque chose à vous montrer. Cela nous vient de l'ancien temps. Tôt ou tard, nous réussirons à en produire nous-mêmes, mais pour l'instant, il n'en reste qu'une petite quantité. Nous devons les conserver à l'abri, sous scellés.

— C'est pour la bonne cause, ajouta l'un des fils. Cela en vaut la peine. » Il intercepta le regard de son frère et sourit.

Le Barde Chaï acheva la lecture du rapport de Sung-wu ; il le laissa retomber d'un geste plein de méfiance et contempla son cadet. « Vous êtes sûr ? Nul besoin d'enquêter plus avant ?
— Le culte disparaîtra de lui-même, murmura Sung-wu d'un ton indifférent. Il n'est pas suffisamment soutenu ; ce n'est qu'une soupape de secours, sans aucune valeur intrinsèque. »

Chaï était loin d'être convaincu. Il reprit certains passages du rapport. « Vous avez sans doute raison ; cependant, on nous a rapporté tant de...

— Mensonges, fit l'autre d'un air vague. Des rumeurs, des ragots. Puis-je me retirer ? » Il s'éloigna en direction de la porte.

« Vous avez hâte de prendre des vacances ? » Chaï sourit avec compréhension. « Je sais ce que vous ressentez. Cette mission a dû être épuisante. Ces zones rurales, ce sont de véritables trous perdus, complètement primitifs. Il faut mettre sur pied un meilleur programme d'instruction. Je suis persuadé qu'il existe des régions entières qui vivent dans la discordance. Nous nous devons d'apporter la Clarté à ces gens. C'est le rôle que nous confère l'Histoire, la fonction de notre classe.

— Absolument », murmura Sung-wu en sortant à reculons avec force courbettes pour se retrouver dans le couloir.

Tout en marchant, il se mit à manipuler ses perles avec reconnaissance. Il éleva une prière silencieuse tout en caressant du doigt les petites sphères rouges qui luisaient de l'éclat du neuf à la place des anciennes – un cadeau des Réparateurs. Elles arrivaient à point nommé ; sa main ne les quittait plus. Il ne devait rien leur arriver au cours des huit mois à venir. Il lui faudrait les surveiller de près lorsqu'il se promènerait dans les cités d'Espagne en ruine – et finirait par attraper la peste.

C'était le premier Barde à porter un rosaire en capsules de pénicilline.

Reconstitution historique

« Curieuse, votre tenue », observa le robot chauffeur de transpubli. Il se rangea et ouvrit sa portière. « Ces petites choses rondes, c'est quoi ?
— Des boutons, lui apprit George Miller. C'est en partie fonctionnel, en partie décoratif. Ceci est un costume archaïque datant du XXe siècle, que je porte à cause de mon travail. »

Il paya le robot, saisit sa mallette et emprunta la rampe d'accès au Centre Historique. Le bâtiment principal était déjà ouvert ; partout allaient et venaient des individus des deux sexes en longues robes. Miller pénétra dans un ascenseur marqué « PRIVÉ » et se retrouva compressé entre deux énormes contrôleurs de la section préchrétienne ; un instant plus tard il montait vers son niveau à lui, celui du milieu du XXe siècle.

Il tomba sur le contrôleur Fleming à l'exposition d'engins atomiques. Les deux hommes se saluèrent, puis Fleming éclata : « Écoutez, Miller. Une bonne fois pour toutes, où irions-nous si chacun s'habillait comme vous ? Vous savez pourtant que l'État édicte des règles très strictes en matière d'habillement. Alors quand allez-vous renoncer à vos anachronismes ? Et d'abord, qu'est-ce que vous tenez à la main ? On dirait un reptile du jurassique passé au laminoir.
— C'est une mallette en crocodile, expliqua Miller. J'y transporte mes bobines de travail. C'était un signe extérieur de pouvoir dans la classe dirigeante pendant la seconde moitié du

XXᵉ siècle. Essayez donc de comprendre, Fleming. En m'accoutumant aux objets quotidiens de ma période de recherche, je passe de la simple curiosité intellectuelle à l'empathie vraie. Vous avez remarqué que je prononçais bizarrement certains mots. Eh bien, c'est l'accent de l'homme d'affaires américain dans les années 1950. Vous pigez?

— Si je quoi? marmonna Fleming.

— C'est une expression de l'époque », poursuivit Miller. Il ouvrit sa serviette et en disposa le contenu sur son bureau. « Vous aviez quelque chose à me demander? Parce qu'il faut que je me mette au travail. J'ai déniché des indices passionnants tendant à démontrer que, si les Américains du XXᵉ siècle posaient eux-mêmes leur carrelage, ils ne tissaient pas eux-mêmes leurs vêtements. Cela va m'amener à modifier certaines de mes pièces exposées.

— Toujours aussi fanatiques, ces chercheurs! grinça Fleming. Vous retardez de deux cents ans, avec vos reliques et vos maudites répliques authentiques d'objets sans intérêt mis au rebut depuis longtemps.

— J'aime beaucoup mon travail, répondit calmement Miller.

— Personne ne se plaint de votre travail. Mais il y a d'autres choses dans la vie. Vous êtes une unité politico-sociale au sein d'une société. Prenez garde, Miller! Le Conseil est au courant de vos excentricités. Il approuve votre conscience professionnelle... » Il plissa les yeux d'un air entendu. « Mais vous allez trop loin.

— Mon art est ma priorité, déclara Miller.

— Votre quoi? Qu'est-ce que vous racontez encore?

— C'est un autre terme du XXᵉ siècle, dit Miller sans chercher à dissimuler son sentiment de supériorité. Vous, vous n'êtes qu'un bureaucrate mineur, un rouage dans une vaste machine, fonction d'un tout culturel impersonnel. Aucun de vos critères de jugement ne vous appartient en propre. Les hommes du XXᵉ siècle, eux, se référaient à des critères créatifs *personnels*. Ils reconnaissaient la valeur artistique, ils avaient l'amour du travail bien fait. Pour vous, ces termes ne veulent plus rien dire. Vous êtes dépourvu d'âme — encore un concept qui remonte à cet âge d'or du XXᵉ siècle où les hommes étaient libres et pouvaient exprimer leurs pensées sans crainte.

— Je vous préviens, Miller ! » reprit Fleming qui pâlit nerveusement et poursuivit un ton plus bas : « Tous pareils, les scientifiques ! Vous avez intérêt à lever le nez de vos bandes d'archives et à revenir un peu sur terre. Vous allez nous attirer des ennuis si vous continuez à tenir ce langage. C'est très bien d'idolâtrer le passé, mais il n'en est pas moins mort et enterré. Les temps changent, la société évolue. » Il désigna d'un geste impatient la reconstitution historique qui occupait tout le niveau. « Ce ne sont là que des répliques imparfaites.

— Vous contestez la valeur de mes recherches ? » explosa à son tour Miller. « Je vous signale qu'au contraire, cette reconstitution est absolument fidèle. Elle est constamment remise à jour à mesure que je découvre de nouveaux faits. Rien de ce qui concerne le XXᵉ siècle ne m'est étranger.

— Je vois qu'il est inutile que j'insiste », dit Fleming en secouant la tête. Il partit en direction de la rampe descendante ; toute son allure exprimait la lassitude.

Miller rajusta son col et sa cravate peinte à la main, lissa son costume bleu à fines rayures, alluma d'un geste expert une pipe bourrée d'un tabac vieux de deux cents ans, puis retourna à ses bobines.

Si seulement Fleming le laissait en paix ! Fleming... le représentant empressé d'une hiérarchie dont les ramifications s'étendaient telle une toile d'araignée grisâtre et gluante sur toute la surface du globe. Jusque dans la moindre unité industrielle, libérale ou résidentielle. Ah ! la liberté du XXᵉ siècle ! Il réduisit un instant la vitesse de son scanner et une expression rêveuse envahit ses traits. La fascinante époque de la virilité et de l'individualité, quand les hommes étaient encore des hommes...

Ce fut à peu près à cet instant, comme il s'immergeait profondément dans la beauté de ses recherches, que des sons insolites lui parvinrent. Ils provenaient du milieu de l'exposition XXᵉ siècle.

Il y avait quelqu'un dans son complexe assemblage soigneusement régulé. Il entendait remuer quelque part au centre. Sans doute un visiteur ayant franchi la barrière de sûreté qui en interdisait l'accès au public. Miller arrêta son scanner et se dirigea à pas prudents vers la reconstitution, sans pouvoir s'empêcher de trembler de la tête aux pieds. Il débrancha l'écran de sûreté et enjamba la balustrade pour se retrouver sur un trottoir en ciment.

Quelques visiteurs curieux cillèrent en voyant ce petit homme bizarrement vêtu se glisser entre les authentiques répliques du XXe siècle et disparaître à l'intérieur du décor.

Le souffle court, Miller remonta le trottoir jusqu'à une allée de gravier bien tenue. Peut-être avait-il affaire à un autre théoricien à la solde du Conseil venu fouiner chez lui dans l'espoir de trouver un moyen de le discréditer. Une inexactitude par-ci, par-là – une quelconque erreur sans conséquence. La sueur perla sur son front; sa colère se mua en terreur. À sa droite, un parterre de fleurs – des roses Paul Scarlet et des pensées naines. Une pelouse verdoyante lui succédait. Puis un garage tout blanc dont la porte à demi relevée laissait apercevoir l'arrière profilé d'une Buick 1954. Enfin venait la maison proprement dite.

Il fallait qu'il fasse attention. S'il s'agissait vraiment d'un membre du Conseil, il serait confronté à la hiérarchie officielle. Peut-être était-ce quelqu'un de très haut placé. Voire Edwin Carnap lui-même, le président du Conseil, le personnage le plus éminent de la branche n'yorkaise du Directoire mondial. Miller gravit d'un pas mal assuré les trois marches en ciment menant au perron de la maison qui formait le centre de l'exposition.

C'était une jolie petite maison typique du XXe siècle, où il aurait bien aimé habiter s'il avait vécu à cette époque. Le style bungalow californien, avec trois chambres à coucher. Il ouvrit la porte d'entrée et pénétra dans le salon. Cheminée, moquette lie-de-vin, fauteuils et divan modernes, table basse à socle en chêne et plateau de verre, cendriers en cuivre, briquet, pile de magazines, lampes en plastique et métal aux formes aérodynamiques, rayonnages, poste de télévision, baie vitrée donnant sur le jardin de devant... Il traversa la pièce en direction du couloir.

La reconstitution était étonnamment complète. Il sentait même sous ses pieds irradier la tiédeur du chauffage au sol. Un coup d'œil dans la première chambre à coucher : le style boudoir de dame, avec dessus-de-lit en satin, draps amidonnés bien blancs, rideaux épais, coiffeuse parsemée de flacons et de pots, surmontée d'un grand miroir rond, penderie entrouverte sur une série de vêtements, déshabillé jeté sur le dossier d'une chaise, mules, bas nylon soigneusement disposés au pied du lit.

Miller glissa un regard dans la chambre suivante. Papier peint de couleurs vives, représentant des clowns et des éléphants. La chambre des enfants. Deux petits lits jumeaux pour les deux garçons. Des avions modèle réduit, une radio posée sur la commode, deux peignes, des livres de classe, des fanions, un panneau *Défense de stationner,* des photos glissées sous l'encadrement de la glace, un album de timbres.

Là non plus, personne.

Il passa à la salle de bains – moderne –, allant jusqu'à inspecter l'intérieur de la douche carrelée en jaune, traversa la salle à manger, jeta un regard au bas de l'escalier menant à la buanderie, au sous-sol, puis ouvrit la porte de derrière pour examiner l'arrière de la maison. La pelouse, l'incinérateur, deux ou trois arbustes... et à l'arrière-plan, une projection en trois dimensions simulant une perspective fuyante, avec d'autres maisons se succédant jusqu'à se fondre au loin dans des collines bleutées étonnamment réalistes. Toujours personne. Tout était désert. Il referma la porte et fit demi-tour.

De la cuisine lui parvint tout à coup un éclat de rire. Féminin. Puis des bruits de couverts heurtant des assiettes. Et des fumets que, malgré son érudition, il lui fallut un moment pour identifier. Du bacon frit, du café noir, des crêpes bien chaudes. Quelqu'un prenait son petit déjeuner. Un petit déjeuner typique de l'Amérique du XXe siècle.

Il parcourut le couloir en sens inverse, passa devant une chambre d'homme jonchée de souliers et de vêtements, et s'arrêta sur le seuil de la cuisine.

Une femme avenante approchant de la quarantaine était assise en compagnie de deux adolescents à la table en plastique aux rebords nickelés. Ils avaient fini de manger ; les deux garçons s'agitaient impatiemment. Le soleil entrait par la fenêtre au-dessus de l'évier. La pendule électrique indiquait 8 h 30. La radio gazouillait joyeusement dans son coin. Au centre de la table trônait une grande cafetière entourée de couverts ainsi que d'assiettes et de verres à lait vides.

La mère était en chemisier blanc et jupe en tweed à carreaux, les garçons en blue-jean passé, sweat-shirt et tennis. Ils n'avaient pas encore remarqué Miller qui, figé dans l'embrasure, se sentait tout environné par leurs rires et menus propos.

« Ça, il faudra demander à votre père, disait la femme avec une sévérité feinte. Attendez qu'il revienne.

— Il a déjà dit qu'on pouvait, protesta l'un des garçons.

— Eh bien, vous le lui redemanderez.

— Le matin, il est toujours de mauvaise humeur.

— Pas aujourd'hui. Il a bien dormi et il n'a pas souffert de son rhume des foins. C'est ce nouvel antihistaminique que le docteur lui a donné. » Elle consulta brièvement l'horloge. « Va donc voir ce qu'il fait, Don. Il va être en retard au travail.

— Il est sorti chercher le journal, dit l'un des garçons en se levant de table. Le livreur a encore visé trop court : il a atterri dans les fleurs. »

Il se retourna vers la porte et Miller se trouva face à face avec un visage qui, l'espace d'une fraction de seconde, lui parut familier... extrêmement familier, même. Comme s'il voyait quelqu'un qu'il connaissait, mais en plus jeune. Il se raidit en prévision du choc et le gamin s'arrêta net.

« Dis donc, tu m'as fait peur ! », dit-il.

La femme leva les yeux sur Miller. « Eh bien, George, qu'est-ce que tu fais là dehors ? demanda-t-elle. Tu viens finir ton café ? »

Miller entra lentement dans la cuisine. La femme finissait sa tasse de café. Les deux garçons étaient debout et l'entouraient. « Tu as bien dit qu'on pourrait aller camper avec les copains de l'école au bord de la Russian River, ce week-end ? demandait Don. Même que tu disais que je n'aurais qu'à emprunter un sac de couchage parce que le mien te flanquait des allergies et que tu l'as donné à l'Armée du Salut.

— Oui », murmura vaguement Miller.

Don... c'était le nom du garçon. Et son frère s'appelait Ted. Mais comment le savait-il ? Pendant ce temps-là, la femme s'était levée de table et rassemblait la vaisselle sale pour l'emporter jusqu'à l'évier. Elle l'y empila et la saupoudra de savon en paillettes. « Ils prétendent que tu leur as promis », fit-elle sans se retourner. Les assiettes s'entrechoquèrent au fond du bac, et elle entreprit de les saupoudrer de savon en paillettes. « Mais tu te rappelles le jour où ils m'ont juré que tu les avais autorisés à conduire la voiture alors que, naturellement, c'était faux ? »

Les jambes coupées, Miller s'assit à table. Pour se donner une contenance, il tripota sa pipe, la posa dans le cendrier en cuivre, puis se plongea dans la contemplation de sa manche de veste. Que se passait-il ? La tête lui tournait. Brusquement il se leva et alla se poster devant la fenêtre au-dessus de l'évier.

Des maisons, des rues, les collines dans le lointain... Des gens allant et venant en tous sens, les sons de la vie quotidienne. La projection en trois dimensions était vraiment convaincante. C'était à s'y méprendre. Mais était-ce bien un décor ? Comment en être sûr ? *Que lui arrivait-il ?*

« Qu'est-ce qu'il y a, George ? » demanda Marjorie en nouant autour de sa taille un tablier en plastique rose avant de remplir l'évier d'eau chaude. « Tu ferais bien de sortir la voiture ; c'est l'heure de partir au bureau, continua-t-elle. Hier soir encore, tu me disais que le vieux Davidson se plaignait toujours des employés qui arrivent en retard et qui traînent devant la machine à café en prenant sur leur temps de travail. »

Davidson : un nom qui s'imposa à l'esprit de Miller. Une image très nette se présenta aussitôt à lui : celle d'un homme de haute taille, aux cheveux blancs, à la silhouette sèche et osseuse. Avec gilet et montre de gousset. Suivirent les bureaux de l'*United Electronic Supply*, l'immeuble de douze étages où il travaillait, en plein centre de San Francisco. Le stand de cigarettes et de journaux dans le hall. Les avertisseurs des voitures. Les parkings bondés. L'ascenseur où s'entassaient les secrétaires parfumées, avec leurs yeux vifs et leurs pulls moulants.

Il ressortit dans le couloir, passant successivement devant sa chambre et celle de sa femme avant de se retrouver dans le salon. La porte d'entrée était ouverte : il sortit sur le perron.

L'air était doux et odorant. C'était une belle matinée d'avril. Les pelouses étaient encore humides de rosée. Des voitures roulaient dans Virginia Street en direction de Shattuck Avenue. La circulation habituelle du début de journée : les banlieusards se rendaient au bureau. De l'autre côté de la rue, il vit Earl Kelly agiter allégrement son *Oakland Tribune* pour le saluer tout en se dirigeant d'un pas pressé vers l'arrêt d'autobus.

Très loin Miller apercevait le pont sur la Baie, l'île de Yerba Buena, Treasure Island. Tout au fond s'étalait San Francisco lui-même. Dans quelques minutes, au volant de sa Buick, il traverserait le pont à toute vitesse comme des milliers d'autres cadres en costume bleu à fines rayures pour gagner son lieu de travail.

Ted le rejoignit sur le perron. « Alors, c'est d'accord ? On peut aller camper ? »

Miller humecta ses lèvres sèches. « Écoute, Ted, il se passe quelque chose de bizarre.

— Quoi donc ?

— Je ne sais pas, fit Miller en marchant nerveusement de long en large. Nous sommes bien vendredi, n'est-ce pas ?

— Oui.

— C'est bien ce que je pensais. » Mais comment le savait-il ? Et le reste, d'ailleurs ? Pourtant c'était évident : on était vendredi. La semaine avait été dure, avec le vieux Davidson constamment sur le dos. Surtout mercredi, quand la commande de la *General Electric* avait été retardée à cause d'une grève. « Écoute un peu, dit Miller à son fils. Ce matin... je suis sorti de la cuisine pour aller chercher le journal.

— Ouais, fit Ted en hochant la tête. Et alors ?

— Je me suis levé et je suis sorti. *Je suis resté dehors combien de temps ?* Pas très longtemps, si ? » Il cherchait ses mots, son esprit était comme un labyrinthe de pensées disjointes. « J'étais assis à table avec vous trois, et puis je me suis levé pour aller prendre le journal. C'est bien ça ? » Sa voix montait dans les aigus tant sa détresse était grande. « Et ce matin, j'ai quitté mon lit, je me suis rasé et je me suis habillé. J'ai pris mon petit déjeuner. Du café, des crêpes et du bacon. *C'est ça, hein?*

— Ben, oui, acquiesça Ted. Et alors ?

— Comme à mon habitude.

— On n'a des crêpes que le vendredi. »

Miller hocha lentement la tête. « C'est vrai. Des crêpes le vendredi. Parce que votre oncle Frank mange avec nous le samedi et le dimanche, et qu'il ne peut pas souffrir les crêpes — alors on les a supprimées le week-end. Frank est le frère de Marjorie. Il était dans les Marines pendant la Première Guerre mondiale. Caporal-chef. »

Ted fit signe à Don qui débouchait à son tour sur le perron. « Bon, on y va. Allez, au revoir, P'pa, à ce soir. »

Serrant dans leurs bras leurs livres de classe, les garçons partirent en gambadant pour leur grand lycée moderne, au centre de Berkeley.

Miller rentra et alla fouiller machinalement dans le placard à la recherche de sa mallette. Où avait-il bien pu la fourrer ? C'est qu'il en avait besoin ! Tout le dossier Trockmorton s'y trouvait ; Davidson allait en faire une maladie s'il l'avait oubliée quelque part, comme le jour où ils avaient tous fêté la victoire des Yankees en finale à la True Blue Cafeteria. Où était donc cette satanée mallette ?

Mais alors la mémoire lui revint, et il se redressa lentement. Mais bien sûr : il l'avait laissée tomber au pied de sa table de travail, après en avoir extrait ses bobines, pendant que Fleming lui parlait. Au Centre historique.

Il alla trouver sa femme dans la cuisine. « Écoute, Marjorie, dit-il d'une voix un peu étranglée, je crois que je ne vais pas aller au bureau ce matin.

— Ça ne va pas ? dit-elle en faisant volte-face, alarmée.

— Je... je ne sais plus où j'en suis.

— C'est ton rhume des foins qui te fait des misères ?

— Non, c'est la tête. Comment s'appelle le psychiatre auquel a fait appel Mrs. Bentley quand son fils a eu sa crise ? » Il fouilla dans ses souvenirs en déroute. « Grunberg, non ? Il a son cabinet dans l'immeuble médico-dentaire. Je vais lui rendre une petite visite, acheva-t-il en se détournant pour sortir. Il y a quelque chose qui ne va pas... pas du tout. Et je ne sais pas ce que c'est. »

Adam Grunberg était un homme d'une quarantaine d'années, large d'épaules, avec des lunettes en écaille et des cheveux bruns bouclés. Quand Miller eut achevé son récit, il s'éclaircit la voix, épousseta la manche de son veston de chez Brooks Bros et demanda pensivement : « Il vous est arrivé quelque chose pendant que vous cherchiez le journal ? Un accident quelconque ? Essayez de revoir cet épisode en détail. Vous vous levez de table, vous sortez sur le perron, vous regardez dans les parterres de fleurs. Et puis ? »

Miller se frotta le front d'un geste vague. « Je ne sais pas. Tout est embrouillé. Je ne me souviens même pas d'être allé chercher ce journal. Je me revois simplement rentrant dans la maison. Là, tout devient net. Mais avant ça, je n'ai pas d'autre souvenir que celui de ma discussion avec Fleming au Centre Historique.

— Que disiez-vous propos de votre serviette, déjà ? Reprenez cette partie du problème.

— Fleming a prétendu qu'elle ressemblait à un reptile du jurassique passé au laminoir. Alors je lui ai répondu...

— Non, je parle du moment où vous l'avez cherchée dans le placard sans la trouver.

— J'ai regardé, mais il est évident qu'elle ne pouvait pas y être, puisqu'elle est posée près de mon bureau au Centre historique. Niveau XXe siècle. À côté de mon exposition. » Une expression étrange traversa le visage de Miller. « Bon sang, docteur... vous vous rendez compte que ce monde tout entier n'est peut-être qu'une *exposition* ? Que vous-même et tous les individus qui le peuplent ne sont peut-être pas réels ? De simples répliques ?

— Pas très réconfortant comme idée, fit Grunberg avec un léger sourire.

— Les gens qui peuplent les rêves se sentent toujours à l'abri... jusqu'à ce que le dormeur s'éveille, poursuivit Miller.

— Vous seriez donc en train de rêver de moi, dit le psychiatre avec un rire complaisant. Je devrais sans doute vous en être reconnaissant.

— Si je suis là, ce n'est pas parce que j'ai pour vous une sympathie particulière. Simplement, je ne peux plus supporter Fleming et j'en ai assez du Centre Historique. »

Grunberg protesta : « Mais ce Fleming, avez-vous conscience d'avoir déjà pensé à lui avant le moment où vous êtes allé chercher le journal ? »

Miller se mit à arpenter le luxueux cabinet du psychiatre, entre les fauteuils en cuir et le grand bureau en acajou. « Je dois m'habituer à cette idée, marmonna-t-il. Moi aussi je suis une réplique. Un objet du passé artificiellement reproduit. Fleming m'avait bien dit qu'il m'arriverait quelque chose de ce genre un jour.

— Asseyez-vous, Mr. Miller », fit le médecin d'une voix à la fois autoritaire et douce. Puis, une fois que Miller eut regagné son siège : « Je vois ce que vous voulez dire. Vous avez l'impression que tout ce qui vous entoure est irréel. Comme une scène de théâtre.

— Un décor d'exposition, plutôt.

— Comme dans un musée ?

— Au Centre Historique de N'York, Niveau R, celui du XXe siècle.

— Et outre cette sensation générale d'" insubstantialité ", vous vous projetez des souvenirs précis de lieux et de gens qui ne font pas partie de ce monde, mais d'un autre plan dans lequel celui-ci serait contenu, une réalité au sein de laquelle notre propre monde ne serait en somme qu'illusion.

— Ce monde-ci ne me fait pas du tout l'effet d'une illusion, pourtant. » Miller donna sauvagement du poing dans l'accoudoir de son fauteuil. « Je le trouve au contraire tout ce qu'il y a de plus réel. C'est justement ce qui cloche. J'étais seulement entré là-dedans pour découvrir l'origine de ces bruits, et maintenant, je ne peux plus en sortir. Bon sang, je ne vais tout de même pas rester enfermé dans cette reconstitution pour le restant de mes jours !

— Vous savez naturellement que la plupart des êtres humains ressentent ce genre d'impression à un moment ou à un autre de leur existence, surtout quand ils sont soumis à une forte tension nerveuse. Mais, au fait, où était-il, ce journal ? L'avez-vous trouvé ?

— Personnellement, je n'en ai rien à...

— Ce sujet est cause d'irritation pour vous ? Je constate que vous réagissez de façon plutôt violente à la mention de ce journal.

— Quelle importance ? fit Miller en secouant la tête avec lassitude.

— Certes, ce n'est qu'un détail... Le petit livreur lance négligemment votre journal dans les massifs au lieu de l'expédier sur le porche. Cela vous met en colère. L'incident se répète jour après jour, juste au moment où vous partez travailler. Bien modestement, l'incident en vient à symboliser toutes les petites contrariétés et autres échecs accumulés de votre vie professionnelle, de votre existence tout entière.

— Je me fiche de ce journal, dit Miller en consultant sa montre. Bon, je m'en vais, il est bientôt midi. Davidson va être furieux si je ne suis pas rentré au bureau à... » Il s'interrompit. « Ça y est, ça recommence !

— Quoi donc ?

— Mais tout ça ! fit Miller avec un geste irrité en direction de la fenêtre. Ce fichu monde factice ! Cette *exposition* !

— J'ai une idée, énonça lentement le Dr Grunberg. Je vais vous la livrer pour ce qu'elle vaut. Ne vous gênez pas pour la rejeter si elle ne vous paraît pas coller. » Il posa sur Miller des yeux de professionnel rusé. « Vous avez déjà vu des gosses s'amuser avec des fusées ?

— Dieu du ciel, fit pitoyablement Miller. Moi qui ai vu les fusées-cargos faire la navette entre la Terre et Jupiter et atterrir à l'aéroport de La Guardia.

— Suivez-moi bien quand même, reprit Grunberg avec un petit sourire. Une question seulement : est-ce la tension professionnelle ?

— Je ne comprends pas.

— Il serait bien commode de vivre dans le monde de demain, lâcha Grunberg de but en blanc. Avec des robots, des fusées, des machines pour faire tout le travail à votre place. Vous pourriez passer la main. Plus de soucis, plus de préoccupations.

— Le poste que j'occupe au Centre Historique m'apporte au contraire son lot de préoccupations et de contrariétés, contra Miller en se levant avec brusquerie. Écoutez, Grunberg. De deux choses l'une : ou ce monde est une reconstitution du niveau R, ou je suis un homme du XXe siècle en pleine fuite psychotique de la réalité. Pour le moment, j'ignore quelle hypothèse est la bonne. Il y a des moments où je pense que ce monde qui m'entoure est vrai, et voilà que tout de suite après...

— On peut facilement aboutir à une conclusion, déclara Grunberg.

— Comment ça ?

— Vous cherchiez le journal. Vous aviez emprunté l'allée, vous vous étiez engagé sur la pelouse. *À quel moment est-ce arrivé ?* Sur l'allée ? Sur le perron ? Essayez de vous souvenir.

— Ce n'est pas très difficile. J'étais encore sur le trottoir. Je venais d'enjamber la balustrade après avoir débranché l'écran de sûreté.

— Sur le trottoir, hein ? Eh bien, retournez-y. Retrouvez l'endroit exact.

— Pourquoi ?

— Afin d'acquérir à vos propres yeux la preuve qu'il n'y a rien de l'autre côté. »

Miller inspira à fond. « Et s'il y a quelque chose ?

— Impossible. Vous l'avez dit vous-même : seul l'un des deux mondes peut être réel. Or, celui-ci l'est incontestablement... » Grunberg frappa sur son bureau comme pour appuyer ses dires. « Donc il ne peut rien y avoir de l'autre côté.

— J'y suis », dit Miller après un moment de silence, tandis qu'une étrange expression s'emparait de ses traits. « Vous avez mis le doigt sur mon erreur.

— Quelle erreur ? » s'étonna Grunberg.

Miller se leva et gagna la porte. « Je commence à saisir. J'avais mal formulé la question. Il était stupide d'essayer de savoir lequel des deux mondes était réel. » Il adressa au Dr Grunberg un sourire sans joie. « Ils le sont *tous les deux*, bien sûr. »

Il héla un taxi pour rentrer chez lui. Il n'y avait personne. Les enfants étaient à l'école et Marjorie faisait des courses en ville. Il attendit à l'intérieur jusqu'à avoir la certitude que personne ne pouvait le voir depuis la rue, puis il ressortit et regagna le trottoir.

Il trouva l'endroit sans peine. Il y avait dans l'air une imperceptible palpitation, comme un point faible en bordure de l'aire de stationnement. Au travers, il distingua de vagues formes.

Il avait deviné juste. De l'autre côté il y avait bien un autre monde tout ce qu'il y avait de réel... aussi réel que le trottoir sous ses pieds.

À l'intérieur du disque formé par la zone floue, une barre métallique s'interrompait tout net : la balustrade qu'il avait enjambée pour pénétrer dans la reconstitution. Derrière se trouvait le système commandant l'écran de sûreté. Bien sûr, il était toujours débranché. Plus loin encore, le reste du niveau et le mur opposé du Centre Historique.

Il fit un pas prudent dans la zone brumeuse qui, incertaine, miroita en biais tout autour de lui. De l'autre côté, les formes gagnèrent en netteté. Il vit une silhouette en toge bleu foncé : un visiteur intéressé examinant de près les objets exposés. La silhouette en bleu s'éloigna et disparut. Maintenant Miller distinguait son propre bureau, sur lequel se trouvaient son scanner et ses piles de bobines. À côté, sa mallette, exactement comme il l'avait prédit.

Au moment où il envisageait d'enjamber la balustrade pour aller la chercher, Fleming fit son apparition.

Instinctivement, Miller recula jusqu'à ressortir de l'autre côté du « point faible » tandis que Fleming approchait. Peut-être à cause de son expression. Quoi qu'il en soit, Miller avait repris fermement pied dans le XXe siècle quand l'autre fit halte devant le point de jonction et l'apostropha, grimaçant et cramoisi d'indignation.

« Miller, sortez de là ! », éructa-t-il.

Miller éclata de rire. « Soyez gentil, Fleming. Lancez-moi ma mallette. Cet objet si bizarre, près du bureau. Vous vous rappelez ? Je vous l'ai montrée.

— Arrêtez de faire l'imbécile et écoutez-moi, jeta Fleming. L'affaire est sérieuse. *Carnap est au courant.* J'ai été obligé de l'informer.

— Grand bien vous fasse. Quel bon bureaucrate loyal et dévoué ! » Miller se pencha pour allumer sa pipe, aspira quelques bouffées, puis rejeta un gros nuage de fumée à travers la zone de transition.

Dans le niveau R, Fleming toussa et recula. « Qu'est-ce que c'est que ça ?

— Du tabac. On a ça ici. Un produit très répandu au XXe siècle. Évidemment vous ne connaissez pas : vous vous occupez exclusivement du IIe siècle avant J.-C. : la Grèce antique. Je ne sais pas si ça vous aurait plu. La plomberie n'était pas très perfectionnée, à l'époque. Et l'espérance de vie très courte.

— De quoi parlez-vous donc ?

— En comparaison, l'espérance de vie dans *ma* période à moi est élevée. Et si vous voyiez ma salle de bains ! Du carrelage jaune et une douche. Nous n'avons rien de tel dans les quartiers de détente, au Centre. »

Fleming grogna hargneusement. « Autrement dit, vous avez l'intention de rester là-bas !

— C'est un endroit où il fait bon vivre, répondit Miller d'une voix détachée. Évidemment, ma situation est supérieure à la moyenne. Je vais vous la décrire. J'ai une épouse séduisante — car en ces temps, le mariage est non seulement permis, mais même valorisé. J'ai deux beaux enfants — des garçons — qui partent camper le week-end prochain au bord de la Russian River. Ils habitent chez nous — nous en avons la pleine et entière garde. L'État ne s'en mêle pas — pas encore. J'ai une Buick toute neuve...

— Illusions, jeta Fleming. Psychose !

— En êtes-vous bien sûr ?

— Crétin ! J'ai toujours su que vous étiez trop égo-récessif pour affronter la réalité. Vous et vos stratégies de fuite complètement anachroniques! Il y a des jours où j'ai honte d'être un théoricien. Où je regrette de n'être pas devenu ingénieur. » Les lèvres de Fleming frémirent. « Vous êtes un dément, voilà tout! Vous êtes là, au milieu d'une reconstitution, propriété du Centre Historique, simple tas de plastique, de fil de fer et d'échafaudages, une réplique d'un temps révolu. Une imitation. Et vous préférez y rester plutôt que de revenir dans le monde réel.

— Bizarre, fit Miller songeur. Il me semble avoir déjà entendu tout récemment un raisonnement de ce genre. Vous ne connaîtriez pas un certain Dr Grunberg, par hasard? Un psychiatre. »

À ce moment-là le directeur Carnap débarqua sans être annoncé, avec son cortège d'assistants et d'experts. Fleming battit promptement en retraite. Miller se retrouva face à face avec l'un des personnages les plus puissants du XXIIe siècle. Il lui sourit en tendant la main.

« Espèce de malade! gronda Carnap. Sortez de là avant qu'on aille vous chercher de force. Si vous nous y obligez, c'en est fini de vous. Vous savez ce qu'on fait aux psychotiques graves. Ce sera l'euthanasie. Je vous le demande une dernière fois : quittez cette reconstitution factice...

— Désolé, fit Miller, mais ce n'est *pas* une reconstitution. »

Le visage massif de Carnap refléta sa stupeur. L'espace d'un instant, sa belle assurance s'évanouit. « Vous continuez de prétendre...

— C'est une faille temporelle, expliqua calmement Miller. Vous ne pouvez pas me faire sortir, Carnap. Vous ne pouvez pas m'atteindre. Je suis à deux cents ans de vous, dans le passé. Je suis revenu en arrière, dans un continuum existentiel antérieur. J'ai trouvé une passerelle et j'ai fui le vôtre. Et vous ne pouvez rien y changer. »

Carnap et ses experts tinrent un bref conciliabule. Miller attendit patiemment. Il avait tout son temps; de toute façon, il avait décidé de ne pas remettre les pieds au bureau avant le lundi.

Finalement, Carnap revint au point de jonction en prenant bien garde de ne pas franchir la balustrade. « Intéressante, votre théorie, Miller. C'est ça le plus bizarre avec les psychotiques : leur tendance à rationaliser leurs fantasmes hallucinatoires pour les organiser en un système logique. *A priori,* votre concept se tient. Il a une certaine cohérence interne. Seulement...

— Seulement quoi ?

— Eh bien, il se trouve qu'elle est erronée. » Carnap avait manifestement recouvré toute sa confiance en lui. « Vous vous croyez de retour dans le passé. Et il faut dire que votre reconstitution est d'une exactitude extrême. Vous avez toujours fait du bon travail. L'authenticité des moindres détails n'a pas d'équivalent dans les autres expositions du Centre.

— J'ai toujours pris mon métier à cœur, murmura Miller.

— Vous-même portiez des vêtements archaïques et affectiez des tournures de phrases anachroniques. Vous avez tout fait pour vous replonger dans le passé. Vous vous êtes totalement immergé dans votre tâche. » Carnap tapota de l'ongle sur la balustrade. « Il serait dommage... *vraiment* dommage que nous soyons obligés de démanteler une œuvre aussi remarquable, Miller.

— Je saisis votre point de vue, dit Miller après un moment de silence. Je suis de votre avis, naturellement. J'ai toujours été très fier de mon travail, et je serais désolé de le voir anéanti. Mais cela ne vous serait d'aucune utilité. Le seul et unique résultat serait la fermeture de la faille temporelle.

— Ah oui, vous croyez ?

— Bien sûr. Je le répète : cette reconstitution n'est qu'une passerelle, un lien avec le passé. J'ai regagné ce dernier *par l'intermédiaire* de la reconstitution, mais maintenant, je n'y suis plus. Je suis de l'autre côté. » Un sourire crispé. « Démolissez tout, vous ne pourrez pas m'atteindre. Mais empêchez-moi de revenir si vous le désirez. Je ne pense pas en avoir jamais envie. J'aimerais vous montrer comment sont les choses ici, Carnap. Il y fait bon vivre. Les citoyens sont libres, libres de saisir les occasions qui se présentent. Les pouvoirs de l'État sont limités, et il en est responsable devant le peuple. Si on n'aime pas son métier, ici il est permis d'en changer. Et l'euthanasie obligatoire n'existe pas. Venez, si vous voulez. Je vous présenterai à mon épouse.

— On vous aura, gronda Carnap. Et vos fantasmes psychotiques avec.

— Je ne crois pas que mes " fantasmes psychotiques ", comme vous dites, s'en soucient beaucoup. Ni le Dr Grunberg. Ni Marjorie...

— Nous avons d'ores et déjà entamé les préparatifs de la démolition, annonça calmement Carnap. Nous déferons la reconstitution pièce par pièce, et non d'un seul coup. Vous aurez ainsi tout loisir d'apprécier notre méthode scientifique et... *artistique* pour disloquer votre monde imaginaire.

— Vous perdez votre temps », jeta Miller. Sur ces mots, il fit demi-tour, remonta le trottoir jusqu'à l'allée de gravier et regagna le perron de sa maison.

Une fois dans le salon, il se jeta dans le fauteuil et alluma la télévision. Puis il se releva pour aller chercher à la cuisine une boîte de bière bien fraîche qu'il rapporta allégrement dans la grande pièce confortable.

Comme il se réinstallait devant le récepteur, il remarqua un objet roulé sur la table basse.

Il eut un sourire amusé. C'était le journal du matin, celui qu'il avait tant cherché. Marjorie l'avait rapporté avec le lait, comme d'habitude, et elle avait oublié de le lui dire. Il bâilla avec satisfaction et se pencha pour le prendre. Il le déplia paisiblement... et les gros titres lui sautèrent aux yeux :

La Russie s'annonce en possession de la bombe au cobalt
L'anéantissement du globe est à craindre

Immunité

« Un capuchon !
— Il porte un capuchon ! »
Travailleurs et flâneurs pressèrent le pas et vinrent se joindre à l'attroupement. Un jeune homme au teint cireux laissa tomber sa bicyclette et accourut. Hommes d'affaires en costume gris, secrétaires aux traits tirés, employés et ouvriers, la foule s'enflait de plus en plus.

« Attrapez-le ! » La meute se rua en avant. « Le vieillard, là ! »
Le jeune homme pâle ramassa un caillou dans le caniveau et le jeta de toutes ses forces. Le coup manqua sa cible et alla frapper une vitrine.

« Mais oui, il a bien un capuchon !
— Faut le lui enlever ! »
Une pluie de pierres. Haletant de frayeur, le vieillard tenta de passer outre deux soldats qui lui barraient la route. Un caillou le toucha dans le dos.

« Qu'avez-vous à cacher ? » Le jeune homme vint vers lui en courant. « Pourquoi avez-vous peur de la sonde ?
— Il a sûrement quelque chose à cacher ! » Un des travailleurs attrapa le chapeau du vieillard. Des mains avides se tendirent vers le fin cerclage de métal qui ceignait son crâne.

« On n'a pas le droit de se cacher comme ça ! »
Le vieil homme tomba à quatre pattes et perdit son parapluie. Un employé saisit le capuchon et tira dessus. La foule

suivit, essayant par tous les moyens d'atteindre le cercle métallique.

Tout à coup, le jeune homme poussa un cri et fit un pas en arrière en brandissant le capuchon. « Ça y est ! Je l'ai ! » Il courut vers sa bicyclette et s'éloigna en pédalant à toute vitesse, tenant toujours l'objet.

Sirène hurlante, une voiture de police robot vint se garer le long du trottoir. En surgirent des robots-policiers qui dispersèrent la foule. « Vous êtes blessé ? » Ils aidèrent le vieil homme à se relever.

Celui-ci secoua la tête d'un air hébété. Ses lunettes lui pendaient à une oreille. Son visage était souillé de salive et de sang.

« Bon. » Les doigts de métal relâchèrent leur étreinte. « Vous ne devriez pas rester dans la rue. Rentrez à l'intérieur, où vous voulez. C'est dans votre intérêt. »

Ross, le directeur de la Franchise, repoussa la plaque-mémo. « Encore un. Vivement que la loi Anti-Immunité soit votée. »

Peters leva les yeux. « Un nouveau cas ?

— Oui, encore un individu à capuchon antisonde. Ça nous en fait dix dans les dernières quarante-huit heures. Ils n'arrêtent pas d'en expédier.

— Ils les postent, ils les glissent sous les portes, dans les poches des gens, ils les laissent sur les comptoirs... les moyens de distribution sont innombrables.

— Si nous étions plus souvent avertis... »

Peters eut un sourire contraint. « Encore heureux que certains le fassent. Si ces gens reçoivent des capuchons, c'est qu'il y a une raison. Ils ne sont pas sélectionnés au hasard.

— Et en fonction de quoi sont-ils choisis ?

— Ils ont tous quelque chose à cacher. Sinon, pourquoi leur enverrait-on des capuchons ?

— Comment expliquer que certains nous avertissent, alors ?

— Ils ont peur de les porter. Ils nous les remettent pour ne pas attirer les soupçons. »

Ross se plongea dans ses réflexions moroses. « Oui, je suppose que vous avez raison.

— L'innocent n'a aucune raison de dissimuler ses pensées.

Quatre-vingt-dix-neuf pour cent des gens sont contents de se faire sonder. La plupart désirent *réellement* prouver leur loyauté. Mais le un pour cent restant a quelque chose à se reprocher. »

Ross ouvrit une chemise cartonnée et en retira une bande de métal courbe. Il se mit à l'examiner attentivement. « Regardez ça. Ce n'est qu'un morceau d'alliage. Et pourtant, cela arrête effectivement toutes les sondes. Les T.P. en deviennent fous. S'ils essaient de passer outre, cet objet leur envoie une décharge. Une espèce de choc.

— Bien entendu, vous en avez envoyé des échantillons au labo ?

— Non. Au cas où des employés se mettraient à fabriquer leurs propres capuchons. On a assez d'ennuis comme ça !

— D'où vient celui-ci ? »

Ross enfonça d'un coup sec un bouton situé sur son bureau. « Nous allons le savoir. Je vais demander au T.P. de faire un rapport. »

La porte s'effaça ; un jeune homme dégingandé, au teint cireux, fit son entrée dans la pièce. Il vit le cercle de métal que tenait Ross et eut un bref sourire. « Vous m'avez fait demander ? »

Ross l'examina. Cheveux blonds, yeux bleus, l'air tout ce qu'il y a de plus banal ; d'un étudiant de première année, par exemple. Mais Ross savait qu'il n'en était rien. Ernest Abbud était un mutant télépathe — un T.P. — parmi les centaines qu'employait la Franchise pour ses sondages de loyauté.

Avant l'apparition des T.P., les sondages se faisaient au petit bonheur la chance. On faisait prêter serment, on posait des écoutes ; mais cela ne suffisait pas. Chacun devait donner la preuve de sa loyauté, c'était incontournable — seulement, cela restait au stade de la théorie. En pratique, peu de gens y arrivaient. Il semblait que la présomption d'innocence dût être abandonnée au profit d'une restauration du droit romain.

Ce problème apparemment insoluble avait trouvé sa solution au moment de l'Éradication de Madagascar, en 2004. Les troupes stationnées dans la région avaient été soumises à des vagues de radiations dures. Parmi les survivants, peu avaient donné le jour à des enfants. Mais parmi ceux-ci – au nombre de quelques centaines –, on s'était aperçu que beaucoup présentaient des symptômes neurologiques d'un genre nouveau. Un mutant humain venait de naître – pour la première fois depuis des milliers d'années.

Les T.P. étaient donc apparus par accident. Mais ils avaient résolu le problème le plus pressant de la *Libre Union* : la détection et le châtiment de la déloyauté. Aux yeux du gouvernement de l'Union, les T.P. n'avaient pas de prix, et ils le savaient fort bien.

« C'est vous qui l'avez trouvé ? » s'enquit Ross en tapotant le capuchon.

Abbud hocha la tête. « En effet. »

Le jeune homme lisait ses pensées au lieu d'écouter ce qu'il disait. Ross rougit de colère. « À quoi ressemblait le porteur ? demanda-t-il d'un ton abrupt. La plaque-mémo ne donne pas de détails.

— Il s'agit du Dr Franklin. Directeur de la Commission fédérale des Ressources. Soixante-sept ans. En visite chez une parente.

— Walter Franklin ! J'ai entendu parler de lui. » Ross leva les yeux sur Abbud. « Alors vous avez...

— J'ai pu le sonder dès que j'ai ôté le capuchon.

— Où est-il allé après le lynchage ?

— Il s'est mis à l'abri quelque part. Sur ordre de la police.

— La police est venue ?

— J'avais déjà subtilisé le capuchon, naturellement. Tout s'est passé à la perfection. C'est un autre télépathe qui a repéré Franklin. Il m'a informé que l'homme venait dans ma direction. Quand il est arrivé à ma hauteur, j'ai crié qu'il portait un capuchon. Une petite foule s'est rassemblée, d'autres gens ont repris mon appel à leur compte. Puis l'autre télépathe est arrivé et nous avons manipulé les gens jusqu'à pouvoir l'approcher. J'ai pris le capuchon moi-même – et vous connaissez la suite. »

Ross resta un instant silencieux. « Savez-vous comment il l'a eu ? Y avait-il quelque chose là-dessus dans ses pensées ?

— Il l'a reçu par courrier.

— Sait-il...

— Il ne sait ni qui l'a envoyé, ni de quel endroit il provient. » Ross fronça les sourcils. « Il ne peut donc pas nous renseigner sur *eux*. Les expéditeurs.

— Les Fabricants de capuchons, rectifia Abbud d'un ton glacial.

— Je vous demande pardon ? dit Ross en lui décochant un bref regard.

— Eh bien oui, il faut bien que quelqu'un les fabrique. » Le visage du jeune homme se durcit. « *Quelqu'un* confectionne des écrans antisonde pour nous empêcher de savoir.

— Et vous êtes sûr que...

— Puisque je vous dis que Franklin ne sait rien ! Il est arrivé en ville hier soir. Ce matin, son robot-courrier lui a apporté l'objet. Il a hésité un moment, puis il a acheté un chapeau et a mis le capuchon dessous. Il est parti à pied pour le domicile de sa nièce. Quelques minutes plus tard nous l'avons repéré, au moment où il arrivait à notre portée.

— On dirait qu'ils se font de plus en plus nombreux. On leur envoie toujours plus de capuchons. Mais cela, vous le savez aussi bien que moi. » Ross serra les mâchoires. « Il faut *absolument* savoir d'où viennent ces écrans.

— Cela va prendre du temps. Apparemment, ces gens portent leur capuchon en permanence. » Abbud fit la grimace. « Nous devons nous approcher drôlement près ! Notre rayon de sondage est extrêmement limité. Mais tôt ou tard on en localisera un. Tôt ou tard, on arrachera un capuchon, et on découvrira *le Fabricant*...

— Dans les douze derniers mois, cinq mille porteurs de capuchon ont été détectés, déclara Ross. Cinq mille — et pas *un* qui sache ni d'où ils viennent, ni qui les fabrique.

— Nous aurons plus de chances quand nous serons plus nombreux, fit Abbud d'un ton résolu. Pour l'instant nous manquons de moyens. Mais un jour ou l'autre...

— Vous allez faire sonder Franklin, j'espère ? demanda Peters à Ross. Ça tombe sous le sens.

— Naturellement. » Ross regarda Abbud et hocha la tête. « Il faut suivre cette affaire. Demandez à l'un des vôtres de pratiquer une sonde totale, pour voir s'il n'y a pas quelque chose d'intéressant enfoui au fond de l'aire neurale non consciente. Faites-moi un rapport en règle selon la procédure habituelle. »

Abbud plongea la main dans la poche intérieure de son manteau et en tira une bande magnétique qu'il jeta sur le bureau devant Ross. « C'est déjà fait.

— Qu'est-ce que c'est?

— La sonde totale de Franklin. Tous les niveaux ont été minutieusement inspectés et enregistrés. »

Ross le regarda fixement. « Est-ce à dire que vous...

— Nous avons déjà fait le nécessaire, oui. » Abbud se dirigea vers la porte. « Du bon travail. Cummings s'en est chargé. Il y a chez l'individu sondé une déloyauté considérable. Plus idéologique que déclarée. Vous voudrez sans doute l'arrêter. À l'âge de vingt-quatre ans, il a trouvé de vieux livres et de vieux enregistrements musicaux qui l'ont fortement influencé. La dernière partie de cette bande évoque longuement notre estimation de son déviationnisme. »

La porte se dématérialisa à nouveau et Abbud sortit.

Ross et Peters le suivirent du regard. Au bout d'un moment, Ross prit le rouleau de bande et le rangea avec le capuchon métallique.

« Ça alors, fit Peters. Ils se sont chargés *eux-mêmes* de la sonde. »

Plongé dans ses pensées, Ross hocha la tête. « Ouais. Et je dois dire que ça ne me plaît guère. »

Les deux hommes échangèrent un regard... et se rendirent compte à cet instant qu'à l'extérieur du bureau Abbud était en train de sonder leurs pensées.

« Nom de nom! s'exclama vainement Ross. Nom de nom! »

Le souffle court, Walter Franklin regarda autour de lui. Il essuya d'une main tremblante la suée d'angoisse qui coulait sur son visage ridé.

Au bout du couloir, le fracas métallique signalant l'arrivée des agents de la Franchise s'enflait de plus en plus.

Il avait réussi à échapper à la foule; pour le moment, il était sauvé. Il y avait quatre heures de cela. Le soleil était couché et le soir tombait sur l'agglomération new-yorkaise. Il s'était débrouillé pour traverser la moitié de la ville et atteindre les faubourgs, et voilà que maintenant, il y avait un mandat d'arrêt contre lui.

Mais pourquoi? Toute sa vie il avait travaillé pour le gouvernement de la Libre Union. Jamais il n'avait manifesté de déloyauté à son égard. Tout ce qu'il avait fait, c'était ouvrir son courrier, y trouver le capuchon, s'interroger et le coiffer. Il se remémora les instructions portées sur la petite étiquette :

> *Bienvenue!*
> *Cet écran antisonde vous est envoyé avec les compliments du fabricant et l'espoir sincère qu'il vous sera de quelque utilité. Remerciements.*

Rien d'autre. Aucun détail. Longtemps il avait réfléchi. Devait-il le porter? Il n'avait jamais rien fait de mal. Rien à cacher — pas la moindre trace de déloyauté à l'égard de l'Union. Mais l'idée le fascinait. Avec le capuchon, son esprit ne serait plus qu'à lui. Nul ne pourrait y entrer. Privé, secret, il lui appartiendrait tout entier. Il pourrait avoir les pensées qu'il voulait, à l'infini, sans que personne vienne y mettre son nez.

Finalement, il s'était décidé à mettre le capuchon et à coiffer son vieux chapeau mou par-dessus. Puis il était sorti... et dix minutes après, une foule hurlante s'abattait sur lui. Avec en plus, à présent, ce mandat d'arrêt.

Franklin se creusa désespérément la cervelle. Que faire? Peut-être le présenterait-on devant une commission de la Franchise. Nulle accusation ne serait portée contre lui : ce serait à lui de se disculper, de prouver sa loyauté. Qu'avait-il bien pu faire de mal? Avait-il oublié quelque chose? Oui, il avait mis le capuchon. C'était peut-être pour cela. Il y avait actuellement une loi à l'étude, au Congrès, une espèce de projet Anti-Immunité rendant illégal le port du capuchon ; mais elle n'avait pas encore été votée...

Les agents de la Franchise approchaient ; ils seraient bientôt là. Il battit en retraite au fond du couloir de l'hôtel en scrutant frénétiquement les environs. Un néon rouge indiquait SORTIE. Il se précipita et descendit une volée de marches débouchant dans une rue obscure. Mieux valait ne pas rester dehors, à cause de la meute. Jusqu'à présent, il s'était efforcé de rester autant que possible à l'abri. Mais maintenant, il n'avait plus le choix.

Derrière lui retentit un cri aigu. Quelque chose fendit l'air à côté de lui et une portion de trottoir partit en fumée. Un rayon-Slem. Hors d'haleine, Franklin se mit à courir, puis tourna et s'élança dans une rue adjacente. On le regardait passer d'un air intrigué. Il traversa une artère animée et se joignit à un groupe de gens qui se rendaient au théâtre. Avait-il été repéré par les agents? Il regarda nerveusement autour de lui mais n'en vit aucun.

Arrivé à un carrefour, il traversa au feu puis marcha jusqu'à l'îlot central et vit venir vers lui une voiture de la Franchise. Ses occupants l'avaient-ils vu traverser? Il voulut gagner le trottoir d'en face. La voiture accéléra brusquement. Une autre apparut dans l'autre sens.

Franklin enjamba le trottoir.

La première voiture s'arrêta dans un crissement de pneus. Des agents de la Franchise en sortirent, l'un après l'autre, et se répandirent sur le trottoir.

Il était pris au piège. Pas d'endroit où se réfugier. Tout autour, promeneurs et employés de bureau fatigués tournaient vers lui des regards inquisiteurs, des visages dénués de toute sympathie. Quelques-uns arboraient un vague sourire amusé. Franklin dardait en tous sens des regards désespérés. Pas un endroit, pas une porte, pas un individu qui...

Une voiture s'arrêta devant lui et les portières s'ouvrirent. « Montez. » Une jeune fille au joli visage crispé se penchait vers lui. « Mais montez donc! »

Il s'exécuta. La fille referma brusquement les portières et la voiture reprit de la vitesse. Devant eux, une voiture de la Franchise fit une embardée et vint bloquer la rue de toute sa masse luisante. Une autre arriva derrière.

La fille se pencha en avant et prit les commandes. Tout à coup, la voiture s'éleva dans les airs. Laissant sous elle la rue et les véhicules, elle prit rapidement de l'altitude. Un éclair violet illumina le ciel derrière eux.

« Baissez-vous ! » lança la fille.

Franklin s'enfonça dans son siège. La voiture décrivit un grand arc de cercle et passa derrière la haie protectrice que formait une rangée d'immeubles. Au sol, les voitures de la Franchise abandonnèrent la poursuite et firent demi-tour.

Franklin se carra dans son siège et s'essuya le front d'une main tremblante. « Merci, marmonna-t-il.

— De rien. » La jeune fille accéléra l'allure. Ils quittaient le quartier des affaires et prenaient la direction des banlieues résidentielles. Elle conduisait en silence, le regard fixé sur le ciel devant elle.

« Qui êtes-vous ? » s'enquit Franklin.

Pour toute réponse, la jeune fille lui lança un objet. « Mettez ceci. »

Un capuchon ; Franklin le défit et le glissa maladroitement sur sa tête. « Ça y est.

— Sans cela, ils nous auront au balayage T.P. Il faut rester constamment sur ses gardes.

— Où allons-nous ? »

La fille se retourna et, une main posée sur le volant, fixa sur lui des yeux gris qui ne montraient aucun effroi. « Chez le Fabricant, répondit-elle. L'alerte publique lancée contre vous bénéficie d'une priorité numéro un. Si je vous laissais partir, il ne vous resterait pas une heure à vivre.

— Mais... je ne comprends pas. » Médusé, Franklin secoua la tête. « Pourquoi en ont-ils après moi ? Qu'ai-je fait ?

— Vous êtes tombé dans une embuscade. » Elle prit un nouveau virage, et le vent s'engouffra avec un sifflement aigu dans les jantes et les ailes de la voiture. « Ce sont les T.P. Tout va très vite. Il n'y a pas de temps à perdre. »

Le petit homme chauve ôta ses lunettes et tendit la main à Franklin en fixant sur lui un regard myope. « Heureux de faire votre connaissance, professeur. J'ai suivi avec grand intérêt vos travaux au comité.

— Qui êtes-vous ? » demanda Franklin.

Le petit homme eut un sourire embarrassé. « Je m'appelle James Cutter. Le Fabricant de capuchons, comme disent les T.P. Voici notre usine. » Il embrassa la pièce du geste. « Jetez donc un coup d'œil. »

Franklin regarda autour de lui. Il se trouvait dans un vieil entrepôt en bois datant du siècle précédent, avec de grandes poutres sèches et craquantes, toutes rongées par la vermine. Le sol était en béton. Au plafond, des lampes fluorescentes désuètes répandaient une lumière incertaine. Les murs étaient parsemés de traces d'humidité et de tuyaux en saillie.

Flanqué de Cutter, Franklin s'avança dans la pièce. Il n'en croyait pas ses yeux. Tout était arrivé si vite ! Apparemment, il se trouvait hors de New York, dans une quelconque banlieue industrielle à l'abandon. De tous côtés des hommes travaillaient armés de poinçons et de moules. L'air était chaud. Un ventilateur archaïque ronronnait dans un coin. L'entrepôt était envahi par un vacarme continuel.

« Vous voulez dire que..., murmura Franklin. Que ceci est...
— Oui, c'est là que nous fabriquons les capuchons. Pas très impressionnant, hein ? Nous espérons emménager ailleurs. Venez, je vais vous montrer le reste. »

Cutter poussa une porte latérale et ils pénétrèrent dans un petit laboratoire jonché de flacons et de cornues. « C'est ici que se fait la recherche fondamentale, mais aussi ses applications. Nous avons appris dans ce laboratoire quelques petites choses dont certaines nous seront utiles et d'autres, espérons-nous, ne seront jamais mises en pratique. Et puis, cela occupe nos réfugiés.

— Qu'est-ce à dire ? »

Cutter fit de la place sur une table et s'y assit. « Pour la plupart, les autres sont ici pour la même raison que vous. Traqués par les T.P. Accusés de déviationnisme. Mais nous sommes arrivés à temps.

— Mais pourquoi...

— Pourquoi vous ont-ils piégé *vous* ? À cause de votre position sociale. Directeur d'un service gouvernemental. Tous nos adeptes ont été des hommes éminents – tous ont été victimes de la sonde T.P. » Cutter s'adossa au mur taché d'humidité et alluma une cigarette. « Si nous existons, c'est grâce à une découverte faite il y a dix ans, par accident, dans un laboratoire du gouvernement. » Il tapota son capuchon. « Cet alliage est imperméable aux sondes. Son inventeur est désormais parmi nous. Les T.P. lui sont immédiatement tombés dessus, mais il a réussi à s'enfuir. Il a fabriqué un certain nombre de capuchons et les a donnés à d'autres techniciens travaillant dans sa partie. Voilà comment tout a commencé.

— Combien êtes-vous ? »

Cutter se mit à rire. « Cela, je ne peux vous le dire. Assez nombreux pour produire des capuchons et les disséminer. Parmi les gens importants du gouvernement. Les savants, les hauts fonctionnaires, les enseignants...

— Mais pourquoi eux ?

— Parce que nous voulons leur mettre la main dessus avant les T.P. Dans votre cas, nous sommes arrivés trop tard. On avait *déjà* pratiqué sur vous une sonde totale, avant même que le capuchon ne vous soit expédié.

« Les T.P. sont en train de prendre le gouvernement à la gorge. Ils sélectionnent les meilleurs éléments, les dénoncent et les font arrêter. Si un T.P. déclare tel ou tel individu déloyal, la Franchise est obligée de l'interner. Nous avons essayé de vous faire parvenir un capuchon à temps. Le rapport ne pouvait pas être communiqué à la Franchise si vous le portiez. Mais ils se sont montrés plus malins que nous. Ils ont lancé une meute de gens après vous et ont dérobé le capuchon. Dès qu'il a été en leur possession, ils ont remis leur rapport à la Franchise.

— Alors, voilà pourquoi ils voulaient me l'enlever !

— Les T.P. ne peuvent pas établir de rapport d'accusation sur un individu à l'esprit imperméable aux sondes. Ils ne sont pas si bêtes, à la Franchise. Il faut que les T.P. ôtent les capuchons. Tout porteur de capuchon est intouchable. Jusqu'à présent, ils se sont débrouillés en manipulant les passants — mais c'est trop peu efficace. Maintenant, ils travaillent sur ce projet de loi au Congrès. La loi Anti-Immunité du sénateur Waldo qui rendrait illégal le port de capuchon. » Cutter eut un sourire ironique.

« Pourquoi l'innocent refuserait-il de se laisser sonder, n'est-ce pas ? Aux termes de cette loi, le port du capuchon deviendra un délit. Ceux qui en recevront un le remettront à la Franchise. Il n'y aura pas une personne sur dix mille pour le conserver si elle risque la prison et la confiscation de ses biens.

— J'ai rencontré Waldo une fois. J'ai du mal à croire qu'il ne saisisse pas les conséquences de sa loi. Si on pouvait lui expliquer...

— Exactement ! Si on pouvait lui expliquer. Il faut empêcher le vote de cette loi. Sinon, nous sommes fichus. Et les T.P. auront le champ libre. Il faut que quelqu'un aille voir Waldo et lui expose la situation. » Cutter avait les yeux brillants. « Vous, vous le connaissez. Il se souviendra de vous.

— Que voulez-vous dire ?

— Franklin, nous allons vous renvoyer là-bas, vous faire rencontrer Waldo. C'est notre seule chance de contrer cette loi. Et il faut absolument réussir. »

Le turbo-jet filait à toute allure au-dessus des Rocheuses, avec leur tapis de broussailles et de forêts enchevêtrées. « Quelque part sur la droite il y a une prairie, dit Cutter. Si je la trouve, nous pourrons nous poser. »

Il coupa brusquement les moteurs. Le rugissement s'éteignit. Ils arrivaient à hauteur des collines.

« Là, à droite », dit Franklin.

Cutter piqua. « De là, nous pourrons gagner à pied la propriété de Waldo. » Ils furent secoués par un grondement trépidant au moment où les ailerons d'atterrissage s'enfonçaient dans le sol, puis s'immobilisèrent.

Tout autour d'eux, de grands arbres se balançaient doucement dans le vent. On était en milieu de matinée. L'air était piquant. Ils se trouvaient très haut dans la montagne, sur le flanc descendant vers le Colorado.

« Quelles sont nos chances d'arriver jusqu'à lui ? demanda Franklin.

— Faibles. »

Franklin sursauta. « Pourquoi ? Où est le problème ? »

Cutter repoussa la portière du jet et sauta à terre. « Venez. » Il aida Franklin à descendre et claqua la portière derrière lui. « Waldo est bien gardé. Il s'entoure d'une véritable muraille de robots. C'est pour cela que nous n'avons encore jamais essayé. Si ce n'était pas d'une importance capitale, nous ne serions pas en train de tenter notre chance aujourd'hui. »

Ils sortirent de la prairie et empruntèrent un étroit sentier tapissé de mauvaises herbes qui descendait au flanc de la colline. « Quel est leur but, en fait ? s'enquit Franklin. Je veux parler des T.P. Pourquoi veulent-ils le pouvoir ?

— La nature humaine, je présume.

— *Humaine ?*

— Les T.P. ne sont pas différents des jacobins, des têtes rondes, des nazis ou des bolcheviques. De tout temps il y a eu des gens prêts à décider du sort de l'humanité – pour son plus grand bien, naturellement.

— Les T.P. sont de ceux-là ?

— La plupart se croient les leaders naturels de l'espèce humaine. Les non-télépathes sont pour eux une race inférieure. Les T.P., eux, sont un cran au-dessus, l'*homo superior*. Donc, puisqu'ils sont supérieurs, ce sont eux qui doivent régner, prendre toutes les décisions à notre place.

— Et vous, vous n'êtes pas d'accord.

— Les T.P. ne sont pas comme nous, certes, mais cela ne veut pas dire qu'ils soient *mieux*. Être télépathe, ce n'est pas être supérieur en toute chose. Les T.P. sont loin d'être une race supérieure, en fait. Ce sont des êtres humains dotés d'un talent particulier. Mais cela ne leur donne pas le droit de nous dire ce que nous avons à faire. Le problème n'est pas nouveau.

— Qui devrait prendre la tête de l'humanité, selon vous ? demanda Franklin.

— *Personne.* L'humanité doit se conduire elle-même. » Tout à coup, Cutter se pencha en avant, tendu. « Nous sommes presque arrivés. La propriété se trouve droit devant nous. Tenez-vous prêt. Tout va dépendre des quelques minutes qui viennent. »

« Un petit nombre de gardes robots. » Cutter abaissa ses jumelles. « Mais ce n'est pas ce qui m'inquiète. Si Waldo a un T.P. dans les parages, il détectera nos capuchons.

— Et nous ne pouvons pas les enlever.

— Non. Notre plan serait immédiatement percé à jour et se transmettrait de T.P. en T.P. » Cutter s'avança prudemment. « Les robots vont nous barrer le passage et réclamer nos papiers d'identité. Il va falloir compter sur votre plaque de Directeur. »

Ils sortirent des buissons et traversèrent le terrain découvert menant aux bâtiments de la propriété. Ils débouchèrent sur un chemin de terre qu'ils se mirent à suivre ; ni l'un ni l'autre ne parlait, se contentant de regarder le paysage.

« Halte là ! » Un garde-robot surgit de nulle part et vint promptement à leur rencontre. « Identifiez-vous ! »

Franklin montra sa plaque. « Je suis un des Directeurs. Nous sommes venus voir le sénateur. C'est un vieil ami. »

Il y eut un cliquetis de connecteurs automatiques tandis que le robot examinait la plaque d'identification. « Vous êtes Directeur ?

— C'est exact, répondit Franklin qui commençait à se sentir mal à l'aise.

— Ôtez-vous de là, fit Cutter d'un ton excédé. Nous n'avons pas de temps à perdre. »

Hésitant, le robot battit en retraite. « Excusez-moi de vous avoir arrêté, monsieur. Le sénateur se trouve dans le bâtiment principal. Juste devant vous.

— Très bien. » Cutter et Franklin se remirent en marche, laissant le robot derrière eux. Le visage rond de Cutter était couvert de transpiration. « Nous avons réussi, murmura-t-il. Reste à espérer qu'il n'y a pas de T.P. à l'intérieur. »

Franklin atteignit la véranda et entreprit de gravir lentement les marches, Cutter sur ses talons. Il fit halte devant la porte et jeta un coup d'œil au petit homme. « Dois-je...

— Allez-y. » Cutter était tendu. « Entrons directement. C'est plus sûr. »

Franklin leva la main. Il y eut un déclic sonore : l'objectif incrusté dans la porte d'entrée prenait un cliché de lui et se livrait à quelques vérifications d'usage. Franklin prononça une prière muette. Si la nouvelle du mandat d'arrêt lancé par la Franchise était parvenue jusqu'ici...

La porte s'effaça.

« Vite, entrons », jeta Cutter.

Franklin obéit et scruta la semi-obscurité qui régnait à l'intérieur. Il cligna des yeux pour s'accoutumer à la pénombre du hall. Quelqu'un venait. Une petite silhouette qui approchait rapidement, d'une démarche légère. Waldo ?

Un jeune homme dégingandé au visage cireux pénétra dans le hall en arborant un sourire contraint. « Bonjour, docteur Franklin », dit-il. Puis il leva son fusil à rayons-Slem et fit feu.

Cutter et Ernest Abbud gardèrent les yeux fixés sur la masse suintante, tout ce qui restait du Dr Franklin. Tous deux demeurèrent silencieux.

Finalement, pâle comme un linge, Cutter leva la main. « Était-ce bien nécessaire ? »

Reprenant soudain conscience de sa présence, Abbud fit un léger mouvement. « Pourquoi pas ? » Le fusil-Slem pointé sur le ventre de Cutter, il haussa les épaules. « C'était un vieillard, il n'aurait pas supporté longtemps le camp de détention protectrice. »

Les yeux fixés sur le visage du jeune homme, Cutter tira de sa poche un paquet de cigarettes et en alluma une d'un geste lent. C'était la première fois qu'il voyait Ernest Abbud. Mais il savait parfaitement qui il était. Il regarda le jeune homme pâle donner des coups de pied distraits dans les restes répandus sur le sol.

« C'est donc que Waldo est un T.P., fit Cutter.

— Oui.

— Franklin se trompait. Waldo comprend *très bien* les implications de sa loi.

— Mais naturellement ! La loi Anti-Immunité fait partie intégrante de nos plans. » Abbud agita le canon de son arme. « Ôtez votre capuchon. Je ne peux pas vous sonder et cela me met mal à l'aise. »

Cutter hésita. Pensif, il laissa tomber sa cigarette par terre et l'écrasa sous son pied. « Que faites-vous ici ? D'ordinaire, vous traînez plutôt à New York. Vous êtes bien loin de votre territoire. »

Abbud sourit. « Nous avons intercepté les pensées de Franklin au moment où il entrait dans la voiture de la fille, avant qu'elle ne lui donne un capuchon. Elle a trop attendu. Nous avons obtenu une image distincte d'elle, vue du siège arrière bien entendu. Mais elle s'est retournée pour lui tendre le capuchon. La Franchise l'a arrêtée il y a deux heures. Elle en savait long – c'est notre premier vrai contact. Elle nous a permis de localiser l'usine et de rafler la plupart de ceux qui y travaillaient.

— Vraiment ? murmura Cutter.

— Ils se trouvent actuellement en détention protectrice. Leurs capuchons ont été confisqués, ainsi que le stock encore à distribuer. Les poinçons ont été démantelés. Pour autant que je sache, nous détenons le groupe entier. Vous êtes le dernier.

— Alors, quelle importance si je conserve mon capuchon ? »

Abbud battit des paupières. « Enlevez-le. J'exige de vous sonder – monsieur le Fabricant. »

Grognement de Cutter. « Que voulez-vous dire ?

— Plusieurs de vos hommes nous ont donné des images mentales de vous, plus les détails de votre expédition jusqu'ici. Je me suis déplacé en personne, après avoir notifié Waldo par l'intermédiaire de notre système de relais. Je désirais être là.

— Pourquoi ?

— C'était une occasion à saisir. Une chance inespérée, même.

— Et vous, quelle position occupez-vous au juste ? » demanda Cutter.

Le visage hâve d'Abbud s'enlaidit. « Allons, ôtez-moi ce capuchon ! Je pourrais vous réduire en cendres sur-le-champ. Mais d'abord, je veux vous sonder.

— Très bien. Je vais l'enlever. Sondez-moi si vous voulez. Jusqu'au tréfonds de moi-même. » Cutter s'interrompit et réfléchit posément. « Mais vous signez votre arrêt de mort.

— Et pourquoi cela ? »

Cutter ôta son capuchon et le jeta sur une table près de la

porte d'entrée. « Alors ? Que voyez-vous ? Y a-t-il quelque chose que je sache — *et que tous les autres ignorent ?* »

Abbud garda un instant le silence. Tout à coup, son visage se convulsa et sa bouche se mit à former des mots muets. Le fusil-Slem oscilla dans ses mains. Il chancela et sa frêle carcasse fut parcourue d'un frisson violent. Bouche bée, il regardait Cutter d'un air de plus en plus horrifié.

« Oui, j'ai découvert cela tout récemment, déclara Cutter. Dans notre laboratoire. Je ne voulais pas m'en servir, mais c'est vous qui m'avez obligé à enlever mon capuchon. Jusqu'alors, je pensais que l'alliage était la plus importante de toutes nos découvertes. Mais par certains côtés, celle-ci lui est bien supérieure. Vous ne trouvez pas ? »

Abbud se tut. Son visage avait pris une teinte d'un gris malsain. Ses lèvres remuaient toujours en silence.

« J'ai eu une intuition que j'ai suivie à tout hasard. Je savais que vous autres télépathes proveniez tous d'un même groupe issu d'un accident — l'explosion de la bombe à hydrogène sur Madagascar. Cela m'a donné à réfléchir. La plupart des mutants, à notre connaissance, sont rejetés par l'espèce ayant atteint le stade de la mutation. Non pas seulement dans tel ou tel groupe, dans telle ou telle zone précise, mais dans le monde entier, partout où existe l'espèce en question.

« La cause de votre apparition fut une lésion du plasma microbien chez une population humaine spécifique. Vous n'étiez donc pas des mutants, car vous n'incarniez pas une évolution *naturelle* de l'espèce. Rien ne permettait de dire que l'*homo sapiens* avait atteint un stade de mutation. Il n'était donc pas évident que vous soyez des mutants.

« Alors j'ai entrepris des recherches, biologiques mais aussi statistiques, sociologiques. Nous avons tenté d'établir des corrélations entre les données que nous possédions sur vous et sur ceux de vos semblables que nous étions en mesure de localiser. Votre âge, ce que vous faisiez dans la vie, combien d'entre vous étaient mariés, combien vous aviez d'enfants. Au bout d'un moment, je suis parvenu à la conclusion que vous êtes en ce moment même en train de lire dans mes pensées. » Cutter se pencha sur Abbud et le regarda intensément. « Vous n'êtes pas un vrai mutant, Abbud. Si votre groupe existe, c'est grâce à une déflagration parmi tant d'autres. Si vous êtes différents de nous, c'est parce que l'appareil reproducteur de vos parents a été endommagé. Il vous manque le trait distinctif de tout vrai mutant. » Un léger sourire joua sur les traits de Cutter. « Beaucoup d'entre vous sont mariés. Mais on ne constate pas une seule naissance. Pas un seul enfant T.P. ! Vous ne pouvez pas vous reproduire, Abbud. Vous êtes *stériles,* jusqu'au dernier. Lorsque vous mourrez, votre engeance disparaîtra. Vous n'êtes pas des mutants. Vous êtes des monstres ! »

Tremblant, Abbud poussa un gémissement rauque. « Je vois cela dans votre esprit. » Il se ressaisit au prix d'un grand effort. « Vous ne l'avez dit à personne, n'est-ce pas ? Vous êtes le seul à savoir ?

— Il y a quelqu'un d'autre, rétorqua Cutter.

— Qui ?

— Vous. Vous m'avez sondé. Et puisque vous êtes un T.P., tous les autres... »

Abbud tira, le fusil-Slem retourné vers ses propres entrailles, et se volatilisa en une pluie de particules. Cutter se couvrit le visage des mains et recula d'un pas. Il ferma les yeux et retint sa respiration.

Lorsqu'il se décida à regarder, il n'y avait plus rien. Il secoua la tête. « Trop tard, Abbud. Vous n'avez pas été assez rapide. Le sondage est instantané... et Waldo était à portée de sonde. Ce fameux système de relais... Et même s'ils n'ont pas eu le temps de lire en vous, *moi* ils n'ont pas pu me manquer. »

Il y eut un bruit. Cutter fit volte-face. Des agents de la Franchise envahissaient rapidement le hall, jetant un regard à ce qui restait d'Abbud par terre, avant de s'arrêter devant Cutter.

Perplexe, ébranlé, le directeur Ross braqua son arme sur Cutter. « Que s'est-il passé ? Où est-ce que...

— Sondez-le ! lança Peters. Faites venir un T.P., vite ! Allez chercher Waldo. Essayez de savoir ce qui s'est passé. »

Cutter eut un sourire ironique. « Mais bien sûr », dit-il en hochant la tête d'un geste mal assuré. Soulagé, il se détendit. « Sondez-moi donc. Je n'ai rien à cacher. Faites venir un T.P. qui me fasse subir la sonde – si vous réussissez à en trouver un. »

Là où il y a de l'hygiène...

Le monde allait sur les six heures du soir, la journée de travail était presque finie. Partout s'élevaient des essaims de disques de transport dont la masse s'enflait au-dessus de la zone industrielle pour se diriger vers les banlieues résidentielles. Leurs épaisses nuées assombrissaient le ciel vespéral comme autant d'insectes nocturnes. Silencieux, se jouant de la pesanteur, ils emportaient d'un bond leurs passagers vers leur foyer et la famille qui les y attendait, vers un repas chaud et vers leur lit.

Don Walsh était le troisième passager de son disque; il complétait la charge. Tandis qu'il introduisait une pièce de monnaie dans la fente, le tapis se souleva impatiemment. Walsh s'installa avec soulagement contre le rail de sécurité invisible, et déplia le journal du soir. En face de lui, deux autres banlieusards faisaient de même.

L'AMENDEMENT HORNEY PROVOQUE UNE ÉMEUTE

Walsh réfléchit à ce que signifiait le gros titre. Il abaissa son journal pour éviter les courants d'air qui circulaient en permanence, et lut attentivement la colonne suivante.

PARTICIPATION MASSIVE PRÉVUE POUR LUNDI
LE MONDE ENTIER SE REND AUX URNES

Au dos de l'unique page du journal, on pouvait lire le compte rendu du scandale du jour.

ELLE TUE SON MARI À L'ISSUE D'UNE DISPUTE POLITIQUE

Et puis un titre qui lui fit curieusement froid dans le dos. Ce n'était pas la première fois, mais dans ce cas-là il ressentait toujours un malaise.

BOSTON : UN NATURALISTE LYNCHÉ
PAR UN GROUPE DE PURISTES
BRIS DE VITRINES — IMPORTANTS DÉGÂTS MATÉRIELS

Et au-dessus de la colonne suivante :

CHICAGO : UN PURISTE LYNCHÉ
PAR UN GROUPE DE NATURALISTES
IMMEUBLES INCENDIÉS — IMPORTANTS DÉGÂTS MATÉRIELS

En face de Walsh, un compagnon de voyage se mit à marmotter. C'était un homme de grande taille, corpulent, la cinquantaine, les cheveux roux et le visage boursouflé par la bière. Soudain, il froissa son journal en boule et le jeta dehors. « Ils ne la voteront pas! s'écria-t-il. Ils ne s'en tireront pas comme ça! »

Walsh plongea le nez dans son journal et essaya de toutes ses forces de ne pas tenir compte de cet éclat. Voilà que cela recommençait – ce qu'il redoutait à chaque instant. Un débat politique. L'autre voyageur avait abaissé son journal ; il jeta un bref regard au rouquin, puis reprit sa lecture.

Le premier homme prit Walsh à partie. « Vous l'avez signée, vous, la pétition de Butte ? » Il sortit de sa poche une tablette d'aluminium et la brandit sous le nez de Walsh. « N'ayez pas peur de mettre votre nom au service de la liberté. »

Walsh étreignit son journal et jeta un regard désespéré par-dessus le rebord du disque. En bas défilaient les unités résidentielles de Detroit ; il était presque arrivé chez lui. « Désolé, murmura-t-il. Merci, non, pas moi.

— Laissez-le donc tranquille, dit le deuxième voyageur à l'homme aux cheveux roux. Vous ne voyez pas qu'il n'a pas envie de signer ?

— Occupez-vous de vos affaires », rétorqua le rouquin. Il s'approcha de Walsh en tendant la tablette d'un air belliqueux. « Écoutez, l'ami. Vous savez ce que cela signifie pour vous et les vôtres si cette loi est votée ? Vous croyez que vous serez en sécurité ? Réveillez-vous, l'ami. Accepter l'amendement Horney, c'est abdiquer toutes les libertés. »

Le deuxième voyageur replia lentement son journal. C'était un cosmopolite aux cheveux gris, mince et élégant. Il ôta ses lunettes et dit : « Pour moi, vous sentez le Naturaliste. »

Le rouquin regarda attentivement son adversaire. Il prit note de la grosse bague en plutonium qui ornait sa main fine — susceptible de briser n'importe quelle mâchoire. « Et vous, qu'est-ce que vous êtes ? marmonna-t-il. Une lavette de Puriste ? C'est une honte. » Odieusement, il fit mine de lui cracher à la figure, puis se retourna vers Walsh. « Écoutez, l'ami, vous savez bien ce qu'ils veulent, ces Puristes. Faire de nous des dégénérés. Nous transformer en une race de femmelettes. Si Dieu a voulu que l'univers soit ce qu'il est, il est bien assez bon pour moi. Aller à l'encontre de la nature, c'est aller contre la volonté de Dieu. Cette planète a été conquise par des hommes au sang bien rouge, de vrais hommes fiers de leur corps, de leur allure et de leur odeur. » Il frappa sa large poitrine. « Bon Dieu, moi je suis fier de mon odeur ! »

Walsh essayait par tous les moyens de gagner du temps. « Je..., bafouilla-t-il. Non, je ne peux pas signer.

— Vous avez peut-être déjà signé ?

— Non. »

Le soupçon se peignit sur les traits épais du rouquin. « Vous voulez dire que vous êtes pour l'amendement Horney ? » Sa voix pâteuse s'enfla de colère. « Vous voulez donc voir la fin de l'ordre naturel des...

— Je descends ici », coupa Walsh ; il s'empressa de tirer d'un coup sec sur le cordon d'arrêt du disque. Celui-ci descendit prestement vers le grappin magnétique situé à l'extrémité de l'unité résidentielle de Walsh, une rangée de carrés blancs qui se détachait sur le flanc vert et brun de la colline.

« Attendez un peu, l'ami. » Le rouquin tendit une main menaçante vers la manche de Walsh tandis que le disque achevait sa glissade sur la surface plane du grappin. Là étaient garées des rangées de véhicules de surface : les épouses attendaient leur mari pour le ramener à la maison. « Votre attitude me déplaît. Vous avez peur de relever la tête et de vous faire remarquer. Vous avez honte d'appartenir à votre espèce ? Bon Dieu, si vous êtes un homme, pourquoi ne pas... »

Le grand mince aux tempes grises assena un coup de bague au rouquin, qui lâcha la manche de Walsh. La pétition tomba par terre avec un bruit métallique et, sans un mot, les deux hommes s'empoignèrent furieusement.

Walsh écarta le rail de sécurité et sauta du disque ; il dévala les trois marches du grappin et posa le pied sur la couche de mâchefer qui recouvrait le parking. Dans la pénombre du soir tombant, il distingua la voiture de sa femme ; Betty attendait en regardant la télévision du tableau de bord, sans s'apercevoir de sa présence ni remarquer les deux hommes qui se battaient, le Naturaliste aux cheveux roux et le Puriste grisonnant.

« Vous n'êtes qu'un animal, haleta ce dernier en se redressant. Un animal puant ! »

Le rouquin était affalé, à demi assommé, contre le rail de sécurité. « Espèce de... tapette ! » grogna-t-il.

L'homme aux cheveux gris appuya sur le bouton de décollage ; le disque s'éleva au-dessus de la tête de Walsh et poursuivit son chemin. Walsh agita la main pour lui exprimer sa reconnaissance. « Merci, lança-t-il. C'est chic de votre part.

— Je vous en prie », répondit gaiement l'autre en tâtant une dent cassée. Sa voix faiblissait à mesure que le disque prenait de l'altitude. « Toujours content de donner un coup de main à un camarade... » Les derniers mots parvinrent aux oreilles de Walsh : « Un camarade puriste.

— Mais je ne suis pas un Puriste ! cria en vain Walsh. Je ne suis ni Puriste ni Naturaliste, vous comprenez ? »

Mais nul ne l'entendit.

« Je ne suis pas des leurs », répétait inlassablement Walsh en avalant son dîner — maïs, pommes de terre et côtelettes. « Ni Puriste ni Naturaliste. Pourquoi faudrait-il que je sois d'un côté ou de l'autre ? N'y a-t-il donc pas de place pour les hommes dotés de leur propre opinion ?

— Mange, mon chéri », murmura Betty.

À travers les minces cloisons de la petite salle à manger pimpante leur parvenaient les tintements de vaisselle émis par les autres familles attablées, à quoi s'ajoutaient d'autres conversations en cours, le vacarme cacophonique des postes de télévision, le grondement sourd des cuisinières, des congélateurs, des climatiseurs et autres appareils de chauffage muraux. En face de Walsh, son beau-frère Carl engouffrait une deuxième assiettée fumante. À côté de lui, son fils Jimmy, quinze ans, feuilletait une édition de poche de *Finnegans Wake* achetée au centre commercial souterrain approvisionnant l'unité résidentielle autonome.

« On ne lit pas à table », dit Walsh à son fils d'un ton courroucé.

Jimmy leva les yeux. « Ça ne prend pas. Je connais les règles de l'unité; sûr que celle-ci n'en fait pas partie. Et de toute manière, il faut que je lise ce livre avant de sortir.

— Où vas-tu ce soir, mon chéri ? s'enquit Betty.

— C'est en rapport avec le parti officiel, biaisa Jimmy. Je ne peux pas vous en dire plus. »

Walsh se concentra sur son assiette en s'efforçant de refréner la salve de réflexions qui tempêtaient dans son crâne. « En rentrant du travail, j'ai assisté à une bagarre. »

Jimmy témoigna quelque l'intérêt. « Qui a gagné ?

— Le Puriste. »

Lentement, le visage de l'adolescent s'illumina de fierté ; il avait grade de sergent à la Ligue des jeunesses puristes. « Papa, tu devrais te remuer un peu. Si tu t'enrôles maintenant, tu auras le droit de voter lundi prochain.

— J'ai bien l'intention de voter.

— Impossible si tu n'appartiens pas à l'un ou l'autre parti. »

C'était exact. Walsh dirigea un regard malheureux par-dessus la tête de son fils en songeant aux jours à venir. Il se vit embarqué dans d'infinies situations pitoyables comme celle qu'il venait de vivre ; il se ferait agresser tantôt par les Naturalistes, tantôt (comme la semaine passée) par des Puristes enragés.

« Tu sais qu'en restant bêtement assis là, tu rends service aux Puristes », déclara son beau-frère. Il éructa de contentement et repoussa son assiette. « Tu rentres dans la catégorie de ce que nous appelons les pro-Puristes passifs. » Il fusilla Jimmy du regard. « Espèce de morveux ! Si tu étais majeur je t'emmènerais dehors et je te chaufferais drôlement les oreilles.

— Je vous en prie, soupira Betty. Pas de politique à table. Un peu de paix et de tranquillité, pour une fois. Il me tarde vraiment que les élections soient passées. »

Carl et Jimmy échangèrent un regard furieux et continuèrent à manger d'un air circonspect. « Tu devrais prendre tes repas dans la cuisine, lui dit Jimmy. Sous la cuisinière. Tu y serais à ta place. Regarde-toi, tu es couvert de sueur. » Il s'arrêta le temps d'émettre un méchant ricanement. « Quand l'amendement sera voté, tu aurais intérêt à te débarrasser de ça si tu ne veux pas être jeté en prison. »

Carl devint cramoisi. « Vous n'arriverez jamais à le faire passer, bande de saligauds. » Mais sa grosse voix manquait de conviction. Les Naturalistes avaient peur ; les Puristes contrôlaient le Conseil fédéral. Si le scrutin se prononçait en leur faveur, il était fort possible que le projet visant à rendre obligatoire le respect des cinq points du code puriste ait soudain force de loi. « Personne ne m'enlèvera mes glandes sudoripares, marmonna Carl. Personne ne m'obligera à contrôler mon haleine, à me blanchir les dents et à me faire repousser les cheveux. On se salit, on devient vieux, gras et chauve, mais c'est la vie qui veut ça.

— Est-ce que ce qu'il dit est vrai ? demanda Betty à son époux. Est-ce qu'inconsciemment tu es pour les Puristes ? »

Don Walsh déchiqueta sauvagement un reste de côtelette. « On me traite soit de pro-Puriste, soit de pro-Naturaliste, parce que je n'appartiens à aucun des deux partis. Moi, je dis que ça s'équilibre. Si je suis l'ennemi de tout le monde, alors je ne suis l'ennemi de personne. Ni l'ami, d'ailleurs, ajouta-t-il.

— Vous les Naturalistes, vous n'avez rien à proposer pour l'avenir, dit Jimmy en s'adressant à Carl. Qu'avez-vous à offrir à la jeunesse de ce monde, aux gens comme moi ? Des grottes, de la viande crue et une existence bestiale. Vous êtes contre la civilisation.

— Des slogans, tout ça, rétorqua Carl.

— Vous voulez nous ramener à un mode de vie primitif excluant l'intégration sociale. » Jimmy agita un doigt exalté sous le nez de son oncle. « Vous êtes thalamo-orientés !

— Je vais te rompre les os, gronda Carl en se levant à demi. Les salauds de Puristes que vous êtes n'ont aucun respect pour leurs aînés. »

Jimmy laissa échapper un gloussement aigu. « J'aimerais bien voir ça. Frapper un mineur, ça vaut cinq ans de prison. Allez, vas-y, frappe-moi ! »

Don Walsh se mit pesamment sur pied et quitta la salle à manger.

« Où vas-tu ? lança Betty avec mauvaise humeur. Tu n'as pas fini ton dîner.

— L'avenir appartient aux jeunes, déclara Jimmy à l'intention de Carl. Et la jeunesse de cette planète est résolument puriste. Vous n'avez pas l'ombre d'une chance ; la révolution puriste est en marche. »

Don Walsh sortit de chez lui et s'engagea dans le couloir commun en direction de l'escalier. De chaque côté, des rangées de portes closes. La lumière, le bruit, l'activité évoquaient tout autour de lui la présence immédiate des autres familles et de leurs diverses interactions domestiques. Il croisa deux adolescents flirtant dans l'obscurité et parvint à l'escalier. Il marqua une pause, puis reprit brusquement son chemin et descendit au dernier niveau de l'unité.

Il était désert, glacial et légèrement humide. Au-dessus de sa tête, les bruits des habitants s'étaient assourdis et le plafond de béton ne laissait plus passer que de faibles échos. Brusquement plongé dans l'isolement et le silence complets, pensif, il poursuivit sa progression entre les épiceries et les boutiques de denrées déshydratées rendues à l'obscurité, dépassa le salon de beauté, le marchand de spiritueux, la laverie et le magasin de fournitures médicales, puis le dentiste, le médecin, et parvint dans l'antichambre du psychanalyste de l'unité.

Il l'aperçut dans l'autre pièce, immobile et muet dans la pénombre du soir. Personne n'étant venu le consulter, il n'était pas en service. Walsh hésita, puis franchit le portail de détection donnant dans l'antichambre et frappa à la porte vitrée du cabinet. Sa seule présence entraîna la fermeture de contacteurs et interrupteurs divers ; brusquement, les lumières du cabinet s'allumèrent, l'analyste se redressa sur son siège, sourit et fit mine de se lever.

« Don ! lança-t-il chaleureusement. Venez donc vous asseoir. »

Walsh entra et s'exécuta avec lassitude. « J'ai eu envie de venir vous parler, Charley.

— Naturellement, Don. » Le robot se pencha en avant de manière à voir l'horloge posée sur son grand bureau d'acajou. « Mais n'est-ce pas l'heure du dîner ?

— Si, reconnut Walsh. Seulement, je n'ai pas faim. Charley, vous savez, ce dont nous avons parlé la dernière fois... Vous vous rappelez ce qui me posait des problèmes.

— Naturellement, Don. » Le robot s'enfonça dans son fauteuil pivotant, posa des coudes presque parfaitement imités sur le bureau et enveloppa son patient d'un regard amène. « Comment se sont passés ces deux derniers jours ?

— Plutôt mal. Il faut que je fasse quelque chose. Vous devez m'aider ; vous au moins vous êtes impartial. » Il implora le visage quasi humain en plastique et métal. « Vous ne subissez aucune influence, vous. Comment puis-je rallier un des deux partis ? Tous ces slogans, cette propagande, je trouve ça tellement... stupide. Comment voulez-vous que je m'enthousiasme pour des histoires de dents immaculées et d'odeurs de dessous de bras ? Dire que les gens s'assassinent pour des détails pareils. Tout cela n'a aucun sens. Si l'amendement est voté nous allons connaître une guerre civile suicidaire et il va falloir que je choisisse mon camp. »

Le robot acquiesça. « Je comprends, Don.

— Je suis censé aller frapper quelqu'un en pleine tête parce qu'il a ou n'a pas d'odeur corporelle, c'est ça ? Quelqu'un que je n'ai jamais vu ? Il n'en est pas question. Je refuse. Pourquoi ne me laissent-ils pas tranquille ? Pourquoi dois-je participer à... à cette folie ? »

L'analyste sourit d'un air tolérant. « Vous êtes trop dur, Don. Vous êtes en dehors de la société, alors le climat culturel et les mœurs ne vous paraissent pas très convaincants. Seulement, cette société est la nôtre. Vous devez vivre en son sein. Vous ne pouvez vous tenir à l'écart. »

Walsh s'obligea à réprimer le tremblement de ses mains. « Voici ce que je pense. Tous ceux qui ont envie d'avoir une odeur devraient y être autorisés. Tous ceux qui n'en ont pas envie devraient pouvoir se faire enlever les glandes sudoripares. Où est le problème ?

— Don, vous ne regardez pas les choses en face. » Le robot s'exprimait d'une voix calme, neutre. « Ce que vous êtes en train de dire, c'est que personne n'a raison dans cette histoire. Or c'est insensé, n'est-ce pas ? Il faut bien qu'un côté ait raison.

— Pourquoi ?

— Parce que chaque parti exploite jusqu'au bout les possibilités matérielles qui lui sont offertes. Votre position n'en est pas une, en réalité... C'est plutôt une *description*. Voyez-vous, Don, vous êtes psychologiquement incapable d'affronter les problèmes. Vous ne voulez pas vous engager de peur de perdre votre liberté, votre individualité. Vous affichez une espèce de virginité intellectuelle ; vous voulez rester pur. »

Walsh réfléchit. « Ce que je veux, dit-il enfin, c'est conserver mon intégrité.

— Vous n'êtes pas un individu isolé, Don. Vous faites partie d'une société... Les idées ne peuvent exister dans le vide.

— J'ai le droit de m'en tenir à mes propres idées.

— Mais non, Don, répliqua doucement le robot. Ces idées ne vous appartiennent pas ; ce n'est pas vous qui les avez créées. Vous ne pouvez pas les accepter ou les refuser comme ça vous chante. Elles opèrent à travers vous... C'est un conditionnement instillé en vous par votre milieu. Vos convictions sont le reflet de certaines forces, de certaines pressions sociales. Dans votre cas, ces deux tendances mutuellement exclusives vous ont conduit à une sorte d'impasse. Vous êtes en guerre contre vous-même... Si vous n'arrivez pas à vous décider pour un des deux partis, c'est parce qu'il y a en vous des éléments de l'un et de l'autre. » Le robot hocha la tête d'un air entendu. « Mais vous devez prendre une décision. Il faut résoudre ce conflit et passer à l'action. Vous ne pouvez pas rester spectateur... Vous devez participer. Personne ne peut rester spectateur devant la vie... et c'est bien de la vie qu'il s'agit.

— Vous voulez dire qu'il n'existe rien d'autre au monde que cette histoire de transpiration, de dents et de cheveux ?

— Si, il y a d'autres formes de société. Mais la nôtre est celle qui vous a vu naître. C'est aussi la vôtre... Vous n'en aurez jamais d'autre. Soit vous vivez en son sein, soit vous ne vivez pas du tout. »

Walsh se remit debout. « En d'autres termes, c'est moi qui dois opérer le rajustement. Si quelque chose doit céder, il faut que ce soit moi.

— J'en ai bien peur, Don. Il serait idiot de croire que le reste du monde va s'adapter à vous, n'est-ce pas ? Trois milliards et demi d'êtres devraient changer simplement pour plaire à Don Walsh ? Voyez-vous, Don, vous n'avez pas tout à fait dépassé le stade de l'égoïsme infantile, ni pleinement réussi à regarder la réalité en face. » Le robot sourit. « Mais ça viendra. »

L'air maussade, Walsh se prépara à s'en aller. « Je vais y réfléchir.

— C'est pour votre bien, Don. »

Arrivé à la porte, Walsh se retourna pour ajouter quelque chose. Mais le robot s'était éteint tout seul ; les coudes toujours posés sur le bureau, il sombrait à nouveau dans l'obscurité et le silence. La lumière faiblissante du plafonnier lui révéla un détail qu'il n'avait pas encore remarqué. Au fil électrique constituant le cordon ombilical du robot était nouée une étiquette en plastique blanc. Il distingua une inscription :

PROPRIÉTÉ DU CONSEIL FÉDÉRAL
RÉSERVÉ À L'USAGE PUBLIC

Comme tout ce qu'on trouvait dans l'unité multifamilles, le robot était fourni par les institutions régnantes. L'analyste était une créature de l'État, un fonctionnaire avec bureau et emploi. Son rôle était de réconcilier les gens comme Don avec le monde tel qu'il était.

Mais s'il n'écoutait pas l'analyste de l'unité, qui était-il censé écouter ? Où aller ?

Trois jours plus tard vinrent les élections. Les gros titres tapageurs ne lui apprirent rien qu'il ne sût déjà ; toute la journée les dernières nouvelles s'étaient fiévreusement répandues dans le bureau. Il remit le journal dans la poche de son manteau et attendit d'être rentré chez lui pour y jeter un coup d'œil.

LES PURISTES L'EMPORTENT HAUT LA MAIN
L'ADOPTION DE L'AMENDEMENT HORNEY
NE FAIT PLUS DE DOUTE

Walsh se laissa tomber dans son fauteuil avec lassitude. À la cuisine, Betty s'affairait autour du dîner. Le tintement plaisant des plats et la chaude odeur des mets en train de cuire se répandaient dans le petit appartement propret.

« Les Puristes ont gagné », annonça Walsh lorsque Betty entra, les mains pleines de couverts et de tasses. « Tout est fini.

— C'est Jimmy qui va être content, répondit-elle d'un ton vague. Je me demande si Carl sera là pour dîner. » Elle se livra à un calcul silencieux. « Je devrais peut-être me dépêcher d'aller chercher du café au sous-sol.

— Tu ne comprends donc pas ? s'exclama Walsh. Ça y est ! Les Puristes ont tous les pouvoirs !

— J'ai compris, répliqua Betty d'un ton revêche. Ce n'est pas la peine de crier. Est-ce que tu avais signé la pétition ? Celle que les Naturalistes faisaient circuler ?

— Non.
— Dieu soit loué. Je savais que tu ne ferais pas ça ; tu ne signes jamais rien de ce qu'on nous propose. » Elle repartit sans se presser vers la cuisine. « J'espère que Carl se rendra compte qu'il doit faire quelque chose. Je n'ai jamais aimé le voir traîner ici à siffler de la bière et puer comme un porc pendant l'été. »

La porte s'ouvrit et Carl entra en coup de vent, les joues en feu et le sourcil froncé. « Ne m'attends pas pour le dîner, Betty. Je vais à une réunion de crise. » Il jeta un rapide coup d'œil à Walsh. « Tu es content maintenant ? Si tu y avais mis ton grain de sel, peut-être que rien ne serait arrivé.

— Ils vont faire voter l'amendement bientôt ? » s'enquit Walsh.

Carl éclata d'un rire nerveux. « C'est déjà fait. » Il ramassa une brassée de papiers sur son bureau et les enfourna dans le vide-ordures. « Nous avons des informateurs au quartier général puriste. Dès que les membres du Conseil ont prêté serment, ils ont fait passer l'amendement de force. Ils essaient de nous prendre de vitesse. » Il eut un sourire sans joie. « Mais ils n'y arriveront pas. »

La porte claqua et les pas pressés de Carl décrurent dans le couloir.

« Je ne l'ai jamais vu se remuer aussi vite », remarqua Betty d'un air songeur.

Tout en écoutant les pas pesants mais rapides de son beau-frère, Walsh sentit l'horreur grandir en lui. Dehors, Carl montait prestement dans sa voiture. Le moteur rugit ; il s'éloigna. « Il a peur, dit Walsh. Il se sent en danger.

— Je ne m'en fais pas pour lui. Il est suffisamment robuste. »

Walsh alluma une cigarette d'une main tremblante. « Ça ne suffira pas, cette fois. Comment peuvent-ils vouloir cela ? Imposer un amendement comme ça, obliger tout le monde à se conformer à ce qu'*eux* croient être juste. Mais c'était dans l'air depuis des années... Ce n'est que la dernière étape d'une longue route.

— Si seulement ils en finissaient une bonne fois pour toutes, se plaignit Betty. Est-ce que ça a toujours été comme ça ? Je ne me souviens pas d'avoir sans arrêt entendu parler politique quand j'étais gosse.

— En ce temps-là, on n'appelait pas ça de la politique. Les industriels ont matraqué les gens pour les forcer à acheter, consommer. L'offensive tournait autour de cette histoire d'hygiène centrée sur les cheveux, la transpiration et les dents ; les gens des villes s'y sont mis et ont construit toute une idéologie à partir de là. »

Betty mit la table et apporta les plats. « Tu veux dire que le mouvement politique puriste a été créé de toutes pièces ?

— Ils ne se sont pas rendu compte de l'emprise qu'il avait sur eux. Ils n'ont pas vu que pour leurs enfants, avoir les aisselles inodores, les dents blanches et les cheveux soignés était la chose la plus importante au monde. Une cause qui valait qu'on se batte et qu'on meure pour elle. Suffisamment essentielle pour qu'on assassine les opposants.

— Les Naturalistes sont venus des campagnes ?

— Oui, ils vivaient loin des villes, ils n'étaient pas conditionnés par les mêmes stimuli. » Walsh eut un mouvement de tête irrité. « Incroyable qu'un homme soit prêt à assassiner ses semblables pour des bêtises pareilles. De tout temps les hommes se sont entre-tués pour un mot stupide, un slogan inepte qu'on leur avait mis dans la tête – des gens qui, eux, ne prenaient pas de risques et touchaient les bénéfices.

— Ce n'est pas inepte, s'ils y croient.

— Il est inepte de tuer un individu parce qu'il a mauvaise haleine ! De le passer à tabac parce qu'il ne s'est pas fait enlever les glandes sudoripares pour les remplacer par des tubes artificiels d'évacuation des déchets organiques. Nous allons avoir une guerre insensée ; les Naturalistes ont entreposé des armes dans leurs quartiers généraux. Les gens mourront tout autant que si la cause était réelle.

— C'est l'heure de manger, mon chéri, fit Betty en indiquant la table.

— Je n'ai pas faim.

— Cesse de bouder et viens manger. Sinon tu auras une indigestion et tu sais fort bien ce qui se passera. »

Il le savait, en effet. Sa vie serait en danger. Un seul renvoi en présence d'un Puriste et ce serait la lutte à mort. Le monde ne pouvait à la fois renfermer des hommes qui rotaient et d'autres qui ne supportaient pas de les entendre roter. Il fallait que les uns ou les autres cèdent... et c'était fait. On avait voté l'amendement : les jours des Naturalistes étaient comptés.

« Jimmy rentrera tard ce soir, dit Betty en se servant de côtelettes d'agneau, de petits pois et de crème de maïs. Les Puristes donnent une espèce de fête. Discours, défilés, retraites aux flambeaux. » Elle ajouta d'un ton rêveur : « On ne pourrait pas aller regarder ? Ce sera joli, toutes ces lumières et toutes ces voix, tous ces gens qui défilent au pas.

— Tu n'as qu'à y aller. » Walsh absorbait son repas d'un air indifférent. Il mangeait sans appétit. « Va t'amuser. »

Ils étaient toujours à table lorsque la porte s'ouvrit à la volée. Carl fit irruption dans l'appartement. « Il en reste un peu pour moi ? » demanda-t-il.

Stupéfaite, Betty se leva à demi. « Mais Carl ! Tu ne... tu ne sens plus rien ! »

Carl prit place à table et se jeta sur le plat de côtelettes. Puis il se ravisa, en choisit délicatement une petite et y ajouta une modeste portion de pois. « J'ai faim, admit-il, mais sans plus. » Il se mit à manger avec soin, en silence.

Muet de stupeur, Walsh le contempla fixement. « Mais qu'est-ce qui t'est arrivé ? s'enquit-il. Tes cheveux... et tes dents, ton haleine ? *Qu'est-ce que tu as fait ?* »

Carl répondit sans lever les yeux : « C'est la politique du parti. Repli stratégique. Face à cet amendement, il n'y a pas lieu de se montrer téméraire. Enfin, quoi ! Nous n'avons pas du tout l'intention de nous faire massacrer. » Il but une petite gorgée de café tiède. « En fait, nous sommes entrés dans la clandestinité. »

Walsh reposa lentement sa fourchette. « Est-ce à dire que tu ne te battras pas ?

— Bien sûr que non. Ce serait un suicide. » Carl jeta un bref regard circulaire. « Maintenant écoutez-moi. Je suis tout à fait en règle avec les dispositions de l'amendement Horney ; on ne peut absolument rien me reprocher. Quand les flics viendront fouiner ici, restez muets. L'amendement nous reconnaît le droit d'abjurer, et concrètement, c'est ce que nous avons fait. Nous sommes irréprochables ; ils ne peuvent pas nous atteindre. Mais mieux vaut ne pas en dire plus. » Il leur montra une petite carte de couleur bleue. « La carte de membre du Parti puriste. Antidatée ; nous avons paré à toute éventualité.

— Oh ! Carl ! s'écria Betty, ravie. Je suis si contente ! Tu as une allure... magnifique ! »

Walsh ne fit aucun commentaire.

« Qu'est-ce que tu as ? lui demanda Betty. Ce n'est pas ce que tu espérais ? Justement, tu ne voulais pas qu'ils se battent, qu'ils s'entre-tuent... » Sa voix monta dans les aigus. « Tu n'es jamais content ! Tu as ce que tu voulais mais non : tu n'es toujours pas satisfait. Je me demande bien ce que tu attends de plus. »

Ils entendirent du bruit au pied de l'immeuble. Carl se redressa sur sa chaise et, l'espace d'un instant, son visage perdit ses couleurs. S'il en avait encore eu la possibilité, il se serait mis à transpirer. « La police de conformité, dit-il d'une voix pâteuse. Restez tranquilles. Ils vont se livrer à une vérification de routine et passer leur chemin.

— Mon Dieu, s'étrangla Betty. Pourvu qu'ils ne cassent rien. Je devrais peut-être aller me rafraîchir un peu ?

— Tiens-toi tranquille, grinça Carl. Ils n'ont aucune raison de nous soupçonner. »

La porte s'ouvrit et livra passage à Jimmy, entouré de policiers vêtus de vert qui l'écrasaient de toute leur haute taille.

« Le voilà ! piailla-t-il en montrant Carl du doigt. C'est un membre officiel du Parti naturaliste ! Sentez-moi ça ! »

Les policiers se répartirent efficacement dans la pièce. Ils allèrent entourer Carl, toujours immobile, l'examinèrent rapidement, puis reculèrent. « Pas d'odeur corporelle, répliqua le sergent. Pas de mauvaise haleine. Chevelure épaisse et soignée. » Il fit un geste, et Carl ouvrit docilement la bouche. « Dents blanches, parfaitement brossées. Rien d'inacceptable. Non, cet homme est en règle. »

Jimmy lança un regard furieux à son oncle. « Drôlement malin, hein ? »

Carl piqua stoïquement sa fourchette dans son plat sans se préoccuper de l'adolescent ni de la police.

« Apparemment, nous avons démantelé le noyau dur de la résistance naturaliste, dit le sergent dans son micro de gorge. Dans cette zone au moins, il n'existe pas d'opposition organisée.

— Parfait, répondit l'appareil. La région était un bastion du Naturalisme. Toutefois, nous devons poursuivre et mettre en route le processus de purification réglementaire. Il faut que tout soit en place le plus tôt possible. »

L'un des agents reporta son attention sur Don Walsh. Ses narines se plissèrent et une expression sournoise se peignit sur ses traits. « Comment vous appelez-vous ? » demanda-t-il.

Walsh donna son nom.

Les policiers vinrent prudemment l'encadrer. « Odeur corporelle, nota l'un d'eux. Mais les cheveux sont sains et bien entretenus. Ouvrez la bouche. »

Walsh s'exécuta.

« Dents propres et blanches. Mais... » Le flic renifla. « Haleine légèrement nauséabonde... origine gastrique. Il y a quelque chose de bizarre. C'est un Naturaliste ou non ?

— Ce n'est pas un Puriste, dit le sergent. Un Puriste n'aurait pas d'odeur corporelle. Donc, c'est un Naturaliste. »

Jimmy se força un passage. « Cet homme, expliqua-t-il, n'est qu'un compagnon de route. Il n'est pas membre du parti.

— Vous le connaissez ?

— Nous... nous sommes parents », reconnut Jimmy.

Les policiers prirent note. « Il a été proche des Naturalistes, mais sans aller jusqu'au bout, c'est ça ?

— Il est à la limite, acquiesça Jimmy. C'est un quasi-Naturaliste. On peut encore le récupérer ; il ne devrait pas être considéré comme un criminel.

— À redresser, inscrivit le sergent. Ça va, dit-il à Walsh. Rassemblez vos affaires, il faut y aller. Pour les gens comme vous, l'amendement prévoit la purification obligatoire. Ne perdons pas de temps. »

Walsh frappa le sergent à la mâchoire.

Le policier s'étala grotesquement et avec force moulinets, le visage figé par l'incrédulité. Les autres dégainèrent avec des gestes hystériques et se mirent à tourner en rond en poussant des cris et en se heurtant les uns aux autres. Betty lâchait des hurlements sauvages. Les criailleries de Jimmy se perdaient dans le vacarme généralisé.

Walsh s'empara d'une lampe et la fracassa sur le crâne d'un agent. Les lumières de l'appartement vacillèrent, puis s'éteignirent tout à fait ; la pièce devint un chaos de ténèbres hurlantes. Walsh rencontra un corps ; il lui expédia un coup de genou et l'autre s'affaissa avec un grognement de douleur. L'espace d'un instant il se perdit dans l'effervescence du tohubohu ; puis ses doigts rencontrèrent la porte. Il l'entrouvrit et se précipita dans le couloir.

Il atteignit l'ascenseur. Quelqu'un venait derrière lui. « Mais *pourquoi* as-tu fait ça ? geignit Jimmy. Moi qui avais tout arrangé — tu n'avais pas à t'en faire ! »

Sa petite voix aux accents métalliques faiblissait à mesure que la cabine plongeait dans le puits en direction du rez-de-chaussée. Derrière Walsh, les policiers s'engageaient avec circonspection dans le couloir ; le bruit de leurs bottes rendait un son lugubre.

Walsh jeta un coup d'œil à sa montre. Il disposait sans doute de quinze à vingt minutes. Ensuite, ils l'arrêteraient. C'était inévitable. Il inspira à fond, sortit de l'ascenseur et s'engagea aussi posément que possible dans la galerie marchande déserte, avec ses enfilades de vitrines obscures.

Lorsqu'il pénétra dans l'antichambre, Charley était en service. Deux hommes attendaient, un troisième était en consultation. Mais en voyant l'expression de Walsh, le robot lui fit instantanément signe d'approcher.

« Que se passe-t-il, Don ? s'enquit-il avec sérieux en lui désignant un siège. Asseyez-vous et dites-moi ce qui vous tracasse. »

Walsh lui raconta tout.

Lorsqu'il eut terminé, l'autre s'enfonça dans son fauteuil et émit un sifflement sourd, sans timbre. « C'est un délit grave, Don. Vous allez vous retrouver en prison ; c'est prévu par le nouvel amendement.

— Je sais », acquiesça Walsh. Il ne ressentait rien. Pour la première fois depuis des années, le tourbillon incessant de sentiments et de pensées qui lui emplissait l'esprit avait disparu. Il était un peu fatigué, voilà tout.

Le robot secoua la tête. « Ma foi, on dirait que vous avez fini par franchir le pas. C'est déjà quelque chose ; enfin vous avez une ligne de conduite. » La machine plongea pensivement la main dans le premier tiroir de son bureau et en sortit un bloc-notes. « Le fourgon de police est-il déjà là ?

— J'ai entendu des sirènes en entrant. »

Les doigts de métal tambourinaient sans discontinuer sur la surface d'acajou. « La levée soudaine de vos inhibitions marque une intégration psychologique certaine. Vous n'êtes plus indécis maintenant, n'est-ce pas ?

— Non, répondit Walsh.

— Parfait. Il fallait bien que cela arrive un jour. Néanmoins, je regrette que les choses se soient passées ainsi.

— Pas moi, rétorqua Walsh. Il n'y avait pas d'autre solution. Tout est clair pour moi, maintenant. L'indécision n'est pas nécessairement un état d'esprit négatif. Ne pas gober les slogans, les partis organisés, les croyances et le sacrifice, ce peut être en soi une croyance digne du sacrifice de soi. Je pensais être sans credo... mais je me rends compte à présent que j'ai au contraire de très fortes convictions. »

Le robot n'écoutait plus. Il gribouilla quelque chose sur son bloc, signa puis détacha la feuille d'une main experte. « Voilà. » Il la tendit prestement à Walsh.

« Qu'est-ce que c'est ? s'enquit ce dernier.

— Rien ne doit venir interrompre votre thérapie. Vous êtes enfin sur la bonne voie et nous devons continuer à avancer. » Le robot se mit promptement debout. « Je vous souhaite bonne chance, Don. Montrez ceci à la police ; s'ils vous font encore des ennuis, dites-leur de m'appeler. »

Le papier était à l'en-tête du Comité psychiatrique fédéral.

Sans réagir, Walsh le retourna entre ses mains. « Vous voulez dire que ce papier va me tirer d'affaire ?

— Vous avez agi sur une impulsion ; vous n'étiez pas responsable de vos actes. Il sera pratiqué un examen superficiel, naturellement, mais rien de bien inquiétant. » Le robot lui donna une tape débonnaire dans le dos. « C'était votre tout dernier comportement névrotique... Désormais, vous êtes libre. C'était du refoulement, une affirmation symbolique de votre libido sans aucune signification politique.

— Je vois », fit Walsh.

Le robot le poussa énergiquement vers la sortie. « Maintenant, allez leur remettre ce papier. » Le robot expulsa de son thorax chromé un petit flacon. « Et prenez une de ces pilules avant de vous coucher. Juste un léger sédatif pour calmer vos nerfs. Tout ira bien ; je compte vous revoir bientôt. Et n'oubliez pas : nous faisons enfin de réels progrès. »

Walsh se retrouva dans la nuit. Un fourgon de police était garé à l'entrée de l'unité, vaste, sombre et menaçant, il se profilait sur fond de ciel mort. Un attroupement de curieux s'était formé à quelque distance ; on essayait de savoir ce qui se passait.

Walsh rangea machinalement le flacon dans la poche de sa veste. Il resta un instant immobile, respirant l'air glacial, l'odeur claire et froide du soir. Au-dessus de sa tête brillaient quelques pâles et lointaines étoiles.

« Hé là ! » cria l'un des policiers. Il lui braqua sa torche en plein visage. « Venez un peu par ici.

— On dirait que c'est lui, fit un autre. Avance un peu, mon gars. Et plus vite que ça. »

Walsh tira de sa poche le bon de Charley. « Je viens », répondit-il. Marchant vers le policier, il réduisit soigneusement le papier en morceaux et les jeta au vent. Ils s'envolèrent et s'éparpillèrent au loin.

« Qu'est-ce que c'était ? demanda l'un des flics.

— Rien. Juste un papier sans importance. Je n'en aurai pas besoin.

— Il est bizarre, ce type », dit un autre agent tandis qu'ils immobilisaient Walsh au moyen de leurs rayons glaçants. « Il me donne la chair de poule.

— Réjouis-toi de ne pas en rencontrer davantage. À part quelques gars comme lui, tout marche comme sur des roulettes. »

Le corps inanimé de Walsh fut jeté dans le fourgon et les portes se refermèrent en claquant. Un dispositif de recyclage se mit instantanément en marche et entreprit d'incinérer le cadavre pour le décomposer en minéraux simples. Un instant plus tard le fourgon reprenait la route pour se rendre sur les lieux d'un autre appel.

Expédition en surface

Harl quitta le niveau 3 et monta dans un compartiment-tube à destination du nord qui traversa rapidement une des grandes bulles de jonction et descendit au niveau 5. Au passage, il eut un réjouissant aperçu de la cohue et des commerces, fourmillant déploiement d'activité dû à la pause de mi-période s'ajoutant au chaos habituel.

Puis la bulle disparut derrière lui et il approcha du niveau 5, le vaste espace industriel qui gisait au-dessous de l'ensemble telle une pieuvre géante tout incrustée de suie, engendrée par les désordres de la nuit.

Le compartiment luisant l'éjecta et poursuivit sa route avant de disparaître au fond du tube. Harl sauta avec agilité sur la bande réceptrice et ralentit progressivement en se livrant à un savant balancement d'avant en arrière.

Quelques minutes plus tard il atteignait le bureau de son père. La porte à code s'effaça dès qu'il lui présenta sa main. Le cœur battant à tout rompre, il entra. Le moment était enfin venu.

Edward Boynton examinait un nouveau projet de sonde-robot au service de planification quand on l'informa que son fils était dans les locaux.

« Je reviens tout de suite, dit Boynton en laissant là son équipe dirigeante pour remonter vers les bureaux.

— Bonjour, papa ! » s'exclama Harl en carrant les épaules. Ils échangèrent une poignée de main. Puis Harl s'assit lentement. « Comment va? s'enquit-il. Tu m'attendais, sans doute. »

Edward Boynton prit place derrière son bureau. « Que viens-tu faire ici? demanda-t-il. Tu sais bien que je suis occupé. »

Harl adressa un mince sourire à son père. Dans son uniforme marron de planificateur industriel, Edward Boynton, un homme bien charpenté pourvu de larges épaules et d'une épaisse chevelure blonde, écrasait le jeune homme de sa haute taille. Ses yeux d'un bleu dur et froid répondirent au regard franc de son fils.

« Je suis tombé sur certains renseignements. » Harl jeta un regard incertain autour de lui. « Ton bureau n'est pas sur écoute, n'est-ce pas?

— Bien sûr que non, lui assura Boynton.

— Pas d'yeux ou d'oreilles indiscrets? » Harl se détendit un peu. « J'ai appris que toi et plusieurs autres membres du département alliez bientôt monter à la surface. » Harl se pencha ardemment vers son père. « Oui, à la surface – pour aller chercher des *saps*. »

Le visage d'Ed Boynton s'assombrit. « Où as-tu entendu cela? » Il fixa intensément son fils. « Quelqu'un du département aurait-il...

— Non, intervint Harl. Il ne s'agit pas d'un informateur. J'ai découvert cela tout seul, dans le cadre de mes activités éducatives. »

Ed Boynton commençait à comprendre. « Je vois. Tu as exploré le réseau d'écoute à titre d'expérience et tu t'es retrouvé sur les canaux confidentiels. Comme on vous apprend à le faire en cours de communication.

— C'est ça. J'ai surpris une conversation entre toi et Robin Turner à propos de cette expédition. »

L'atmosphère se détendit. Rassuré, Ed Boynton se laissa aller en arrière et reprit sur un ton pressant, mais plus amical : « Continue.

— Un coup de chance. J'avais intercepté une dizaine de lignes, en ne les écoutant qu'une seconde chacune. Je me servais du matériel de la Ligue de la jeunesse. J'ai tout de suite reconnu ta voix. Alors je suis resté à l'écoute et j'ai suivi toute la conversation.

— Donc, tu as tout entendu ou presque. »

Harl acquiesça. « Quand vas-tu monter, au juste ? As-tu fixé une date ? »

Ed Boynton fronça les sourcils. « Non. Pas encore. Mais la décision sera prise cette semaine. Presque toutes les dispositions sont prises.

— Combien serez-vous ? s'enquit Harl.

— Nous prendrons un vaisseau amiral et environ trente *œufs*. L'ensemble prélevé sur le parc du département.

— Trente œufs ? Cela veut dire soixante à soixante-dix hommes.

— C'est exact. » Ed Boynton ne quittait pas son fils des yeux. « Ce ne sera pas une grosse expédition. Rien de comparable avec celles que le Directoire a pu mettre sur pied ces dernières années.

— Mais assez importante pour un seul département. »

Ed Boynton cilla. « Prends garde, Harl. Si jamais ce genre de propos inconsidéré sortait d'ici...

— Je sais. Le jour où j'ai surpris votre conversation téléphonique, j'ai arrêté le magnétophone dès que j'ai compris de quoi il s'agissait. Je sais bien ce qui arriverait si le Directoire apprenait qu'un des départements organise des expéditions sans son autorisation... au bénéfice de ses propres usines.

— Mais que sais-tu vraiment ? Je me demande.

— Un vaisseau amiral et trente œufs ! s'écria Harl sans tenir compte de sa remarque. Vous passerez sans doute une quarantaine d'heures à la surface ?

— À peu près, oui. Tout dépendra de notre succès.

— Combien de saps comptez-vous ramener ?

— Au moins deux douzaines, répondit Boynton père.

— Mâles ?

— Pour la plupart. Mais aussi quelques femelles.

— Je suppose qu'ils sont destinés aux unités de fabrication de l'industrie lourde. » Harl se redressa sur son siège. « Parfait.

Maintenant que j'en sais un peu plus sur l'expédition proprement dite, je vais pouvoir me mettre au travail. » Il regarda son père d'un air résolu.

« Comment cela ? » Boynton releva vivement les yeux. « Que veux-tu dire ?

— C'est la raison de ma présence ici. » Harl se pencha sur le bureau et reprit d'une voix tranchante, tendue : « Je vous accompagne. Je veux y aller aussi — et ramener des saps pour mon usage personnel. »

L'espace d'un instant, il y eut un silence stupéfait. Puis Ed Boynton éclata de rire. « Mais de quoi parles-tu ? Que peux-tu bien savoir des saps ? »

La porte intérieure du bureau s'effaça. Robin Turner entra d'un pas pressé et vint rejoindre Boynton derrière son bureau. « Impossible, intervint-il d'un ton catégorique. On courrait dix fois plus de risques avec lui. »

Harl le regarda. « Il y avait donc bien une oreille indiscrète.

— Naturellement. Turner écoute toujours ce qui se passe ici. » Ed hocha la tête et contempla son fils d'un air pensif. « Pourquoi souhaites-tu te joindre à nous ?

— C'est mon affaire, répondit Harl en serrant les lèvres.

— Immaturité affective, grinça Turner. Désir d'aventure et d'excitation infrarationnel, typique chez l'adolescent. Il en reste encore qui n'ont pas su dominer le cerveau d'antan. On aurait pourtant pu croire qu'au bout de deux cents ans...

— Est-ce vrai ? interrogea Boynton. Tu as l'ambition non adulte de monter voir à quoi ressemble la surface ?

— Peut-être, avoua Harl en rougissant légèrement.

— Eh bien, c'est impossible, trancha Ed Boynton. Beaucoup trop dangereux. Ce n'est pas pour vivre des aventures romantiques que nous allons là-haut. Il s'agit d'accomplir un travail — un travail pénible, dur, exigeant. Les saps commencent à se méfier. Il devient de plus en plus difficile d'en ramener une pleine cargaison. Nous ne pouvons pas nous permettre de sacrifier un seul de nos œufs au nom de je ne sais quelle aspiration romantique...

— Je sais très bien que cela devient difficile, coupa Harl.

Qu'il est devenu pratiquement impossible de réunir une cargaison complète. Inutile d'essayer de m'en convaincre. » Harl regardait alternativement Turner et son père d'un air de défi. Il choisit soigneusement ses mots. « Je sais aussi que c'est pour cela que le Directoire considère toute expédition privée comme un délit majeur. »

Un temps. Puis Ed Boynton soupira; malgré lui, son regard exprimait de l'admiration. Il examina son fils de la tête aux pieds. « D'accord, Harl, fit-il. Tu as gagné. »

Renfrogné, Turner se taisait.

Harl bondit sur ses pieds. « Bien. Tout est arrangé, alors. Je retourne me préparer dans mes quartiers. Avertissez-moi dès que vous serez prêts à partir. Je vous rejoindrai sur l'aire de lancement du niveau 1. »

Boynton père secoua la tête. « Nous ne partons pas du niveau 1. Ce serait trop risqué. » Il parlait maintenant d'une voix chargée de tension. « Il y a trop de gardes qui patrouillent dans les parages. La nef est ici, au niveau 5, dans un des entrepôts.

— Où vous retrouverai-je, alors ? »

Ed Boynton se leva avec lenteur. « Nous te préviendrons, Harl. Bientôt, je te le promets. Deux ou trois périodes tout au plus. Reste dans nos quartiers professionnels.

— La surface est tout à fait propre maintenant, n'est-ce pas ? s'enquit Harl. Plus de zones radioactives ?

— C'est fini depuis cinquante ans, le rassura son père.

— Ce n'est donc pas la peine que je m'encombre d'un écran antiradiations. Encore une chose, papa. Quelle langue faudra-t-il employer ? Peut-on se servir de la langue officielle ? »

Ed Boynton secoua la tête. « Non. Les saps n'ont jamais pu maîtriser aucun système sémantique rationnel. Il nous faudra revenir à des formes plus traditionnelles. »

Harl se décomposa. « Mais je n'en connais aucune ! On ne les enseigne plus. »

Ed Boynton haussa les épaules. « Cela n'a pas d'importance.

— Quelles défenses ont-ils ? Quel type d'armes dois-je prendre ? Écran et éclateur suffiront-ils ?

— Seul l'écran est vital, répondit le père. Dès qu'ils nous voient, les saps détalent en tous sens. Un seul coup d'œil et hop! ils disparaissent.

— Parfait, conclut Harl. Je vais faire vérifier mon écran. » Il se dirigea vers la porte. « Je retourne au niveau 3. J'attends que tu me fasses signe. Mon matériel sera prêt.

— C'est bien », fit Boynton.

Les deux hommes regardèrent la porte reprendre sa place dans le dos du jeune homme.

« Ce garçon m'impressionne, marmonna Turner.

— On en fera quelque chose, finalement, murmura Ed Boynton. Il ira loin. » Il se frotta pensivement le menton. « Mais je me demande comment il se comportera une fois à la surface, pendant l'expédition. »

Au niveau 3, Harl retrouva son chef de groupe une heure après avoir quitté le bureau de son père.

« Alors, tout est arrangé? s'enquit Fashold en levant les yeux de ses bandes-rapport.

— Oui, tout va bien. Ils me feront signe dès que la nef sera prête.

— À propos. » Fashold reposa ses bandes et repoussa le lecteur optique. « J'ai appris des choses sur les saps. Comme je fais partie des chefs de la L.J., j'ai accès aux dossiers du Directoire. Il y a certains faits qu'eux et moi sommes pratiquement les seuls à connaître. » Une pause. « Harl, les saps et nous, nous sommes apparentés. Ils sont d'une espèce différente, mais très proches de la nôtre.

— Continue, fit l'autre d'un ton pressant.

— À une époque, il n'y avait qu'une seule espèce – celle des saps. Ce nom est l'abréviation d'*homo sapiens*. Nous descendons d'eux ; nous nous sommes développés à partir de leur souche. Nous sommes des mutants biogénétiques. La modification s'est produite pendant la Troisième Guerre mondiale, il y a de cela deux siècles et demi. Jusqu'alors, il n'y avait pas de *technos*.

— De *quoi?*

— C'est le nom qu'ils nous ont donné tout d'abord. Ils ne nous considéraient encore que comme une classe, non comme une race distincte. *Les technos*. Voilà comment ils nous appelaient. Pour eux nous n'avions pas d'autre nom.

— Mais pourquoi *technos*? Drôle de nom. Pourquoi, Fashold?

— Parce que les premiers mutants ont fait leur apparition au sein des classes technocrates avant de gagner les autres couches instruites. On les trouvait parmi les savants, les universitaires, les techniciens, les corps qualifiés, toute une variété de catégories spécialisées.

— Et les saps ne se sont pas rendu compte...

— Ils ne voyaient en nous qu'une classe, comme je viens de te le dire. Ça, c'était pendant la Troisième Guerre mondiale et après. Mais c'est au cours de la Guerre Finale que nous sommes apparus au grand jour en tant qu'espèce reconnaissable et profondément *autre*. Il est devenu bien clair que nous n'étions pas simplement une ramification spécialisée de l'*homo sapiens* parmi d'autres. Ni même une nouvelle classe d'hommes plus instruits, dotés de capacités intellectuelles supérieures. »

Le regard de Fashold se perdit au loin. « Pendant la Guerre Finale, nous avons enfin montré ce que nous étions vraiment — une espèce plus évoluée supplantant l'*homo sapiens* comme ce dernier avait supplanté l'homme de Neandertal. »

Harl réfléchit. « Je ne m'étais pas rendu compte que les saps et nous étions si proches parents. Et j'ignorais que nous-mêmes étions apparus si tardivement. »

Fashold acquiesça. « Cela s'est passé il y a deux siècles seulement, pendant la guerre qui a ravagé la surface de la planète. Nous travaillions pour la plupart dans les grandes usines, les grands laboratoires souterrains situés sous diverses chaînes de montagnes : l'Oural, les Alpes, les Rocheuses. Nous étions bien à l'abri sous des kilomètres de roc, de terre et d'argile. Tandis qu'à la surface, l'*homo sapiens* se battait contre lui-même avec les armes que nous concevions.

— Je commence à comprendre. Nous fabriquions des armes pour qu'ils puissent faire la guerre. Et ils s'en servaient sans se rendre compte que...

— Nous les fabriquions et les saps les utilisaient pour leur propre destruction, poursuivit Fashold. C'était une épreuve voulue par la Nature pour amener l'élimination d'une espèce et l'émergence d'une autre. Nous leur avons donné des armes, et ils se sont exterminés. À la fin de la guerre, la surface était en fusion, il ne restait plus que de la cendre, de l'hydroverre et des nuages radioactifs.

« Nous avons envoyé des missions d'exploration depuis nos laboratoires souterrains et n'avons trouvé qu'une terre désolée, silencieuse et stérile. Le résultat était là. Ils étaient rayés de la carte. Et nous étions prêts à prendre leur place.

— Ils n'ont pas pu tous disparaître, fit remarquer Harl. Ils sont encore nombreux là-haut.

— C'est vrai, reconnut Fashold. Certains ont survécu. Çà et là. Peu à peu, à mesure que la surface redevenait saine, ils se sont rassemblés, à raison de tout petits villages de huttes. Ils se sont même mis à cultiver la terre. Mais ils ne sont rien de plus qu'un reliquat de race à l'agonie, pratiquement éteinte, comme jadis l'homme de Neandertal.

— Il n'y a donc rien d'autre là-haut que des mâles et des femelles sans feu ni lieu.

— On trouve quelques villages dispersés, là où ils ont réussi à nettoyer la surface. Mais ils sont retombés dans la sauvagerie la plus complète; ils vivent comme des bêtes, s'habillent de peaux et chassent à coups de pierres et de lances. Ils sont devenus des survivants en passe de retourner à la bestialité, et qui ne présentent aucune résistance organisée quand nous faisons une descente sur leurs villages pour alimenter nos usines.

— Mais alors, nous... » Harl s'interrompit brusquement : une faible sonnerie se faisait entendre. Plein d'appréhension, il fit volte-face et alluma le vidphone d'un geste sec.

Le visage sévère et dur de son père se forma sur l'écran. « Allez, Harl, déclara-t-il. Nous sommes prêts.

— Déjà ? Mais...

— Nous avons avancé la date. Descends dans mon bureau. » Sur l'écran, l'image perdit de sa netteté puis disparut tout à fait.

Harl ne fit pas un mouvement.

« Ils ont dû se faire un de ces soucis ! dit Fashold avec un grand sourire. Sans doute ont-ils eu peur que tu ne vendes la mèche.

— Je suis fin prêt », fit Harl. Il ramassa son éclateur sur la table. « Comment me trouves-tu ? »

Dans son uniforme argenté des Communications, il était superbe et impressionnant. Il avait revêtu de lourdes bottes de soldat et des gants et tenait un éclateur. Autour de la taille, la ceinture de contrôle de son écran.

« Qu'est-ce que c'est ? » s'enquit Fashold comme Harl abaissait sur ses yeux une paire de lunettes noires.

« Ça ? Oh ! c'est à cause du soleil.

— Naturellement... le soleil. J'avais oublié. »

Harl posa son arme au creux de son bras et se mit à la balancer d'une main experte. « Il m'aveuglerait sans elles. Là-haut, avec écran, fusil et lunettes, je n'aurai rien à craindre.

— Je l'espère. » Toujours souriant, Fashold lui donna de petites claques dans le dos en l'accompagnant jusqu'à la porte. « Ramène-nous beaucoup de saps. Débrouille-toi bien — et n'oublie pas d'y inclure une femelle ! »

Le vaisseau amiral sortit lentement de l'entrepôt et s'avança vers la piste ascensionnelle comme une grosse poire noire et ventrue quittant son logement. Les portes des sas s'effacèrent et des rampes montèrent à leur rencontre. Les équipements divers suivirent instantanément le même chemin et prirent place dans les entrailles de la nef.

« Nous sommes presque parés », fit Turner, qui grimaçait d'inquiétude en surveillant par les hublots d'observation les passerelles de chargement. « Pourvu que tout aille bien. Si jamais le Directoire découvrait le pot aux roses...

— Cessez de vous en faire ! commanda Ed Boynton. Ce n'est pas le moment de laisser vos impulsions thalamiques prendre le contrôle.

— Excusez-moi. » Turner pinça les lèvres et s'éloigna des hublots. La plate-forme était prête à entamer son ascension.

« Allons-y, pressa Boynton. Avez-vous posté des hommes du département à chaque niveau ?

— Aucun individu non membre du département ne s'approchera de la piste, répliqua Turner.
— Où est le reste de l'équipe? s'enquit Boynton.
— Au niveau 1. Je les y ai envoyés aujourd'hui.
— Très bien. » Boynton donna le signal du départ et la piste d'envol se mit à les élever progressivement jusqu'au niveau supérieur.

Harl regardait par le hublot; il vit s'enfoncer le niveau 5, puis apparaître le niveau 4, le vaste centre commercial du système souterrain.

« Ce ne sera pas long, dit Ed Boynton comme ils dépassaient le niveau 4. Jusqu'ici, tout va bien.
— Où ferons-nous surface? s'enquit Harl.
— Dans les derniers temps de la guerre, nos diverses structures souterraines étaient reliées par des tunnels. C'est ce réseau originel qui forme la base de notre système actuel. Nous allons émerger par un des accès d'origine, dans une chaîne de montagnes appelées « Alpes ».
— Les Alpes, murmura Harl.
— Oui, en Europe. Nous possédons des cartes indiquant l'emplacement des villages saps. Il y en a tout un groupe au nord-nord-est, dans ce qui était autrefois le Danemark et l'Allemagne. Nous n'y sommes encore jamais allés en expédition. Là, les saps ont réussi à enlever les scories sur plusieurs milliers d'hectares et semblent reprendre graduellement possession de la majeure partie de l'Europe.
— Mais pourquoi, papa? »

Ed Boynton haussa les épaules. « Je l'ignore. Ils ne paraissent pas s'être fixé d'objectif précis, organisé. En fait, ils ne manifestent aucune intention d'abandonner cette condition primitive. Ils ont perdu toutes leurs traditions — les livres, les enregistrements, les inventions, les techniques. Si tu veux mon avis... » Il s'interrompit brusquement. « Voici le niveau 3. Nous y sommes presque. »

L'énorme vaisseau amiral poursuivit lentement son ascension rugissante et arriva à la surface de la planète. Harl jeta un regard au-dehors et fut impressionné par le spectacle qui s'offrait à ses yeux.

La surface de la Terre était enfouie sous une croûte de lave formant un interminable revêtement de roc noirci. Mis à part quelques pics recouverts de cendre et couronnés de rares buissons, le dépôt minéral était continu. De vastes nappes de cendre dérivant dans le ciel obscurcissaient le soleil, mais aucun mouvement ne trahissait la vie. La Terre était stérile et morte ; rien ne pouvait y vivre.

« Est-ce partout la même chose ? » s'enquit Harl.

Ed Boynton secoua la tête. « Pas partout. Les saps ont remis en état une partie de la terre. » Il saisit le bras de son fils et lui désigna quelque chose. « Tu vois, là-bas ? Ils ont fait pas mal de nettoyage.

— Mais comment font-ils pour enlever la lave ?

— Ce n'est pas chose aisée, répondit le père, car elle est très dure. Tout a été vitrifié, transformé en verre volcanique – ou hydroverre – par les bombes à hydrogène. Ils la perforent petit à petit. À la main, à coups de pierre, avec des haches fabriquées à partir du verre lui-même.

— Pourquoi ne conçoivent-ils pas de meilleurs outils ? »

Ed Boynton eut un sourire d'ironie désabusée. « Tu le sais bien. Parce que c'est *nous* qui avons fabriqué leurs outils ; leurs outils, leurs armes, toutes leurs inventions, et cela pendant des centaines d'années.

— Ça y est, intervint Turner. On arrive. »

Le vaisseau vint se poser sur la lave et s'immobilisa. L'espace d'un instant, le roc calciné vibra. Puis le silence retomba.

« Nous y sommes », déclara Turner.

Ed Boynton consulta la carte en la promenant rapidement sous le faisceau du scanner. « Nous allons lancer dix œufs pour commencer. Si cela ne donne rien, nous irons un peu plus au nord. Mais cela devrait aller. La région n'a été la cible d'aucune expédition à ce jour.

— Comment les œufs vont-ils procéder ? demanda Harl.

— En se déployant en éventail, chacun ayant sa propre zone à explorer. Avec un peu de chance, on les rappellera immédiatement au vaisseau amiral. Sinon, il faudra attendre la tombée de la nuit.

— Qu'est-ce que c'est ? »

Ed Boynton sourit. « C'est quand il fait noir. Quand cette face de la planète n'est plus éclairée par le Soleil.

— Allons-y », fit Turner avec impatience.

Les portes des sas s'ouvrirent. Les premiers œufs filèrent sur la lave, leurs patins mordant la surface glissante. L'un après l'autre émergèrent de la coque sombre du vaisseau ces minuscules sphères à l'arrière effilé pour abriter les tubes à réaction et à l'avant terminé par les tourelles de contrôle. Elles s'éloignèrent sur la lave en vrombissant et ne tardèrent pas à disparaître.

« Le prochain c'est le nôtre », dit Ed Boynton.

Harl acquiesça et agrippa son éclateur. Puis il abaissa ses lunettes protectrices en même temps que les deux adultes. Ils pénétrèrent dans leur œuf et Boynton prit place aux commandes. Un instant plus tard ils surgissaient du vaisseau et effleuraient la surface lisse de la planète.

Harl scruta les environs. Rien que de la lave, de tous les côtés. De la lave et de paresseux nuages de cendre.

« Lugubre, murmura-t-il. Et même avec les lunettes, ce soleil me brûle les yeux.

— Ne le regarde pas, l'avertit Ed Boynton. Détourne les yeux.

— Je ne peux pas m'en empêcher. C'est tellement... curieux. »

Ed Boynton poussa un grognement et augmenta la vitesse de l'œuf. Quelque chose se profilait au loin. Il orienta l'œuf dans cette direction.

« Qu'est-ce que c'est ? demanda Turner, alarmé.

— Des arbres, le rassura Boynton. Des arbres qui poussent en groupe. Ce phénomène signale l'interruption de la couche de lave. À partir de là on trouve de la cendre, et pour finir les champs que les saps ont plantés. »

Boynton conduisit l'œuf à la limite de la zone de lave. Il l'arrêta là où les arbres commençaient, éteignit les réacteurs et bloqua les chenilles. Tous trois sortirent avec précaution, prêts à tirer si nécessaire.

Rien ne bougeait. Il n'y avait que le silence, le silence et l'infini miroir de lave. Entre les nappes de cendre accompagnées de nuages de vapeur, on apercevait un ciel bleu très pâle. L'air rare et piquant avait une odeur plaisante et le soleil répandait une chaleur bienveillante.

« Activez vos écrans », intima Boynton. Ce disant, il actionna l'interrupteur situé sur sa ceinture et le sien se mit à ronronner doucement en l'environnant d'éclairs. Soudain, sa silhouette se troubla, vacilla, puis s'évanouit en un clin d'œil.

Turner s'empressa de l'imiter. « O.K., fit sa voix depuis un ovale étincelant à la droite de Harl. À toi, maintenant. »

Harl s'exécuta. L'espace d'un instant il se sentit enveloppé de la tête aux pieds d'une étrange flamme glaciale qui le plongea dans une nuée d'étincelles. Puis son corps s'effaça à son tour avant de disparaître tout à fait. Les écrans fonctionnaient à la perfection. Dans ses oreilles résonnait une série de déclics à peine audibles qui l'avertissaient de la présence des deux autres. « Je vous entends bien, dit-il. J'ai vos écrans dans mes écouteurs.

— Ne t'éloigne pas, recommanda Ed Boynton. Reste près de nous et écoute les déclics. Ici, à la surface, il est dangereux de se séparer. »

Harl avançait avec précaution. Il avait les deux autres sur sa droite, à quelques mètres de distance. Ils traversaient un champ jaunâtre tout desséché, tapissé d'une espèce de végétation produisant de longues tiges qui se brisaient sous le pied en craquant. Harl laissait derrière lui un sillage de végétation écrasée. Il voyait très nettement les traces similaires de Turner et de son père.

Mais il faudrait bientôt qu'il prenne ses distances. Car devant lui se dessinaient les contours d'un village sap, avec ses huttes en fibres végétales entassées sur des structures de bois. Il distinguait de vagues silhouettes d'animaux attachés au pied des huttes. Le village était entouré d'arbres et de plantes diverses ; il apercevait des formes mouvantes, des êtres, il entendait leurs voix.

Des gens – des saps. Son cœur battait la chamade. Avec un

peu de chance, il en ramènerait trois ou quatre pour la Ligue. Il se sentit tout à coup impavide, plein d'assurance. Ce ne serait certainement pas difficile. Des champs cultivés, des animaux à l'attache, des huttes branlantes toutes de travers...

À mesure qu'il progressait, l'odeur d'excréments montant dans la chaleur de la fin d'après-midi devint presque insupportable. Il perçut des cris, et d'autres sons évoquant des êtres humains en pleine activité. Le sol était plat et sec; partout poussaient des plantes et des herbes folles. Il abandonna le champ jaunâtre et déboucha dans un étroit sentier jonché de déchets d'origine humaine et animale.

De l'autre côté du chemin s'étendait le village.

Dans ses écouteurs, les déclics s'étaient affaiblis. Ils finirent par s'éteindre tout à fait. Harl sourit. S'étant éloigné de Boynton et Turner, il n'était plus en contact avec eux. Ils n'avaient aucune idée de sa position.

Il tourna à gauche et entreprit de faire prudemment le tour du village. Il longea une hutte, puis tout un groupe de cabanes. Alentour poussaient de grands bouquets d'arbres et de plantes, et droit devant lui scintillait un ruisseau aux rives en pente tapissées de mousse.

Une douzaine de personnes y faisaient la lessive, entourées d'enfants qui sautaient dans l'eau pour escalader à nouveau la rive.

Harl s'immobilisa et les contempla, stupéfait. Ils avaient la peau sombre, presque noire. Un noir brillant et cuivré – une belle couleur bronze mêlée de terre. Se pouvait-il que ce soit de la terre?

Puis il comprit soudain que les baigneurs avaient été brunis par le soleil perpétuel. Les bombes à hydrogène avaient raréfié l'atmosphère en asséchant brutalement les couches nuageuses, et pendant deux cents ans l'astre les avait impitoyablement frappés de ses rayons – exactement à l'inverse de sa propre espèce. Sous le sol, pas d'ultraviolets pour brûler la peau ou élever le taux de pigmentation. Lui et les autres *technos* avaient la peau dépigmentée. Dans le monde souterrain, on n'avait nul besoin de pigment.

Mais ces baigneurs, eux, avaient une peau d'un noir incroyable, tirant vers le rouge. Et ils ne portaient pas le moindre vêtement. Ils sautaient joyeusement en tous sens, avec force éclaboussures, et allaient se sécher au soleil sur la rive.

Harl les contempla un moment. Des enfants, trois ou quatre femelles âgées, décharnées. Feraient-ils l'affaire ? Il secoua la tête et contourna précautionneusement la rivière. Adoptant une démarche lente et prudente, il poursuivit son chemin entre les huttes en inspectant sans cesse les alentours, l'arme au poing.

Une brise légère vint l'environner en faisant bruire au passage les arbres sur sa droite. Le bruit des enfants au bain, l'odeur de fumier, le vent et le balancement des arbres, tout cela se mêlait.

Harl avançait avec circonspection. Bien qu'invisible, il savait qu'on pouvait à tout moment le repérer à ses traces de pas ou au bruit qu'il faisait en avançant. Et si quelqu'un le heurtait...

Il se glissa furtivement le long d'une hutte et déboucha sur un espace dégagé au sol de terre battue. Dans l'ombre de la hutte dormait un chien dont les flancs maigres étaient couverts de mouches. Assise devant l'entrée de cette cabane sommaire, une vieille femme lissait sa longue chevelure grise avec un peigne en os.

Harl passa devant elle avec précaution. Au centre de la place se tenait un petit groupe d'hommes qui discutaient en faisant de grands gestes. Quelques-uns fourbissaient leurs armes, des lances et des couteaux fort longs, inconcevablement primitifs. Au sol gisait une gigantesque bête morte aux défenses luisantes et à la toison fournie. Le sang lui coulait de la gueule – un sang épais et noir. Tout à coup, un des jeunes gens se retourna et expédia un coup de pied à l'animal.

Arrivé à leur hauteur, Harl s'immobilisa. Ils étaient vêtus de jambières montantes et de tuniques en toile. Le dessus de leurs pieds était nu ; ils ne portaient en guise de chaussures que des semelles en fibre végétale grossièrement tissée. Ils étaient rasés de près mais leur peau avait presque l'éclat de l'ébène. Ils avaient roulé leurs manches, découvrant des muscles puissants où l'ardeur du soleil faisait perler la sueur. Harl ne comprenait pas ce qu'ils disaient, mais se dit qu'ils devaient s'exprimer en une quelconque langue traditionnelle archaïque.

Il passa son chemin. À l'autre bout de la place, un cercle de vieillards assis en tailleur tissaient une toile grossière tendue sur des cadres en bois rudimentaires. Harl les observa un instant en silence. Leur bavardage montait bruyamment jusqu'à lui. Tous se concentraient sur le métier, les yeux rivés à leur tâche.

Derrière la rangée de huttes, d'autres jeunes gens et jeunes filles étaient occupés à labourer un champ, la charrue était amarrée à leur ceinture et à leurs épaules par des cordes.

Harl allait çà et là, fasciné. Tout le monde s'activait – sauf le chien endormi devant la hutte. Les jeunes gens sur la place avaient leurs lances, la vieille femme son peigne, les autres leur tissage. Dans un coin, une femme très grande enseignait à un enfant un jeu consistant apparemment à ajouter et soustraire, avec en guise de nombres une série de petits bâtons. Deux hommes étaient en train de prélever soigneusement la fourrure d'un petit animal.

Harl arriva devant un mur de peaux mises à sécher. Leur vague puanteur lui irrita les narines et lui donna envie d'éternuer. Il croisa ensuite une bande d'enfants qui écrasaient du grain dans une pierre évidée pour en extraire la farine. Pas un ne leva les yeux sur son passage.

Il vit des bêtes attachées ensemble. Pourvues d'énormes mamelles, certaines s'étaient couchées à l'ombre. Elles le regardèrent passer sans réagir. Parvenu à l'extrémité du village, il fit halte. Là commençaient les champs désertiques. Un kilomètre plus loin poussaient des broussailles et des arbres, puis venait l'interminable étendue de lave.

Il fit demi-tour. Sur un côté, à l'ombre, un jeune homme assis taillait avec attention un bloc d'hydrolave à l'aide de quelques grossiers outils. Manifestement, il façonnait une arme. Harl s'arrêta pour le regarder assener sans relâche ses coups solennels. La lave était dure. C'était une tâche longue et fastidieuse.

Il se remit en marche. Un groupe de femmes réparait des flèches brisées. Leur babillage le poursuivit un moment et il se surprit à regretter de ne pas les comprendre. Toutes travaillaient fiévreusement. Leurs bras noirs et luisants s'élevaient, retombaient et s'élevaient encore; le murmure bavard des voix allait et venait sans cesse de l'une à l'autre.

On s'affairait. On s'esclaffait. Un éclat de rire enfantin retentit brusquement dans le village et quelques têtes se tournèrent. Harl se pencha pour observer de près le crâne d'un homme.

Quelle force dans le visage! Les cheveux entortillés étaient courts, les dents régulières et blanches. Il portait au poignet des bracelets de cuivre dont la teinte rivalisait presque avec la belle couleur bronze de sa peau. La poitrine nue s'ornait de tatouages exécutés au moyen de pigments colorés.

Harl rebroussa chemin. À nouveau il croisa la vieille femme assise sur le seuil et s'arrêta encore pour l'observer. Elle avait cessé de se peigner et s'occupait maintenant de la chevelure d'une enfant, qu'elle lui nattait adroitement dans le dos selon un motif complexe. Harl en resta fasciné. La tresse était très élaborée; il fallait beaucoup de temps pour la confectionner. La vieille femme concentrait son regard pâle sur les cheveux de l'enfant et les détails de son œuvre. Ses mains osseuses volaient en tous sens.

Il s'éloigna en direction du cours d'eau et retrouva les enfants qui se baignaient. Ils étaient tous remontés sur la rive pour se sécher au soleil.

Ainsi c'était cela, les saps, cette race qui allait s'éteindre, cette poignée de survivants? Pourtant, ils n'avaient pas du tout l'air en voie d'extinction. Ils travaillaient dur, taillant inlassablement l'hydrolave, réparant leurs flèches, chassant, labourant, moulant le grain, tissant, peignant leur chevelure...

Soudain, il se figea, l'arme à l'épaule. Devant lui, dans les arbres qui bordaient la rivière, quelque chose bougeait. Il entendit bientôt deux voix – un homme et une femme engagés dans une conversation animée.

Il s'approcha prudemment et se glissa le long d'un buisson en fleur pour essaya de percer l'obscurité qui régnait sous le couvert.

Ils étaient assis au bord de l'eau, dans l'ombre épaisse d'un arbre. L'homme confectionnait des plats creux à partir d'une argile détrempée qu'il puisait dans le courant. Ses doigts se mouvaient avec agilité. Il tournait les pots sur une plate-forme mobile coincée entre ses genoux.

Une fois le pot terminé, la jeune femme y traçait des motifs experts et pleins d'allant à l'aide d'un pinceau rudimentaire luisant de pigment rouge. Elle était très belle. Harl l'enveloppa d'un regard admiratif. Elle se tenait presque immobile, appuyée contre un arbre, maintenant fermement le bol qu'elle peignait. Sa chevelure noire lui tombait jusqu'à la taille en lui recouvrant les épaules et le dos. Elle avait des traits finement dessinés, un visage aux courbes nettes et vives, d'immenses yeux sombres. Elle examinait attentivement chaque pot en remuant légèrement les lèvres et il remarqua ses mains petites et délicates.

Il s'approcha doucement. Elle ne l'entendit pas, ne leva pas les yeux. De plus en plus émerveillé, il songea que son corps mince et cuivré avait des formes magnifiques, avec ses membres souples et élancés. Elle ne parut pas se rendre compte de sa présence.

Soudain, l'homme reprit la parole. Elle lui jeta un rapide regard et reposa son pot par terre. Elle interrompit un instant son travail le temps de nettoyer son pinceau avec une feuille d'arbre. Elle portait, retenues par une cordelette couleur de lin entortillée autour de la taille, des culottes qui lui descendaient jusqu'au genoux. Pas d'autre vêtement. Ses pieds et ses épaules étaient nus, et sous le soleil de l'après-midi sa poitrine se soulevait rapidement au rythme de sa respiration.

L'homme parla encore. Au bout d'un moment, la femme ramassa un autre récipient et entreprit de le peindre. Tous deux travaillaient vite, presque sans mot dire, concentrés sur leur tâche.

Harl se mit à examiner les pots. Ils étaient tous faits de la même façon. L'homme les modelait en un clin d'œil, en commençant par former des serpents d'argile qu'il enroulait les uns sur les autres, toujours plus haut. Puis il y projetait de l'eau et façonnait l'argile jusqu'à ce qu'elle soit lisse et ferme. Ensuite, il les alignait par terre et laissait le soleil les sécher. La femme, elle, sélectionnait les bols secs et les décorait.

Harl ne la quittait pas des yeux. Longtemps il observa la façon dont bougeait son corps aux reflets de cuivre, ainsi que l'expression intense qui se lisait sur ses traits et les mouvements légers de ses lèvres et de son menton. Elle avait des doigts déliés qui s'effilaient délicieusement, des ongles longs terminés en pointe. Elle prenait les bols avec soin, les tournait et les retournait avec une attention experte et dessinait ses motifs à petits coups de pinceau rapides.

Il la regarda de plus près. L'ornement était le même pour chaque pot. Un oiseau, puis un arbre. Une ligne représentant le sol. Un nuage planant juste au-dessus.

Quelle était la signification exacte de ce motif immuable ? Harl se pencha encore et observa attentivement les bols. Étaient-ils *réellement* identiques ? Il observa les mouvements adroits des mains de la jeune femme passant de bol en bol pour réitérer sans cesse le même motif. Le dessin de base ne variait jamais, mais elle en faisait chaque fois quelque chose de différent. Il n'y avait pas deux bols parfaitement conformes.

Il en était à la fois interloqué et fasciné. Toujours le même motif, avec de légères variantes... C'était soit la couleur de l'oiseau qui changeait, soit l'ampleur de son plumage. Plus rarement l'emplacement de l'arbre ou du nuage. Une fois, elle peignit *deux* petits nuages suspendus dans le ciel. De temps à autre, elle rajoutait de l'herbe ou, en fond, un moutonnement de collines.

Tout à coup, l'homme se leva d'un bond et s'essuya les mains à sa tunique. Il dit quelques mots à la jeune fille, puis s'éloigna d'un pas vif en se frayant un chemin dans les broussailles.

Quand il eut disparu, Harl jeta un regard nerveux autour de lui. La jeune femme continuait tranquillement de peindre toute seule. Il se sentit submergé par une vague d'émotions contradictoires. Il avait envie de parler à cette fille, de lui poser des questions sur son art, sur le motif qu'elle employait. Envie de lui demander pourquoi il n'était jamais tout à fait le même. Oui, il voulait s'asseoir auprès d'elle et lui parler. Lui parler, mais aussi l'entendre parler. Tout cela était étrange. Il ne comprenait pas lui-même. Sa vue se brouillait, la scène tanguait et se déformait sous ses yeux, la sueur coulait dans son cou et jusque sur ses épaules voûtées. La jeune femme peignait toujours. Elle ne releva pas les yeux, ne soupçonna à aucun moment qu'il se tenait juste devant elle. Harl porta brusquement la main à sa ceinture. Il prit une profonde inspiration, hésita. Oserait-il ? Était-ce bien prudent ? Si l'homme revenait...

Il appuya sur le bouton de sa ceinture. Autour de lui l'écran siffla et émit une gerbe d'étincelles.

La fille sursauta et leva les yeux. Ses yeux s'agrandirent d'horreur.

Elle hurla.

Harl s'empressa de reculer, l'arme bien en main, épouvanté par ce qu'il avait fait.

La fille se remit debout tant bien que mal ; pots et couleurs s'éparpillèrent. Les yeux écarquillés, la bouche ouverte, elle le regardait fixement. Lentement, elle battit en retraite en direction du sous-bois. Puis elle lui tourna brusquement le dos et s'enfuit à toutes jambes, heurtant de plein fouet les buissons, poussant toujours des cris aigus.

Soudain alarmé, Harl reprit ses esprits. Il se dépêcha de rallumer son écran. Dans le village s'enflait une rumeur. Il entendit des voix animées exprimant la panique, un bruit de galopade, des craquements de buissons... Le village tout entier explosait en un torrent d'activité fébrile.

Harl suivit promptement le cours de la rivière, franchit les broussailles et déboucha à l'air libre.

Là il se figea, le cœur battant. Une horde de saps déboulait à toute allure en direction du courant — des hommes armés de lances, des vieillardes, des enfants hurlants. Ils firent halte à l'orée du sous-bois, aux aguets, le visage étrangement pétrifié. Puis ils s'engagèrent dans les buissons en écartant furieusement les branchages — *ils étaient à sa recherche.*

Brutalement, ses écouteurs se mirent à cliqueter.

« Harl ! » La voix d'Ed Boynton résonnait haut et clair. « Harl, mon garçon ! »

Harl fit un bond et s'écria avec gratitude : « Papa, je suis là ! »

Ed Boynton lui empoigna le bras et lui fit perdre l'équilibre. « Qu'est-ce que tu as ? Où étais-tu passé ? Qu'as-tu fait ?

— Vous l'avez ? intervint la voix de Turner. Alors venez, tous les deux ! Il faut partir d'ici en vitesse. Ils répandent de la poudre blanche partout. »

Les saps couraient dans tous les sens en jetant en l'air des poignées de poudre qui, portées par le vent, finissaient par tout recouvrir. On aurait dit de la craie pulvérisée. D'autres renversaient de grandes jarres d'huile en poussant des cris aigus empreints d'excitation.

« Partons d'ici, acquiesça Boynton, renfrogné.

— Quand ils s'énervent, mieux vaut ne pas insister. »

Harl hésita. « Mais...

— Dépêche-toi ! » lui intima son père en le tirant par le bras. « Il faut y aller. Il n'y a pas un moment à perdre. »

Harl jeta un coup d'œil en arrière. Il ne pouvait voir les femmes, mais les saps mâles couraient toujours çà et là en répandant nappes de craie et mares d'huile. D'autres, munis de lances à bout ferré, s'avançaient en cercle d'un air menaçant en piquant au passage les buissons et les herbes.

Harl se laissa guider par son père. Ses pensées tourbillonnaient. La jeune femme n'était plus là, il était certain de ne plus jamais la revoir.

Lorsqu'il lui était apparu, elle avait crié et s'était enfuie en courant. *Pourquoi ?* Cela n'avait pas de sens. Pourquoi cette terreur aveugle ? Qu'avait-il fait ? Et quelle importance qu'il la revoie un jour ? Pourquoi comptait-elle tant à ses yeux ? Il ne comprenait pas. Il ne *se* comprenait plus. Il ne trouvait aucune explication rationnelle à ce qui venait de se produire. C'était totalement incompréhensible.

Harl suivit Turner et son père jusqu'à l'œuf, toujours hébété, démoralisé, essayant toujours de comprendre ce qui s'était déroulé entre cette femme et lui. Insensé. D'abord, il avait perdu la tête, puis ç'avait été son tour à elle. Il devait y avoir une explication – si seulement il pouvait la trouver !

Ed Boynton s'arrêta devant l'œuf et regarda en arrière. « Nous avons eu de la chance de nous en tirer à si bon compte, dit-il à Harl en secouant la tête. Quand on les excite, ils se comportent comme des bêtes. D'ailleurs, ce sont des animaux, Harl. Rien de plus. Des animaux sauvages.

— Dépêchons-nous, s'impatienta Turner. Allons-nous-en d'ici tant que nous pouvons encore marcher. »

Bien qu'une des vieilles femmes l'eût soigneusement baignée, purifiée dans la rivière, puis enduite d'huile, Julie frémissait encore.

Effondrée, les bras passés autour des genoux, elle était agitée d'un tremblement incontrôlable. Ken, son frère, se tenait auprès d'elle, l'air sombre, une main posée sur l'épaule nue et cuivrée de la jeune femme.

« Mais qu'est-ce que c'était ? murmura Julie en frissonnant. C'était... horrible. Répugnant. J'en étais malade rien qu'à le regarder.

— À quoi ça ressemblait ? interrogea Ken.

— À... à un homme. Mais ça ne pouvait *pas* être un homme. Il était entièrement recouvert de métal, de haut en bas, avec des mains et des pieds énormes. Son visage était d'un blanc pâteux comme... comme de la farine. Écœurant. Hideux. Blême, métallique et écœurant. Comme une espèce de racine arrachée à la terre. »

Ken se tourna vers le vieil homme qui, assis auprès de lui, les écoutait sans en perdre une miette. « Qu'est-ce que c'était ? lui demanda-t-il. Qu'est-ce que ça pouvait bien être, Mr. Stebbins ? Vous savez ces choses-là, vous. Qu'a-t-elle vu ? »

L'interpellé se releva lentement. « Tu as bien dit qu'il avait la peau toute blanche, comme de la pâte à pain ? Avec de grosses mains et de grands pieds ? »

Julie acquiesça de la tête. « Et... il y avait autre chose.

— Quoi ?

— Il était *aveugle*. Il avait quelque chose à la place des yeux. Deux trous noirs. Insondables. » Elle frémit à nouveau et regarda vers la rivière.

Tout à coup, Stebbins serra les mâchoires. « Je sais, fit-il. Je sais ce que c'était.

— Dites-le-nous. »

Les sourcils froncés, Stebbins grommela : « Ce n'est pas possible. Mais d'après ta description... » Le front plissé, il regarda dans le vague. « Ils vivent sous terre, déclara-t-il enfin. Sous la surface. Ils sortent des montagnes. Ils vivent dans des tunnels et de vastes salles qu'ils se sont creusés eux-mêmes. Ils ne sont pas humains. Ils ressemblent aux hommes mais ils sont différents. Ils extraient le métal de la terre. Ensuite, ils le fondent. Ils remontent rarement à la surface. Ils ne peuvent pas supporter le soleil.

— Comment les appelle-t-on ? » s'enquit Julie.

Stebbins se creusa la tête, remontant le fil des ans jusqu'aux vieux grimoires, aux anciennes légendes qu'il avait entendu raconter jadis. Des créatures qui vivent sous terre... Qui ressemblent aux hommes mais n'en sont pas... Des choses qui creusent des galeries, cherchent le métal... Des êtres aveugles à la peau laiteuse pourvus de grandes mains et de grands pieds...

« Des *trolls,* déclara Stebbins. Ce que tu as vu était un troll. »

Ouvrant de grands yeux toujours rivés sur le sol, les bras enserrant ses jambes, Julie acquiesça. « Oui, dit-elle. C'est quelque chose comme ça. J'ai eu si peur. J'ai fait demi-tour et je suis partie en courant. Quelle horreur ! » Elle releva la tête et regarda son frère avec un sourire timide. « Mais ça va beaucoup mieux maintenant... »

Ken frotta l'une contre l'autre ses larges mains sombres et hocha la tête, soulagé. « Maintenant, nous pouvons nous remettre au travail. Il y a tant à faire ! »

Consultation externe

C'était un homme d'âge moyen, maigre, la peau et les cheveux graisseux, une cigarette tordue entre les dents ; il avait la main gauche cramponnée au volant de sa voiture. Sa vieille estafette de surface se traînait bruyamment mais sans à-coups sur la bretelle de sortie, approchant du poste de garde qui marquait la fin du territoire de la communauté.

« Ralentis, lui dit sa femme. Le garde est là-bas, assis sur cette pile de caisses. »

Ed Garby écrasa la pédale de frein ; la voiture se mit à décrire une longue glissade qui s'acheva juste en face du garde. Sur le siège arrière, les jumeaux s'agitaient, déjà incommodés par la chaleur poisseuse qui s'infiltrait par les fenêtres et le toit de la voiture. De grosses gouttes de transpiration coulaient dans le cou lisse de sa femme. Dans ses bras, le bébé se contorsionnait et se débattait faiblement.

« Comment va-t-elle ? » marmonna Ed à l'intention de son épouse en désignant la boule de chair grisâtre et malsaine qui émergeait de la couverture souillée.

« Elle a chaud... comme moi. »

Le garde arriva sans se presser, l'air indifférent ; il avait les manches roulées et un fusil accroché à l'épaule. « Qu'est-ce qui se passe, vieux ? » Il appuya ses grosses mains sur le rebord de la vitre ouverte et jeta un regard morne à l'intérieur ; il observa le couple, les enfants, les housses de sièges délabrées. « Vous êtes de sortie ? Faites voir votre laissez-passer. »

Ed lui tendit un bout de papier froissé. « J'ai une gosse malade. »

Le garde examina le laissez-passer et le restitua. « Vaut mieux la descendre au niveau 6. Vous avez droit à l'infirmerie; vous vivez dans ce trou comme tout le monde.

— Non, répondit Ed. Pas question d'amener un de mes enfants dans cette boucherie. »

Le garde secoua la tête d'un air désapprobateur. « Ils ont du bon matériel, mon vieux. Des machins à haute énergie rescapés de la guerre. Amenez-leur la gosse, ils vous la remettront d'aplomb. » Il embrassa du geste le paysage désolé de collines et d'arbres desséchés qui s'étendait au-delà du poste de garde. « Qu'est-ce que vous espérez trouver là-bas ? Vous avez peut-être l'intention de la larguer quelque part ? De la jeter dans une crique ? Dans un puits ? Moi, ça ne me regarde pas, mais je n'y emmènerais même pas un chien, et encore moins un enfant malade. »

Ed redémarra. « Je vais chercher de l'aide. Descendez un gosse au 6 et ils le transforment en animal de laboratoire. Ils font des expériences; ils vont la découper en morceaux, se débarrasser du cadavre et déclarer qu'ils n'ont pas pu la sauver. Ils en ont pris l'habitude pendant la guerre; ils n'ont jamais cessé.

— Comme vous voudrez, conclut le garde en reculant. En ce qui me concerne, je préfère faire confiance à des médecins militaires bien équipés plutôt qu'à cette bande de vieux sorciers complètement dingues, là-bas dans les ruines. Une espèce de païen sauvage va lui attacher autour du cou un sac de crottin puant, marmonner quelques inepties et danser en rond. » Furieux, il continua de crier en direction de la voiture qui s'éloignait : « Crétins que vous êtes ! Retourner à la barbarie alors que vous avez au niveau 6 des médecins, des rayons X et des sérums ! Pourquoi aller dans les ruines puisque la civilisation est ici ? » L'air sombre, il repartit vers son tas de caisses et ajouta : « Du moins ce qu'il en reste. »

Une terre aride, aussi sèche et parcheminée que la peau d'un cadavre, s'étirait des deux côtés de la double trace de pneus creusée d'ornières qui tenait lieu de route. Les arbres décharnés jaillissant çà et là du sol recuit et fissuré bruissaient sous le vent de midi. De temps à autre, un oiseau au plumage terne venait voleter dans les épaisses broussailles ; lourd et gris, il donnait des coups de bec maussades dans l'espoir de découvrir un ver.

Derrière la voiture, les murailles blanches de la communauté s'évanouirent dans le lointain. Ed Garby les regarda disparaître avec appréhension ; ses mains se crispèrent sur le volant au moment où un virage lui cacha les tours radar postées sur les collines entourant la communauté.

« Nom de nom, marmonna-t-il d'une voix altérée, peut-être que ce type a raison ; peut-être que nous nous trompons. » Un frisson de doute lui traversa l'esprit. Le voyage n'était pas sans danger ; les prédateurs et les bandes de quasi-humains sauvages qui vivaient dans les ruines désertes éparpillées à la surface de la planète attaquaient même les expéditions de récupération lourdement armées. Tout ce qu'il avait pour se protéger, lui et sa famille, c'était son tranchoir à main. Bien entendu, il savait s'en servir ; ce n'était pas pour rien qu'il l'avait affûté à la chaîne de récupération, dix heures par jour et tous les jours de la semaine. Mais si le moteur venait à tomber en panne...

« Cesse de te faire du souci, dit tranquillement Barbara. J'y suis déjà allée et tout s'est toujours très bien passé. »

Il se sentit honteux, coupable. Sa femme s'était souvent faufilée hors de la communauté avec d'autres femmes, d'autres épouses ; parfois même avec d'autres hommes. Une grande part du prolétariat sortait de la communauté, avec ou sans laissez-passer... ils auraient fait n'importe quoi pour rompre la monotonie du travail et des conférences éducatives. Mais sa peur revint tout de même. Ce n'était pas le danger matériel qui l'inquiétait, ni même la disparition du vaste réservoir souterrain d'acier et de béton où il était né, où il avait grandi et passé toute sa vie, où il avait travaillé et s'était marié. Non, ce qui rendait sa peau moite et froide en dépit de la chaleur cuisante de l'été, c'était la conviction que le garde disait vrai, qu'il était en train de sombrer dans l'ignorance et la superstition.

« Ce sont toujours les femmes qui vont dans ce sens, dit-il tout haut. Les hommes fabriquent des machines, font avancer la science, bâtissent des villes. Les femmes ont leurs potions et leurs breuvages. J'ai l'impression que l'ère de la raison touche à sa fin. Nous sommes témoins des derniers reliquats de la société rationnelle.

— C'est quoi, une " ville " ? demanda l'un des jumeaux.

— Tu en as une sous les yeux, répondit Ed en désignant un point situé au-delà de la route. Regarde bien. »

Les arbres avaient disparu. La surface brune et recuite du sol s'était muée en un faible reflet métallique. C'était une plaine inégale, lugubre, une étendue criblée de trous, de tas de ruines et de puits. Çà et là poussaient des herbes sauvages de couleur sombre. De temps à autre on voyait un mur resté debout ; il aperçut même une baignoire gisant sur le côté comme une bouche édentée, morte, privée de visage et de tête.

La région avait été maintes fois fouillée. On avait chargé dans des camions et emporté vers les diverses communautés tout ce qui avait un tant soit peu de valeur. La route était bordée d'ossements bien alignés qu'on avait entassés mais jamais utilisés. On avait trouvé à recycler les gravats, les bouts de ferraille, les fils électriques, les tubes en plastique, le papier et le tissu — mais pas les os.

« Tu veux dire qu'il y a des gens qui vivent là-dedans ? » protestèrent simultanément les jumeaux. L'horreur et l'incrédulité se peignirent sur leurs traits. « C'est... c'est terrible. »

Ils arrivèrent à un embranchement. Ed ralentit et attendit les instructions de sa femme. « C'est encore loin ? demanda-t-il d'une voix rauque. Cet endroit me donne la chair de poule. On ne sait pas ce qui peut ramper dans ces caves. On les a bien gazées en 09, mais l'effet a dû s'estomper depuis.

— À droite, fit Barbara. Derrière cette colline, là. »

Ed rétrograda et dirigea sa voiture vers une route secondaire bordée d'un fossé. « Tu crois vraiment que la vieille a le pouvoir ? demanda-t-il, désemparé. J'entends tellement de choses -

je ne sais jamais si c'est vrai ou si c'est des blagues. Il y a toujours une vieille sorcière censée relever les morts, lire l'avenir et guérir les malades. Ça fait cinq mille ans que les gens en rapportent l'existence.

— Et cinq mille ans que ces choses-là arrivent. » Elle parlait d'une voix placide, pleine de confiance. « Ils sont toujours là pour nous aider. Tout ce que nous avons à faire, c'est aller vers eux. J'ai vu cette femme soigner le fils de Mary Fulsome ; tu te rappelles ? Il avait une jambe atrophiée qui l'empêchait de marcher. Les médics voulaient le tuer.

— Du moins si l'on en croit Mary Fulsome », lâcha-t-il entre ses dents.

La voiture se faufilait entre les branches mortes d'arbres séculaires. Les ruines disparurent derrière eux ; soudain, la route s'enfonça dans un fourré de plantes grimpantes et de broussailles qui arrêtait les rayons du soleil. Ed cligna des yeux pour s'accoutumer à l'obscurité, puis alluma les phares, qui émirent une lumière faible et hésitante au moment où la voiture entamait péniblement l'ascension d'un flanc de colline creusé d'ornières, avant de prendre un virage serré... et d'arriver au bout de la route.

Ils y étaient. Quatre voitures rouillées bloquaient la route ; il y en avait d'autres sur les talus et sous les arbres tordus. Plus loin se tenait un petit groupe d'hommes accompagnés de leur famille, tous vêtus de l'uniforme terne des travailleurs communautaires. Ed serra le frein à main et chercha à tâtons la clef de contact ; il était stupéfié par le nombre de communautés représentées. Toutes celles du voisinage, plus quelques groupements éloignés auxquels il n'avait jamais eu affaire. Parmi les individus qui patientaient, certains avaient fait plusieurs centaines de kilomètres.

« Il y a toujours des gens qui attendent », fit Barbara. D'un coup de pied, elle ouvrit la portière cabossée et descendit précautionneusement, le bébé dans les bras. « On vient ici se faire aider de mille et une manières, chaque fois qu'on en a besoin. »

Derrière l'attroupement s'élevait une construction en bois, sommaire et en état de détérioration avancée, qui avait été un abri pendant les années de guerre. Une file d'attente s'allongeait jusque sur les marches branlantes, vers l'intérieur de la cabane ; pour la première fois, Ed entrevit ceux qu'il était venu consulter.

« C'est elle ? C'est cette vieille femme ? » s'enquit-il au moment où une mince silhouette ratatinée faisait une brève apparition en haut des marches, examinait rapidement les clients et en choisissait un. Elle s'entretint un moment avec un homme replet, puis un géant à la musculature impressionnante vint se joindre à la discussion. « Seigneur ! lança Ed. Mais c'est toute une organisation !

— Ils font tous quelque chose de différent », expliqua Barbara. Tenant le bébé serré contre elle, elle se fraya un chemin dans la foule. « Nous, nous allons voir la guérisseuse — il faut faire la queue avec ces gens là-bas, à droite, sous l'arbre. »

Porter était assis dans la cuisine de l'abri ; les pieds posés sur l'appui de la fenêtre, il fumait et buvait son café en regardant vaguement les gens passer la porte d'entrée et se répartir dans les différentes pièces en traînant les pieds.

« Il y en a beaucoup aujourd'hui, dit-il à Jack. Ce qu'il nous faudrait, c'est un tarif fixe. »

Jack eut un grognement irrité et secoua sa crinière blonde. « Pourquoi ne donnes-tu pas un coup de main au lieu de rester là à siffler du café ?

— Personne ne veut savoir l'avenir. » Porter rota bruyamment ; c'était un homme grassouillet et mollasson, avec des yeux bleus et des cheveux clairsemés luisants d'humidité. « Quand quelqu'un voudra voir s'il va devenir riche ou épouser une jolie femme, je serai dans mon box et je l'en aviserai.

— Des diseurs de bonne aventure », marmonna Jack. Agité, il se tenait près de la fenêtre, les bras croisés sur la poitrine, le visage pétri d'inquiétude. « Voilà ce que nous sommes devenus.

— Je ne peux pas les empêcher de me poser des questions. Il y a un vieux type qui m'a demandé quand il allait mourir ; lorsque je lui ai répondu " dans trente et un jours ", il est devenu rouge comme une betterave et s'est mis à me crier des insultes. Le problème, c'est que je suis honnête. Je leur dis toujours la vérité, et non pas ce qu'ils ont envie d'entendre. » Porter sourit. « Je ne suis pas un charlatan.

— Il y a combien de temps qu'on ne t'a rien demandé d'important ?

— Tu veux dire, qu'on ne m'a pas posé de question abstraite ? » Porter réfléchit paresseusement. « La semaine dernière, un type a voulu savoir s'il y aurait de nouveau des vaisseaux interplanétaires. Je lui ai répondu que je n'en voyais pas.

— Est-ce que tu lui as dit que tu ne voyais pas très loin ? Sur six mois tout au plus ? »

Le visage de crapaud de Porter s'illumina de contentement. « Ça, il ne me l'a pas demandé. »

La vieille femme fluette et toute racornie entra vivement dans la pièce. « Seigneur ! » souffla Thelma. Elle se laissa tomber sur une chaise et se versa du café. « Je n'en peux plus. Quand je pense qu'il doit y en avoir encore une cinquantaine à attendre de se faire soigner ! » Elle examina ses mains tremblantes. « Deux cancers des os dans la même journée, c'est trop pour moi. Je crois que le bébé s'en sortira, mais l'autre tumeur est trop avancée, même pour moi. Il faudra que le bébé revienne. » Sa voix lasse s'affaiblit. « La semaine prochaine.

— Ce sera plus calme demain, prophétisa Porter. Une tempête de cendre descendue du Canada bloquera la plupart des gens dans leurs communautés. Évidemment, par la suite... » Il s'interrompit et considéra Jack d'un œil curieux. « Qu'est-ce qui te tracasse comme ça ? On dirait que tout le monde a la grogne, aujourd'hui.

— Je viens d'aller voir Butterford, répondit Jack d'un air maussade. J'y retournerai plus tard et je retenterai ma chance. »

Thelma frissonna. Porter détourna les yeux d'un air gêné ; il n'aimait pas savoir qu'on pouvait converser avec un homme dont les os reposaient dans le sous-sol de l'abri. Une vague de terreur quasi superstitieuse envahit le corps grassouillet du précog. C'était une chose que de prévoir l'avenir ; c'était un talent positif, progressiste. Mais repartir en arrière, aller rendre visite à des hommes déjà morts, à des villes réduites en cendres, des endroits rayés de la carte, prendre part à des événements oubliés depuis belle lurette... c'était remâcher de manière malsaine, névrotique, ce qui n'était plus. C'était profaner le cadavre – au sens propre du terme – du passé.

« Qu'est-ce qu'il a dit ? s'enquit Thelma.
— La même chose que d'habitude, répondit Jack.
— Cela fait combien de fois maintenant ? »

Jack fit la grimace. « Onze. Et il le sait – je le lui ai dit. »

Thelma quitta la cuisine pour gagner le couloir. « Au travail. » Elle s'attarda sur le pas de la porte. « Onze fois, et toujours le même résultat. Je me suis livrée à quelques calculs. Quel âge as-tu, Jack ?
— Quel âge me donnes-tu ?
— Environ trente ans. Or tu es né en 1946. Nous sommes en 2017. Ce qui te fait soixante et onze ans. D'après moi, j'ai sous les yeux une entité qui a parcouru à peu près un tiers du chemin. Où se trouve ton entité actuelle ?
— Tu peux le deviner par toi-même. En 1976.
— Et qu'est-ce qu'elle y fait ? »

Jack ne répondit pas. Il savait parfaitement ce que sa présente entité, celle de 2017, faisait dans le passé. Le vieillard de soixante et onze ans gisait à l'hôpital militaire, où il était soigné pour une néphrite qui allait en s'aggravant. Il jeta un bref regard à Porter pour voir si le précog était disposé à lui fournir des renseignements puisés dans l'avenir. Les traits alanguis de Porter restaient inexpressifs, mais cela ne prouvait rien. S'il voulait une certitude, il allait devoir demander à Stephen de sonder Porter.

Comme les travailleurs communautaires qui attendaient chaque jour de savoir s'ils allaient devenir riches et faire un mariage heureux, il désirait plus que tout au monde connaître la date de sa propre mort – c'était même bien plus qu'un désir.

Il fit carrément face à Porter. « Allez, vas-y. Que vois-tu pour moi dans les six prochains mois ? »

Porter bâilla. « Tu veux que je te raconte tout ? Ça va prendre des heures. »

Immensément soulagé, Jack se détendit. Ainsi il survivrait au moins six mois de plus. Cela lui laissait le temps de mener à bien ses discussions avec le général Ernest Butterford, commandant en chef des forces armées des États-Unis. Il passa devant Thelma et sortit de la cuisine.

« Où vas-tu ? demanda-t-elle.
— Revoir Butterford. Je vais faire encore un essai.
— Tu dis toujours ça, dit-elle d'un ton grincheux.
— Et je ne cesserai jamais d'essayer. » *Jusqu'à ma mort,* songea-t-il avec amertume et ressentiment. Jusqu'à ce que le vieillard à demi conscient gisant dans son lit d'hôpital à Baltimore, Maryland, meure de lui-même ou soit achevé pour faire de la place à un soldat venu du front en wagon de marchandises, un soldat tombé sous le napalm des Soviets, atteint par les gaz asphyxiants, rendu fou par les nuages de particules métalliques. Lorsqu'on se débarrasserait de ce vieux cadavre – et cela ne prendrait plus longtemps maintenant – il n'y aurait plus moyen de parlementer avec le général.

Il descendit tout d'abord l'escalier menant aux placards à provisions, dans la cave de l'abri. Dans un coin, Doris était endormie sur son lit, un bras nu reposant au-dessus de sa tête ; ses cheveux étaient déployés comme une toile d'araignée sur son visage couleur café ; ses vêtements avaient été jetés en tas sur une chaise, à côté du lit. Elle s'éveilla tant bien que mal, remua et se redressa à demi.

« Quelle heure est-il ? »

Jack consulta sa montre. « Une heure et demie. » Il entreprit de défaire un des verrous compliqués qui protégeaient les stocks de nourriture. Puis il détacha d'une tringle un boîtier métallique qu'il fit glisser jusque sur le sol de ciment. Il fit pivoter le plafonnier et l'alluma.

La jeune fille le regardait avec intérêt. « Qu'est-ce que tu fais ? » Elle rejeta ses couvertures, se leva, s'étira et vint vers lui pieds nus. « J'aurais pu m'en charger, t'éviter toute cette peine. »

Jack sortit de la boîte plombée un tas d'ossements soigneusement empilés et quelques restes d'affaires personnelles : un portefeuille, des papiers d'identité, des photographies, un stylo-plume, des lambeaux d'uniforme, une bague de fiançailles en or, quelques piécettes en argent. « Il est mort dans des conditions très difficiles », murmura Jack. Il examina la bande magnétique, vérifia qu'elle était bien complète, puis referma le couvercle. « Je lui ai dit que j'apporterais ceci. Mais bien entendu, il ne s'en souviendra pas.

— Chaque visite efface le souvenir de la précédente ? » Doris se dirigea vers ses vêtements. « En fait, il n'y a qu'une seule visite qui se répète à chaque fois, c'est bien ça ?

— C'est toujours le même intervalle de temps, reconnut Jack. Mais rien ne se répète. »

Tout en enfilant tant bien que mal son jean, Doris lui lança un regard sournois. « Tu parles ! Ça se passe toujours de la même façon, quoi que tu fasses. Butterford va à tous les coups présenter ses recommandations au Président. »

Mais Jack ne l'entendait plus. Il était déjà reparti en arrière de quelques pas dans le temps. La cave, la silhouette à demi vêtue de Doris, tout cela ondoya, recula, comme s'il voyait la scène à travers le fond d'un verre qui se remplirait progressivement d'un liquide opaque. Des ténèbres à la texture changeante palpitaient autour de lui ; il avançait imperturbablement, serrant la boîte de métal. Ou plutôt, il *reculait*. Il suivait le reflux du courant temporel. Il faisait l'échange avec un John Tremaine antérieur, l'adolescent qui se rendait consciencieusement au lycée en cette année 1962, dans la ville de Chicago, Illinois. Cet échange-là, il l'avait fait souvent. Son entité plus jeune devait y être habituée maintenant... Toutefois, il espéra vaguement que Doris serait rhabillée lorsque l'adolescent apparaîtrait.

Les ténèbres disparurent en un clin d'œil et il fut aveuglé par un brusque torrent de lumière dorée. Étreignant toujours la boîte, il fit un dernier pas en arrière et se retrouva au milieu d'une vaste salle emplie de murmures. Des gens allaient et venaient ; plusieurs personnes le regardèrent bouche bée, paralysées de stupeur. L'espace d'un instant, il ne put se situer dans l'espace, puis la mémoire lui revint – bref débordement d'amère nostalgie.

Il se trouvait à la bibliothèque du lycée, où il avait passé tant d'heures. Les livres, les jeunes gens au visage enjoué, les filles vêtues de couleurs gaies qui pouffaient, étudiaient, flirtaient... pas un de ces jeunes ne se doutait que la guerre approchait. Que la mort en masse allait venir et ne laisserait de la ville que des nuages de cendre.

Il se dirigea promptement vers la sortie, conscient du cercle de visages ébahis qu'il laissait derrière lui. Il était malaisé d'opérer l'échange quand l'entité passive était entourée ; la transformation abrupte d'un lycéen de seize ans en homme de trente et un ans à la silhouette imposante et à l'allure sévère était difficile à assimiler, même dans une société où l'on avait théoriquement connaissance des pouvoirs psioniques.

Théoriquement — car à cette époque un minimum de gens savaient que cela existait. Respect craintif et incrédulité étaient les principales émotions que suscitait le phénomène ; la vague d'espoir n'avait pas encore déferlé. Les pouvoirs psi ne relevaient encore que du miracle ; il faudrait encore des années pour que les gens commencent à comprendre qu'ils étaient à la disposition du public.

Il déboucha dans une rue animée de Chicago et héla un taxi. Le grondement des autobus et des voitures, le tourbillon d'immeubles, de gens et de panneaux de signalisation lui donna le vertige. Partout régnait l'activité : le quotidien banal et inoffensif de citoyens ordinaires, fort éloignés des projets mortifères qui se tramaient au plus haut niveau. Tous ces gens allaient être échangés contre une chimère : le prestige de la nation sur la scène internationale... Des vies humaines contre des fantômes métaphysiques. Il donna au chauffeur l'adresse de l'hôtel où Butterford avait établi ses quartiers et s'enfonça dans son siège pour se préparer à cette rencontre désormais habituelle.

Le reste fut affaire de routine. Il présenta ses papiers d'identité à un bataillon de gardes armés, subit la fouille et fut introduit dans la suite. Il attendit un quart d'heure dans une antichambre luxueuse, fumant, incapable de tenir en place — comme les autres fois. Pas moyen d'apporter des modifications à ce stade : s'ils le devaient, les changements interviendraient plus tard.

« Savez-vous qui je suis ? » entama-t-il carrément au moment où la petite tête soupçonneuse du général Butterford passait par la porte d'un bureau attenant. Il avança avec détermination, la boîte bien en main. « Ceci est ma douzième visite ; cette fois, il faudrait voir à ce qu'elle donne de meilleurs résultats. »

Les yeux profondément enfoncés de Butterford dansaient d'un air hostile derrière ses verres épais. « Vous êtes un de ces surhommes, piailla-t-il. Un de ces psioniques. » Il barrait la porte de son corps ratatiné sanglé dans son uniforme. « Eh bien ? Que voulez-vous ? Mon temps est précieux. »

Jack prit place devant le bureau du général, face à ses aides de camp. « Vous avez en mains le dossier concernant mon talent et mon passé. Vous êtes au courant de mon pouvoir. »

Butterford jeta un regard hostile au document en question. « Vous vous déplacez dans le temps. Et alors ? » Il plissa les yeux. « Comment cela, la douzième fois ? » Il s'empara d'une pile de rapports. « Je ne vous ai jamais vu. Dites ce que vous avez à dire et allez-vous-en. Je suis très occupé.

— J'ai un cadeau pour vous », dit Jack d'un ton résolu. Il posa la boîte sur le bureau, défit les attaches et exposa son contenu. « Ceci vous appartient — allez-y, sortez-moi tout ça et passez la main dessus. »

Butterford contempla les ossements d'un air révulsé. « De quoi s'agit-il, d'une espèce de démonstration pacifiste ? Vous autres psis, vous seriez-vous acoquinés avec les témoins de Jéhovah ? » Pleine d'irritation, sa voix monta dans l'aigu. « Espérez-vous faire pression sur moi ?

— Mais ce sont vos propres ossements, nom de nom ! » lui cria Jack en pleine figure. Il renversa la boîte, dont le contenu s'éparpilla sur le bureau et le plancher. « Touchez-les ! Cette guerre va vous coûter la vie, et à tous les autres aussi. Vous souffrirez et mourrez hideusement — ils vous auront aux armes bactériologiques dans un an et six jours. Vous vivrez juste assez longtemps pour voir la destruction totale de toute société organisée, et puis vous prendrez le même chemin que les autres ! »

Si Butterford avait été plus couard, cela lui aurait facilité la tâche. Pâle, d'une raideur de métal, le général gardait les yeux fixés sur les vestiges, pièces, photos et objets personnels piquetés de rouille. « J'ignore si je dois vous croire, dit-il finalement. Je n'ai jamais vraiment adhéré à ces histoires de pouvoirs psi.

— C'est parfaitement inexact, protesta violemment Jack. Il n'existe pas un seul gouvernement sur terre qui ne soit au courant de notre existence. Les Soviétiques et vous-mêmes essayez de nous récupérer depuis 1958, date à laquelle nous nous sommes montrés au grand jour. »

Butterford se retrouvait là en terrain connu. Ses yeux jetèrent des flammes. « Justement! Si vous, les psis, acceptiez de coopérer, ces ossements ne seraient pas là. » Il frappa sauvagement la pile blanchâtre disposée sur le bureau. « Vous venez me voir et vous rejetez toute la faute sur moi. Mais il ne faut vous en prendre qu'à vous-mêmes — vous refusez de vous atteler à la tâche. Comment pouvons-nous espérer nous sortir de cette guerre si chacun n'y met pas du sien ? » Il se pencha vers Jack et fixa sur lui un regard lourd de sens. « Vous dites que vous venez du futur. Dites-moi quel va être le comportement des psis pendant la guerre. Dites-moi quel rôle vous allez jouer.

— Aucun. »

Butterford se renversa en arrière d'un air triomphant. « Vous allez rester à l'écart sans rien faire ?

— Absolument.

— Et vous venez me faire des reproches, à moi ?

— Si nous devons contribuer, énonça soigneusement Jack, c'est au niveau gouvernemental, et non en tant que serviteurs embauchés pour la circonstance. Sinon, nous resterons à l'écart. Nous sommes à votre disposition, mais s'il dépend de nous que la guerre soit gagnée, nous voulons dire *comment* elle le sera. Ou s'il y en aura seulement une. » Il referma d'un coup sec le couvercle de la boîte. « Sinon, nous pourrions prendre peur, comme les scientifiques au milieu des années cinquante. Nous pourrions commencer à perdre notre propre enthousiasme... et devenir par là un grand risque pour la sécurité du pays. »

Une petite voix amère résonnait dans la tête de Jack. C'était un membre de la guilde télépathe, un psi de l'époque qui suivait la discussion depuis les bureaux de New York. « Bien dit.

Mais vous avez échoué. Vous ne savez pas vous y prendre... vous n'avez fait que défendre notre position. Vous n'avez même pas évoqué la possibilité de le faire revenir sur la sienne. »

Ce qui était vrai. À court d'arguments, Jack reprit : « Je ne suis pas revenu jusqu'ici pour définir la position de la Guilde – vous la connaissez déjà! Si je suis là, c'est pour vous exposer les faits. Je viens de 2017. La guerre est finie. Il n'y a que très peu de survivants. Tels sont les faits, voilà ce qui s'est réellement passé. Vous allez conseiller au Président de prouver qu'il n'y a que du bluff sous l'affaire de Java. » Il débitait ces mots d'un ton glacial. « Or, ce n'est *pas* du bluff. C'est l'annonce de la guerre totale. Vos recommandations sont erronées. »

Butterford se hérissa. « Vous voulez que nous baissions la tête? Que nous laissions les Russes s'emparer du monde libre? »

Douze fois il avait essayé, douze fois il s'était retrouvé dans la même impasse. Il n'avait rien accompli. « Entreriez-vous en guerre sachant que vous avez perdu d'avance?

— Nous nous battrons, déclara Butterford. Mieux vaut une guerre honorable qu'une paix dégradante.

— Il n'y a pas de guerre honorable. La guerre, c'est la mort, la barbarie et la destruction massive.

— Et la paix?

— La paix, c'est le développement de la Guilde. En cinquante ans, notre présence va altérer les idéologies des deux blocs. Nous sommes au-dessus de la guerre; nous sommes à cheval sur les deux mondes. Il y a des psis ici, il y en a en Russie; nous sommes de nulle part et de partout à la fois. Les savants auraient pu y arriver aussi, jadis. Mais ils ont préféré coopérer avec les gouvernements. Maintenant, tout dépend de nous. »

Butterford secoua la tête. « Non, rétorqua-t-il fermement. Pas question de nous laisser influencer par vous. C'est *nous* qui prenons les décisions... si vous devez agir, que ce soit en fonction de *nos* directives. Sinon, abstenez-vous. Restez en dehors.

— Nous resterons donc en dehors. »

Butterford bondit. « Traîtres! hurla-t-il comme Jack quittait le bureau. Vous n'avez pas le choix! Nous exigeons que vous mettiez vos pouvoirs à notre service ! Nous vous pourchasserons, nous vous aurons les uns après les autres. Vous devez coopérer – *tout le monde* doit coopérer. Il s'agit de la guerre totale ! »

La porte se referma et il se retrouva dans l'antichambre.

« Non, il n'y a aucun espoir, déclara tristement la voix dans sa tête. Je peux fournir la preuve que vous avez essayé douze fois. En plus, vous envisagez une treizième visite. Laissez tomber. L'ordre de repli a déjà été donné. Quand la guerre éclatera, nous serons à l'écart.

— Mais nous devrions apporter notre aide ! s'écria vainement Jack. Pas à la guerre, à *eux* ! Aux gens qui vont périr par millions.

— Impossible. Nous ne sommes pas des dieux. Seulement des hommes dotés de paratalents. Nous pouvons être utiles s'ils nous acceptent, s'ils nous laissent les aider. Mais nous ne pouvons pas les obliger à adopter notre point de vue. Ni imposer la Guilde de force si les gouvernements ne veulent pas de nous. »

Empoignant sa boîte en métal, Jack se dirigea d'un air hébété vers l'escalier et la rue. Vers la bibliothèque du lycée.

À l'heure du dîner, tandis qu'à l'extérieur de l'abri régnait la nuit noire, il affronta les autres survivants de la Guilde. « Et voilà où nous en sommes. À l'écart de la société – inactifs. Nous ne faisons pas de mal, nous ne sommes d'aucune aide. Nous sommes inutiles ! » Il frappa violemment du poing contre le bois vermoulu de la paroi. « Périphériques et inutiles ; et pendant que nous sommes assis là, les communautés se défont, ce qu'il reste du monde s'écroule. »

Impassible, Thelma plongea sa cuillère dans sa soupe. « Nous guérissons les malades, lisons l'avenir, donnons des conseils et accomplissons des miracles.

— Il y a des milliers d'années que nous faisons cela, répondit amèrement Jack. Les sibylles, les sorcières, juchées sur des collines désertes, loin des villes. Pourquoi ne pouvons-nous pas nous rendre utiles ? Pourquoi faut-il toujours que nous restions en dehors, nous qui comprenons ce qui se passe ? Pourquoi rester là à regarder des insensés aveugles conduire l'humanité à sa perte ? N'aurions-nous pas pu empêcher la guerre, les forcer à conclure la paix ?

— Mais nous ne voulons les forcer en rien, Jack, dit languissamment Porter. Tu le sais très bien. Nous ne sommes pas leurs maîtres. Nous voulons les aider, non les dominer. »

Ils continuèrent à manger dans un silence de mort. Puis Doris déclara : « Le problème, ce sont les gouvernements. Les politiciens sont jaloux de nous. » Elle sourit tristement à Jack, assis en face d'elle. « Ils savent bien que si nous avions le pouvoir, viendrait un temps où l'on n'aurait plus besoin d'hommes politiques. »

Thelma attaqua son assiette de haricots secs et de lapin grillé baignant dans un maigre jus. « Il n'y a guère de gouvernements de nos jours. Pas comme avant la guerre. On ne peut pas vraiment appeler gouvernement une poignée d'officiers réunis dans les bureaux administratifs des communautés.

— Ils prennent toutes les décisions, fit remarquer Porter. Ils ont l'initiative de la politique communautaire.

— Je connais une communauté dans le Nord, intervint Stephen, où les travailleurs ont abattu leurs officiers et pris la relève. Ils sont en train de s'éteindre. Ils auront disparu avant longtemps. »

Jack repoussa son assiette et se leva. « Je vais faire un tour sur la véranda. » Il sortit de la cuisine, traversa le salon désert et ouvrit la porte blindée. Le vent froid du soir vint tourbillonner autour de lui ; il se dirigea à tâtons vers la balustrade et s'arrêta, les mains dans les poches, regardant sans le voir le champ vide qui s'étendait sous ses yeux.

La petite flotte de voitures rouillées n'était plus là. Rien ne bougeait hormis les arbres recroquevillés qui bordaient la route, bruissement sec dans le vent perpétuel de la nuit. Quel spectacle déprimant ! Dans le ciel, quelques étoiles brillaient par intermittence. Au loin, un animal fonçait sur sa proie ; un chien sauvage, ou peut-être un quasi-humain des caves en ruine de Chicago.

Au bout d'un moment, Doris surgit derrière lui. Sans un

mot, elle vint se tenir à ses côtés, mince forme noire dans l'obscurité, les bras croisés pour se protéger du froid. « Tu ne vas pas tenter encore une fois ta chance ? demanda-t-elle tout doucement.

— Douze tentatives m'ont suffi. Je... je n'arrive pas à le faire changer d'avis. Je n'en ai pas la capacité. Je ne suis pas assez adroit. » Jack ouvrit ses grandes mains, l'air impuissant. « C'est un malin. Dans le genre de Thelma... un type maigre comme un clou, un véritable moulin à paroles. J'y retourne sans cesse — et je ne peux rien faire. »

Doris lui toucha mélancoliquement le bras. « Comment est-ce, là-bas ? Je n'ai jamais vu les villes pleines d'animation d'avant la guerre. Comme tu le sais, je suis née dans un camp.

— Ça te plairait. Il y a des gens qui rient et qui s'affairent. Des voitures, des panneaux, partout de la vie. Moi, ça me rend fou. Si seulement je pouvais ne pas les voir. Si seulement je pouvais faire un pas d'ici à là-bas. » Il désigna les arbres tordus. « Dix pas à partir de ces arbres et tu y es. Et pourtant, tout cela a disparu à jamais... même pour moi. Viendra un jour où je ne pourrai plus franchir le pas, moi non plus, comme vous tous. »

Doris n'arrivait pas à comprendre. « Comme c'est étrange, murmura-t-elle. Je suis capable de soulever n'importe quoi en ce monde, mais je ne peux pas m'emporter en arrière, comme toi tu sais le faire. » Ses mains se mirent à voleter ; quelque chose heurta la balustrade dans le noir et elle se baissa pour le ramasser. « Tu vois ce joli petit oiseau ? Il n'est pas mort, seulement étourdi. » Elle le lança en l'air et il réussit tant bien que mal à regagner les buissons. « J'ai appris à ne pas les tuer. »

Jack s'énerva. « Et voilà ce que nous faisons de nos talents. Des tours de passe-passe, des amusements. Rien de plus.

— Ce n'est pas vrai ! objecta Doris. Aujourd'hui, quand je me suis levée, il y avait un tas d'incrédules. Stephen a intercepté leurs pensées et m'a envoyée dehors. » La fierté perçait dans sa voix. « J'ai amené une source souterraine à la surface — elle a jailli de partout à la fois et les a tous trempés jusqu'aux os avant que je la renvoie d'où elle venait. Crois-moi, ils ont été convaincus.

— As-tu jamais pensé que tu pouvais leur permettre de reconstruire leurs villes ?

— Ils ne *souhaitent pas* reconstruire leurs villes.

— C'est qu'ils ne pensent pas en être capables. Ils ont abandonné l'idée. Le concept s'est perdu. » Il se mit à ruminer d'un air sombre. « Il y a trop de millions de kilomètres de cendre et trop peu de gens. Ils n'ont même pas essayé d'unifier les communautés.

— Ils ont la radio, fit remarquer Doris. Ils peuvent se parler s'ils le désirent.

— S'ils s'en servent, ce sera à nouveau la guerre. Ils savent bien qu'il reste quelques noyaux de fanatiques qui seraient heureux de recommencer si on leur en donnait l'occasion. Ils préféreraient tomber dans la barbarie que déclencher une chose pareille. » Il cracha dans les buissons envahis par les mauvaises herbes qui poussaient sous la véranda. « On ne peut pas leur en vouloir.

— Nous, si nous contrôlions les communautés, nous ne déclencherions pas la guerre, dit pensivement Doris. Nous les unifierions sur une base pacifiste.

— Tu joues dans les deux camps à la fois, fit Jack, irrité. Il y a une minute tu faisais des miracles — d'où te vient cette nouvelle idée ? »

Doris hésita. « Eh bien, je ne faisais que la relayer, en fait. C'est Stephen qui l'a exprimée, en parole ou en pensée. Je n'ai fait que la prononcer à voix haute.

— Et ça te plaît d'être le porte-voix de Stephen ? »

Doris s'affola. « Mon Dieu, Jack... il peut te sonder. Ne dis pas des choses pareilles ! »

Jack s'éloigna d'elle et descendit les marches de la véranda. Il traversa d'un pas rapide le champ silencieux, plongé dans l'ombre, laissant l'abri derrière lui. La jeune fille se rua sur ses talons.

« Ne t'en va pas, haleta-t-elle. Stephen n'est qu'un enfant. Il n'est pas comme toi, adulte et fort. Il est immature. »

Jack leva la tête vers le ciel d'un noir d'encre et éclata de rire. « Quelle idiote ! Est-ce que tu connais mon âge ?

— Non, et je ne veux pas que tu me le dises. Je sais que tu es plus vieux que moi. Tu as toujours été là ; je me souviens de t'avoir vu quand j'étais petite. Tu as toujours été grand, fort et blond. » Elle eut un petit rire nerveux. « Bien sûr, il y a tous les autres... toutes ces personnes différentes, vieilles et jeunes. Je ne comprends pas très bien, mais je suppose qu'elles sont toutes toi. Des *toi* différents le long de ta ligne temporelle.

— C'est exact, dit Jack, tendu. Elles sont toutes moi.

— Celle d'aujourd'hui, quand tu as fait l'échange dans la cave, tu sais, quand je dormais... » Doris saisit son bras et lui entoura le poignet de ses doigts glacés. « Un gamin, avec des livres sous le bras, un pull vert et un pantalon marron.

— Seize ans, marmonna Jack.

— Qu'il était mignon ! Tout timide, tout troublé. Plus jeune que moi. Nous sommes allés en haut et il a vu la foule ; c'est là que Stephen m'a appelée pour aller faire un miracle. Il y prenait... je veux dire, *tu* y prenais tant d'intérêt ! Porter l'a fait marcher. Il n'a pas de mauvaises intentions — tout ce qu'il aime, c'est manger et dormir. Il n'est pas méchant. Stephen aussi l'a fait marcher. Je ne crois pas qu'il lui ait beaucoup plu.

— Tu veux dire que *je* ne lui ai pas beaucoup plu.

— Je... je pense que tu nous comprends. Dans une certaine mesure, nous nous demandons tous pourquoi tu repars sans cesse en arrière, pourquoi tu t'évertues à vouloir raccommoder le passé. C'est du passé, Jack ! Pour toi peut-être pas... mais je t'assure que c'est du passé. Tu ne peux *pas* le modifier ; la guerre est arrivée, tout est en ruine, il ne reste que des bribes d'avant. Tu l'as dit toi-même : *pourquoi sommes-nous en dehors ?* Nous pourrions si facilement être à l'intérieur. » Sa voix vibrait d'excitation enfantine ; impatiente, emportée par le flot de ses paroles, elle se pressa contre lui. « Oublie le passé... travaillons au présent ! Tout est là : les gens, les objets. Chamboulons tout. On n'a qu'à ramasser les choses et les mettre ailleurs. » Elle souleva un bouquet d'arbres qui se trouvait à un kilomètre de là ; le faîte d'une colline se détacha brusquement, s'éleva dans les airs, puis se volatilisa avec un grondement de tonnerre. « On peut mettre les choses en pièces et les reconstruire après !

— J'ai soixante et onze ans, dit Jack. Il n'y aura pas de reconstitution pour moi. Et j'en ai assez de me pencher sur le passé. Je n'y retournerai pas. Vous pouvez tous vous réjouir... j'en ai terminé avec ça. »

Elle s'accrocha farouchement à ses vêtements. « Alors, c'est à nous de jouer ! »

S'il avait eu le talent de Porter, il aurait pu voir au-delà de sa propre mort. À un moment donné, Porter verrait son propre cadavre étendu tout raide, il verrait son propre enterrement, il continuerait de vivre mois après mois tandis que son corps replet pourrirait sous terre. Le contentement bovin de Porter se concevait chez un homme qui pouvait voir l'avenir... Jack se tordit sous les assauts de l'angoisse qui fusait en lui. Une fois que le mourant de l'hôpital militaire aurait atteint l'inévitable dernier jour de son existence, que se passerait-il ? Que se passait-il déjà, ici, parmi les survivants de la Guilde ?

La jeune fille continuait de babiller. C'était ce qu'il avait suggéré : travailler sur des matériaux réels, sans tours de magie ni miracles. Pour elle, les possibilités d'action sociale prenaient vie. Ils ne tenaient pas en place, tous autant qu'ils étaient, excepté peut-être Porter. Las de leur inactivité. Irrités au spectacle de ces officiers anachroniques qui maintenaient les communautés en vie, ces vestiges d'une catégorie d'incompétents appartenant au passé qui avaient fait la preuve de leur inaptitude à gouverner en conduisant leur bloc à la destruction quasi totale.

Un gouvernement constitué par la Guilde ne pourrait être pire que cela.

Mais était-ce bien sûr ? Quelque chose avait survécu à la domination des politiciens avides de pouvoir, des charmeurs professionnels recrutés dans les salles municipales enfumées et les cabinets juridiques de troisième zone. Si le gouvernement psionique venait à échouer, si survenait l'équivalent des luttes entre nations, il se pouvait que rien n'y survive. Le pouvoir collectif de la Guilde s'étendait à tous les aspects de l'existence pour la première fois, une véritable société totalitaire pourrait apparaître. Sous la férule de télépathes, de précogs, de guérisseurs ayant le pouvoir d'animer la matière inorganique et d flétrir la matière vivante, quel être normalement constitué pourrait survivre ?

Contre la Guilde, il n'y aurait aucun recours. Contrôlé par des organisateurs psioniques, l'homme serait totalement désarmé. Il ne faudrait pas longtemps avant qu'on se demande sérieusement si l'on devait laisser vivre les non-psis, au nom d'une plus grande efficacité, de l'élimination des éléments inutiles. Un gouvernement de super-compétents pouvait s'avérer pire qu'un gouvernement d'incompétents.

« Pire pour qui ? » Les pensées claires et stridentes de Stephen s'insinuèrent dans son esprit. Glaciales, pleines d'assurance, parfaitement dépourvues de doute. « Tu vois bien qu'ils sont en train de s'éteindre. Le problème n'est pas que nous ayons ou non à les éliminer, mais de savoir combien de temps nous allons les maintenir artificiellement en vie. Nous sommes à la tête d'un zoo, Jack. Nous préservons des représentants d'une espèce en voie de disparition. Et la cage est trop grande... elle contient le monde entier. Donne-leur de l'espace, si tu veux, mais moins. Un sous-continent, par exemple. Nous, nous méritons de prendre le reste pour notre usage personnel. »

Porter était occupé à puiser dans son plat de riz au lait. Il ne cessa même pas de manger lorsque Stephen commença à crier. Ce ne fut qu'au moment où Thelma lui arracha de force sa cuillère qu'il renonça, et reporta son attention sur ce qui se passait autour de lui.

Porter ne connaissait pas la surprise ; six mois plus tôt il avait examiné la scène, y avait réfléchi, et était passé à des événements encore plus éloignés dans l'avenir. Il recula sa chaise de mauvaise grâce et redressa péniblement son corps pesant.

« Il va me tuer ! gémissait Stephen. Pourquoi ne me l'as-tu pas dit ? cria-t-il à l'adresse de Porter. Vous savez — il vient me tuer !

— Pour l'amour de Dieu, glapit Thelma à l'oreille de Porter, est-ce vrai ? Fais quelque chose ! Arrête-le si tu es un homme. »

Comme Porter préparait sa réponse, Jack pénétra dans la cuisine. Les plaintes perçantes de Stephen se firent frénétiques.

Doris suivait sur ses talons, les yeux exorbités ; au beau milieu de cette soudaine explosion de panique, elle avait complètement oublié son talent. Un rictus scandalisé sur ses traits parcheminés, Thelma courait en rond autour de la table, s'interposant entre Jack et le jeune homme, écartant ses bras décharnés.

« Je le vois ! hurlait Stephen. Je le vois dans son esprit. Il va me tuer parce qu'il sait que je veux... » Il s'interrompit. « Il ne veut pas que nous agissions. Il veut que nous restions ici dans ce tas de ruines à faire des tours de magie pour les gens. » La colère perça sous la terreur. « Je refuse ! J'en ai assez de faire des tours de transmission de pensée. Et maintenant, il veut nous tuer tous ! Il veut nous voir tous morts ! »

Porter se rassit sur sa chaise et récupéra sa cuillère. Il attira son assiette sous son menton ; les yeux rivés sur Jack et Stephen, il se remit lentement à manger.

« Je suis désolé, dit Jack. Tu n'aurais pas dû me révéler tes pensées. Je n'aurais pas su les lire. Tu aurais très bien pu les garder pour toi. » Il fit un pas en avant.

Thelma l'agrippa de toutes ses petites griffes décharnées et s'accrocha fermement à lui. Plaintes et torrents de paroles s'enflèrent jusqu'à l'hystérie ; Porter grimaça, ce qui fit trembloter sa cascade de doubles mentons. Impassible, il regarda Jack et la vieille femme s'empoigner. Derrière eux, Stephen était paralysé de terreur enfantine ; il avait le visage cireux et son corps juvénile était pétrifié.

Doris s'avança ; Porter cessa de manger. Une sorte de tension s'empara de lui ; mais c'était une certitude qui lui faisait oublier sa nourriture, et non un doute, une interrogation. Le fait de savoir ce qui allait arriver n'enlevait rien au caractère impressionnant de la situation. Il ne pouvait pas être surpris... mais il pouvait être dégrisé.

« Laisse-le tranquille, s'égosilla Doris. Ce n'est qu'un enfant. Va t'asseoir et tiens-toi tranquille. » Elle lui entoura la taille ; les deux femmes avançaient et reculaient tour à tour en essayant de contenir son grand corps musculeux. « Arrête ! Laisse-le ! »

Jack se libéra de leur étreinte. Il tituba, essaya de retrouver son équilibre. Les femmes frémirent et lui tombèrent dessus comme deux oiseaux furieux ; il se retourna, tendit le bras pour les repousser...

« Ne regardez pas », fit brusquement Porter.

Doris se tourna vers lui et, comme prévu, ne vit rien. Mais Thelma, elle, vit ; tout à coup sa voix s'éteignit. Stephen s'étrangla, horrifié, puis poussa un cri aigu exprimant son désarroi.

Il leur était déjà arrivé une fois de voir la dernière entité-Jack sur sa ligne temporelle. Un vieil homme qui leur était brièvement apparu un soir, tandis que l'entité plus jeune inspectait l'hôpital militaire afin d'analyser ses ressources. Le Jack de trente ans était aussitôt revenu, content de savoir que le mourant recevrait le meilleur traitement possible. Pendant un court instant, ils avaient contemplé ses traits tirés par la fièvre. Mais cette fois-ci, les yeux n'étaient pas brillants. C'étaient des yeux ternes de chose morte qui fixaient sur eux un regard vide tant que la silhouette tassée sur elle-même tenait encore debout.

Au moment où elle tomba en avant, Thelma essaya vainement de la rattraper. Comme un sac de farine, elle s'effondra sur la table, éparpillant les tasses et les couverts. La chose était vêtue d'une blouse bleu fané, nouée à la taille. Ses pieds d'un blanc laiteux étaient nus. Elle dégageait une odeur nauséabonde caractéristique de l'hôpital, de la vieillesse, de la maladie et de la mort.

« C'est vous qui êtes responsables, dit Porter. Toutes les deux, mais surtout toi, Doris. Enfin, de toute façon, ce serait arrivé d'ici quelques jours. » Puis il ajouta : « Jack est mort. Il va falloir l'enterrer, à moins que l'un d'entre vous ne pense pouvoir le ramener à la vie. »

Thelma s'essuyait les yeux. Les larmes inondaient ses joues flétries et lui coulaient dans la bouche. « C'est de ma faute. J'ai voulu le détruire. Ce sont mes mains. » Elle éleva ses doigts crochus. « Il ne m'a jamais fait confiance ; il ne m'a jamais laissée m'occuper de lui. Et il a eu raison.

— Je suis coupable aussi, murmura Doris, encore sous le choc. Porter dit vrai. Je voulais qu'il s'en aille.... C'est la première fois que je déplace quelque chose dans le temps.

— Et la dernière, commenta Porter. Il ne laisse aucun descendant. Il a été le premier à savoir se déplacer dans le temps. C'était un talent unique. »

Stephen se remettait lentement; toujours pâle et secoué, il ne quittait pas des yeux la forme recroquevillée, étalée sur la table dans sa chemise de nuit élimée. « Enfin, marmonna-t-il, comme ça personne n'ira plus se mêler du passé.

— Tu peux sans doute lire en moi, fit Thelma d'une voix dure. Vois-tu ce que je suis en train de penser?

— Oui, répondit Stephen en clignant des yeux.

— Alors, écoute bien. Je vais le formuler à voix haute de manière que chacun l'entende. »

Stephen hocha la tête sans répondre. Il lança des regards affolés dans tous les coins de la pièce, mais ne bougea pas.

« La Guilde ne compte plus que quatre membres, commença Thelma d'une voix basse, atone, totalement dénuée d'expression. Certains d'entre nous souhaitent partir d'ici, rejoindre les communautés. Certains d'entre nous pensent que le moment est bien choisi pour nous imposer à elles, que leurs membres soient ou non d'accord. »

Stephen acquiesça.

« Je dis, moi, poursuivit Thelma en examinant ses vieilles mains toutes racornies, que si l'un de vous essaie de partir, je ferai ce que Jack a essayé de faire. » Elle réfléchit un instant. « Mais j'ignore si j'en suis capable. Il se peut que j'échoue aussi.

— En effet », fit Stephen. Sa voix d'abord tremblante retrouva de l'assurance. « Tu n'es pas assez forte. Il y a quelqu'un ici qui a beaucoup plus de force que toi. Elle, elle peut te soulever de terre et te déposer n'importe où. De l'autre côté de la planète... sur la Lune... au beau milieu de l'océan. »

Doris émit un faible son étranglé. « Mais je...

— C'est exact, admit Thelma. Mais je me trouve à un mètre d'elle. Si je la touche, elle se videra de son énergie vitale. » Elle scruta le visage lisse et empreint de frayeur de la jeune fille. « Cela dit, tu as raison. La suite des événements ne dépend pas de moi, mais de ce que Doris voudra faire. »

Celle-ci avait le souffle rapide et rauque. « Je n'en sais rien, dit-elle d'une toute petite voix. Je ne veux pas rester éternellement ici, dans ce tas de ruines, à ne faire que... des tours de magie. Mais Jack a toujours dit que nous ne devions pas forcer les communautés à nous accepter. » Sa voix se fit hésitante. « Toute ma vie, aussi loin que je me souvienne, même quand j'étais petite fille, Jack était toujours à répéter que nous ne devions pas les forcer. S'ils ne voulaient pas de nous...

— Elle ne va pas te déplacer *maintenant*, dit Stephen à Thelma, mais tôt ou tard, elle t'éloignera, une nuit, quand tu dormiras. Quand elle prendra une décision. » Avec un morne sourire, il ajouta : « N'oublie pas que je peux lui parler en silence, directement d'esprit à esprit. Quand ça me chante.

— Tu le feras ? » demanda Thelma à la jeune fille.

Doris bredouilla lamentablement. « Je... je ne sais pas. Vous croyez ?... Peut-être. C'est tellement... invraisemblable. »

Porter se redressa sur sa chaise, s'appuya contre le dossier et éructa bruyamment. « C'est drôle de vous entendre faire des conjectures, déclara-t-il. En réalité, tu ne toucheras pas un cheveu de Thelma. » S'adressant à la vieille femme, il ajouta : « Il n'y a pas de raison de s'en faire. Ce que je vois, c'est que cette impasse va se prolonger. Nos quatre forces s'équilibrent — nous resterons où nous sommes. »

Thelma s'affaissa. « Stephen a peut-être raison, après tout. S'il faut rester ici à vivre de cette manière, à ne faire que...

— Nous allons rester ici, reprit Porter, mais nous ne vivrons plus comme avant.

— Que veux-tu dire ? demanda Thelma. Comment vivrons-nous ? Que va-t-il se passer ?

— Tu es difficile à sonder, dit Stephen à Porter d'un ton boudeur. Ce sont des choses que tu as vues, pas des choses que tu es en train de penser. Les gouvernements des communautés auraient-ils changé d'avis ? Est-ce qu'ils vont enfin nous appeler ?

— Non, les gouvernements ne nous convoqueront pas, répliqua Porter. Jamais nous ne serons invités à nous rendre à Washington ou à Moscou. Il nous a toujours fallu attendre en marge. » Il leva les yeux et conclut d'un air énigmatique : « Mais notre attente va bientôt prendre fin. »

C'était le petit matin. Dans sa vieille camionnette toute bringuebalante, Ed Garby prit place dans la file de voitures de surface qui attendaient de quitter la communauté. Le soleil dardait par intermittence une lumière froide sur les cubes de béton qui composaient les locaux de la communauté; le temps allait être couvert, exactement comme la veille. Néanmoins, il y avait déjà un embouteillage devant le poste de garde.

« Il y en a beaucoup ce matin, murmura sa femme. Ils ne veulent pas attendre plus longtemps que la cendre se dissipe. »

Ed prit son laissez-passer dans la poche maculée de sueur de sa chemise. « Cette sortie est un goulet d'étranglement, murmura-t-il d'un ton vindicatif. Qu'est-ce qu'ils font, là-bas ? Ils rentrent dans les voitures ? »

Contrairement aux autres jours, il y avait quatre gardes. Une escadrille de soldats en armes allaient et venaient entre les voitures à l'arrêt en jetant des regards soupçonneux et en murmurant entre eux, rapportant tout par l'intermédiaire de leurs micros laryngiens aux officiers de la communauté restés sous la surface. Un gros camion rempli d'ouvriers sortit tout à coup de la file et emprunta une voie latérale. Rugissant et crachant des nuages de gaz d'échappement écœurants, il fit un tour complet et, laissant derrière lui le poste de garde, reprit péniblement le chemin de la communauté. Mal à l'aise, Ed le regarda procéder.

« Mais qu'est-ce qui lui prend de faire demi-tour ? » La peur l'étreignit. « Ils nous barrent le passage !

— Mais non, dit tranquillement Barbara. Regarde : ils ont laissé passer une voiture. »

Une vieille voiture de sport datant de la guerre se faufilait précautionneusement par le portail et s'engageait sur la plaine jouxtant la communauté. Une deuxième suivit et les deux véhicules accélérèrent pour gravir la longue crête basse qui se prolongeait par le premier bosquet.

Un avertisseur retentit derrière Ed. Il fit nerveusement avancer sa voiture. Sur les genoux de Barbara, le bébé gémit d'un ton angoissé ; elle resserra autour de lui la couverture de coton toute rapiécée et remonta la vitre. « Quelle horrible journée ! Si nous n'étions pas obligés de sortir... » Elle s'interrompit. « Voilà les gardes. Prépare le laissez-passer. »

Ed salua les soldats avec appréhension. « Bonjour. »

L'un des gardes s'empara sèchement du morceau de papier, l'examina, le tamponna et le rangea dans un carnet à reliure métallique. « Préparez tous votre pouce pour la prise d'empreinte digitale », ordonna-t-il. On leur passa un tampon suintant d'encre. « Y compris le bébé. »

Ed n'en revenait pas. « Mais pourquoi ? Qu'est-ce qui se passe, nom de nom ? »

Les jumeaux avaient si peur qu'ils en étaient paralysés. Hébétés, ils laissèrent les gardes prendre leur empreinte. Ed protesta faiblement lorsqu'ils lui appuyèrent le pouce sur le tampon encreur. Alors l'homme lui saisit le poignet et le tira violemment. Tandis que les gardes faisaient le tour de la camionnette pour aller s'occuper de Barbara, le chef de section posa sa botte sur le marchepied et s'adressa brièvement à Ed.

« Vous êtes cinq. De la même famille ? »

Ed hocha la tête sans rien dire. Puis il déclara : « Ouais, c'est ma famille.

— Au complet ? Il y a d'autres membres ?

— Non. Rien que nous cinq. »

Les yeux sombres du garde se firent perçants. « Quand comptez-vous rentrer ?

— Ce soir. » Ed désigna le carnet où l'autre avait rangé son laissez-passer. « C'est écrit là : avant six heures.

— Si vous passez ce portail, reprit le garde, vous ne pouvez plus rentrer. Désormais, il ne marche plus que dans un sens.

— Depuis quand ? chuchota Barbara dont le visage était couleur de cendre.

— Depuis hier soir. C'est à vous de voir. Allez-y, sortez, faites ce que vous avez à faire, consultez votre devin. Mais ne revenez pas. » Le garde indiqua la route latérale. « Si vous voulez faire demi-tour, cette route vous amènera à la bretelle qui redescend. Suivez le camion – il rebrousse chemin. »

Ed humecta ses lèvres sèches. « Impossible. Ma petite fille...

elle a un cancer des os. La vieille a commencé à la soigner, mais elle n'est pas encore rétablie. Elle dit qu'elle peut achever de la guérir aujourd'hui. »

Le garde consulta un registre écorné. « Service 9, niveau 6. Descendez-y et ils soigneront votre gosse. Les toubibs ont tout ce qu'il faut. » Il referma le livre et recula d'un pas ; c'était un homme solidement charpenté au visage rougeaud tout hérissé de barbe. « On se décide, mon vieux. Dans un sens ou dans l'autre. Comme vous voudrez. »

Ed fit machinalement avancer son véhicule. « Ils ont dû prendre une décision, marmonna-t-il, hébété. Trop de gens sortent. Ils veulent nous faire peur... ils savent bien qu'on ne peut pas vivre là-bas. On y mourrait ! »

Barbara serra doucement le bébé contre elle. « Ici aussi on finira par mourir.

— Mais il n'y a que des ruines dehors !
— Et eux, ils y sont bien ! »

Ed s'étrangla d'impuissance. « Nous ne pourrons pas rentrer — et si nous étions en train de nous tromper ? »

Devant eux, le camion virait vers la voie de dégagement. Une main sortit par la vitre et fit un signe indéchiffrable ; tout à coup, le conducteur retira sa main et repartit tant bien que mal vers le portail de sortie. Suivit un moment de confusion. Le camion ralentit et faillit s'arrêter. Ed écrasa la pédale de frein, jura et passa en première. À ce moment-là, le camion reprit de la vitesse. Il passa le portail en grondant et se mit à rouler sur la terre stérile. Sans réfléchir, Ed s'engagea derrière lui. Un courant d'air glacial et chargé de cendre s'engouffra dans la voiture tandis qu'il prenait de la vitesse et rattrapait le camion. Lorsqu'il fut arrivé à sa hauteur, il se pencha au-dehors et cria : « Où allez-vous ? Ils ne vous laisseront pas rentrer ! »

Le conducteur, un petit homme maigre, chauve et osseux, s'emporta : « Et alors ? De toute façon je ne *veux* pas rentrer... j'ai avec moi tout ce qu'il faut pour manger et dormir – tout ce que je possède. Qu'ils essaient un peu de me faire rentrer ! » Il appuya à fond sur l'accélérateur et distança Ed.

« Ça y est, laissa tomber Barbara. C'est fait. Nous sommes à l'extérieur.

— Ouais, acquiesça Ed d'une voix mal assurée. On y est. Un mètre ou mille kilomètres — c'est du pareil au même. » Saisi de panique, il se tourna brusquement vers sa femme. « Et s'ils ne voulaient pas nous prendre avec eux ? Je veux dire, si on arrive là-bas et qu'ils ne veulent pas de nous ? Tout ce qu'ils ont, c'est cette espèce de vieil abri de guerre à moitié démoli. Il n'y a de la place pour personne... et regarde un peu derrière nous. »

Une file de véhicules rouillés passait le portail et s'engageait d'une allure indécise sur la plaine desséchée. Quelques-uns se détachaient et faisaient prestement demi-tour ; une voiture s'arrêta sur le bord de la route et ses passagers se lancèrent dans une violente dispute.

« Ils nous prendront avec eux, dit Barbara. Ils veulent nous aider... ils ont toujours voulu nous aider.

— Mais s'ils ne peuvent pas ?

— Je crois qu'ils peuvent. Ils ont un grand pouvoir, si on sait demander. Ils ne pourraient pas venir à nous, mais nous, nous pouvons aller à eux. Nous avons été trop longtemps tenus à l'écart. Séparés pendant trop d'années. Si le gouvernement refuse de les accepter, alors il nous faut sortir.

— Peut-on vivre, à l'extérieur ? demanda Ed d'une voix rauque.

— Oui. »

Derrière eux, un avertissement résonnait joyeusement. Ed accéléra. « C'est un véritable exode. Regarde-les arriver en masse. Je me demande s'il va en rester à l'intérieur.

— Beaucoup, répondit Barbara. Tous les grands pontes. » Elle rit à en perdre haleine. « Ils réussiront sans doute à déclencher une autre guerre. Ça les occupera pendant que nous, nous serons ailleurs. »

Au service du maître

Applequist coupait à travers une zone déserte par un sentier longeant la bouche béante d'un ravin, lorsqu'il entendit la voix.

Il se figea, la main posée sur son pistolet-S. Longtemps il prêta l'oreille, mais n'entendit que le tournoiement lointain du vent dans les arbres morts qui bordaient la crête, murmure caverneux se mêlant au bruissement des herbes sèches à ses pieds. Le bruit était venu du ravin, dont le fond était encombré de plantes enchevêtrées et de gravats. Il s'accroupit au bord du précipice et tenta de localiser la voix.

Pas le moindre mouvement, rien qui permette de déterminer son origine. Ses jambes commençaient à lui faire mal. Les mouches bourdonnaient tout autour de lui et venaient se poser sur son front en sueur. Le soleil lui tapait sur le crâne ; les nuages de poussière s'étaient raréfiés, ces derniers mois.

Sa montre antiradiations lui apprit qu'il était trois heures. Il haussa les épaules et se redressa avec raideur. Après tout, tant pis. Qu'ils montent une expédition armée s'ils voulaient. Ce n'était pas son problème ; lui, il était courrier grade quatre, et civil en plus.

Comme il gravissait la colline en direction de la route, le bruit se fit à nouveau entendre. Mais cette fois-ci, Applequist surplombait le ravin, ce qui lui permit de surprendre un léger mouvement. Une vague de frayeur et d'incrédulité l'effleura.

C'était impossible... et pourtant, il l'avait vu de ses yeux. Ainsi ce n'était pas une rumeur de couloir.

Que pouvait bien faire un robot au fin fond de ce ravin désert ? Ils avaient tous été détruits des années auparavant, non ? Pourtant, il était bel et bien là, au milieu des débris et des herbes folles, avec sa carcasse à demi rongée par la rouille, à lui lancer son faible appel en le voyant passer sur le chemin.

Une fois franchie l'enceinte défensive de la Compagnie, il se retrouva dans le triple sas qui débouchait dans la zone des tunnels. Plongé dans ses pensées, il descendit lentement jusqu'au niveau Organisation. Il défaisait son paquetage de courrier quand l'assistant superviseur Jenkins arriva d'un pas pressé.

« Où étiez-vous donc passé ? Il est presque quatre heures.

— Je suis désolé. » Applequist remit son pistolet-S entre les mains d'un garde qui se trouvait là. « Vous croyez que je pourrais obtenir un laissez-passer de cinq heures ? Il y a une chose que je voudrais aller voir de plus près.

— Vous n'avez pas l'ombre d'une chance. Vous savez bien qu'ils sont en train d'abandonner l'aile droite. Tout le monde est sur le pied de guerre vingt-quatre heures sur vingt-quatre. »

Applequist entreprit de trier ses lettres. C'étaient pour la plupart des communications personnelles entre superviseurs haut placés appartenant aux Compagnies nord-américaines. Lettres adressées à des femmes légères résidant hors de la périphérie de la Compagnie. Lettres destinées aux familles, requêtes émanant d'officiels de moindre importance. « Dans ce cas, dit-il d'un air pensif, il va falloir que je passe outre. »

Jenkins fixa sur le jeune homme un regard soupçonneux. « Que se passe-t-il ? Vous avez peut-être découvert du matériel intact datant de la guerre ? Une cachette épargnée enterrée quelque part, c'est ça ? »

À ce moment-là, Applequist faillit tout lui dire. Mais il se ravisa. « Peut-être, en effet, répondit-il d'un ton indifférent. C'est bien possible. »

Jenkins lui décocha un rictus haineux et alla enrouler les rideaux qui obstruaient l'entrée de la salle d'observation.

Devant l'immense carte murale, des officiels passaient en revue le programme de la journée. Une demi-douzaine d'hommes d'âge mûr au col souillé, chauves pour la plupart, étaient vautrés dans les fauteuils. Dans un coin, le superviseur Rudde dormait profondément, ses jambes grasses étendues devant lui ; sa chemise ouverte laissait entrevoir sa poitrine velue. C'étaient là les hommes qui dirigeaient la Compagnie de Detroit. Dix mille familles, la totalité de l'abri-habitation souterrain dépendait d'eux.

« Qu'est-ce qui vous prend ? » gronda une voix à ses oreilles. Le directeur Laws venait d'arriver et, comme toujours, il l'avait pris au dépourvu.

« Rien, monsieur », répondit Applequist. Mais les yeux vifs, d'un bleu de porcelaine, l'avaient percé à jour. « La fatigue habituelle. J'ai une tension artérielle élevée. J'avais bien l'intention de prendre une partie de mes congés, mais il y a tant de travail...

— N'essayez pas de me tromper. On n'a pas tant besoin de courriers de quatrième classe. Où voulez-vous en venir, au juste ?

— Monsieur, lâcha Applequist, pourquoi a-t-on détruit les robots ? » Il y eut un silence. Le visage massif de Laws exprima la surprise, puis l'hostilité. Applequist s'empressa de poursuivre avant que l'autre puisse répondre : « Je sais bien que ma classe n'a pas le droit de poser des questions théoriques. Mais il est très important que je sache.

— Ce sujet est prohibé, gronda Laws, menaçant. Même pour le personnel supérieur.

— Quel rôle ont joué les robots pendant la guerre ? Pourquoi y a-t-il eu la guerre ? Comment vivait-on avant ?

— Sujet prohibé », répéta Laws. Il se dirigea lentement vers la carte murale, et Applequist resta planté tout seul au milieu des machines cliquetantes, environné par les murmures des officiels et des bureaucrates.

Il se remit machinalement à son tri. Il y avait eu la guerre, et les robots n'y étaient pas étrangers. Cela au moins, il le savait. Quelques-uns avaient survécu ; lorsqu'il était encore enfant, son père l'avait emmené dans un centre industriel, et là il les avait vus travailler sur leurs machines. Jadis, il y en avait de plus complexes. Mais ils avaient complètement disparu ; même les robots les plus simples étaient alors sur le point d'être mis au rebut. On n'en fabriquait plus un seul.

« *Qu'est-il arrivé ?* avait-il demandé à son père qui l'entraînait au-dehors. Où sont passés tous les robots ? »

Mais là non plus, il n'avait pas obtenu de réponse. Seize années s'étaient écoulées et les robots avaient tous été envoyés à la casse. Leur souvenir même s'évanouissait ; encore quelques années et le mot n'aurait plus cours. *Les robots.* Qu'était-il donc advenu d'eux ?

Il acheva de trier les lettres et quitta la salle. Pas un seul superviseur ne lui prêta attention ; tous étaient absorbés par une discussion savante portant sur un point de stratégie. Manœuvres et contre-attaques entre Compagnies. Tension, échanges d'insultes. Il trouva dans sa poche une cigarette tout écrasée et l'alluma d'une main malhabile.

« Service du dîner, annonça le haut-parleur du couloir de sa voix métallique. Pause d'une heure pour le personnel supérieur. »

Une file de superviseurs le dépassa bruyamment. Applequist écrasa sa cigarette et se dirigea vers ses quartiers. Il travailla jusqu'à six heures. Puis vint son tour de dîner. Plus de pause jusqu'à samedi. Mais s'il pouvait se passer de dîner...

Ce robot était sans doute de type primaire, un des derniers mis hors service. Un modèle inférieur comme il en avait vu enfant. Ce ne pouvait être un de ces robots sophistiqués datant de la guerre. Dire qu'il avait survécu dans ce ravin, rouillant et pourrissant pendant des années, depuis tout ce temps-là...

Il s'efforça de ne pas trop y croire. Le cœur battant, il pénétra dans un ascenseur et effleura le bouton. À la nuit tombée il saurait.

Le robot se trouvait au milieu de monceaux de ferraille et de mauvaises herbes. Pistolet-S en main, masque antiradiations collé au visage, Applequist se fraya tant bien que mal un chemin entre les carcasses métalliques déchiquetées et rongées de rouille qui tapissaient le flanc du ravin.

Son compteur cliquetait bruyamment : il y avait là une forte radioactivité concentrée autour des débris métalliques roussâtres, blocs d'acier et de plastique fondu et autres entassements de machines éventrées. Il repoussa du pied des fils électriques emmêlés et noircis et longea précautionneusement le réservoir béant d'un antique engin recouvert de plantes grimpantes. Un rat détala. C'était presque le crépuscule. Partout s'étiraient des ombres noires.

Le robot le regardait approcher en silence. Il n'en restait plus que la moitié : la tête, les bras et le tronc. Au-dessous de la ceinture, rien que des tiges informes qui s'interrompaient abruptement. De toute évidence, il ne pouvait plus se déplacer. Toute sa surface était grêlée, corrodée. Une de ses lentilles optiques avait disparu. Certains de ses doigts étaient grotesquement tordus. Il était couché sur le sol, la face vers le ciel.

C'était bien un robot du temps de la guerre. Dans l'unique œil qui lui restait luisait un éclair de conscience archaïque. Il ne s'agissait pas du tout d'un de ces robots-ouvriers simplistes entrevus dans son enfance. Applequist sentit sa respiration lui brûler la gorge. Cette machine-là était d'une tout autre trempe. Elle suivait attentivement le moindre de ses mouvements. Elle vivait.

Depuis tout ce temps, songea Applequist. *Toutes ces années.* Il en eut froid dans le dos. Le silence régnait parmi les collines, les arbres, les tas de ruines. Rien ne bougeait ; il n'y avait pas âme qui vive à part lui et la vieille machine. *Terrée dans ce trou en attendant que quelqu'un passe.*

Un vent froid vint l'envelopper et il referma machinalement le col de son manteau. Quelques feuilles mortes atterrirent sur le visage inerte du robot. Son tronc était envahi de plantes grimpantes entortillées dans ses rouages. Il avait supporté la pluie et les assauts du soleil. En hiver, il s'était couvert de neige. Les rats et autres animaux étaient venus le flairer, les insectes avaient parcouru sa surface. Et malgré tout cela, il était resté en vie.

« Je vous ai entendu, marmonna Applequist. Je passais sur le sentier.

— Je sais. Je vous ai vu vous arrêter », fit bientôt le robot. Sa voix était faible et sèche. Comme un frottement de cendre. Sans timbre ni hauteur. « Voudriez-vous m'informer de la date? J'ai eu une panne d'alimentation pendant une période indéterminée. Terminaisons de câbles momentanément court-circuitées.

— Nous sommes le 11 juin », répondit Applequist. Puis : « 2136 », ajouta-t-il.

De toute évidence, le robot essayait de rassembler ses maigres forces. Il déplaça légèrement un bras, puis le laissa retomber. Son œil valide se brouilla et dans les profondeurs de sa carcasse retentit un ronronnement grippé. Applequist comprit soudain qu'il risquait d'expirer à tout moment. C'était déjà un miracle qu'il ait survécu si longtemps. Des escargots avaient adhéré à son corps, y laissant des traces brillantes. *Un siècle...*

« Depuis quand êtes-vous là? s'enquit-il. Depuis la guerre?
— Oui. »

Applequist eut un sourire nerveux. « Ça fait un bout de temps. Plus de cent ans.

— En effet. »

La nuit tombait rapidement. Sans réfléchir, Applequist chercha sa lampe-torche dans ses poches. Il devenait difficile de distinguer les flancs du ravin. Quelque part au loin, dans le noir, un oiseau poussa un croassement affreux. Les buissons frémissaient.

« J'ai besoin d'aide, fit le robot. Mon équipement moteur a été en grande partie détruit. Je ne peux pas bouger d'ici.

— Dans quel état est le reste? Votre source d'énergie? Combien de temps pouvez-vous...?

— Destruction modulaire considérable. Seul un petit nombre de circuits fonctionnent toujours. Et encore sont-ils en surcharge. » Le robot le fixait à nouveau de son œil valide. « Quelle est la situation, d'un point de vue technologique? J'ai vu passer des avions. Continuez-vous à fabriquer et entretenir les équipements électroniques? »

— Nous avons une unité industrielle près de Pittsburgh.

— Si je vous décris des composants électroniques de base, comprendrez-vous ce que je dis ? s'enquit le robot.

— Je n'ai pas de formation en mécanique. Je suis classé courrier grade quatre. Mais je connais des gens au service de réparation. Nous faisons nous-mêmes tourner nos machines. » Il s'humecta nerveusement les lèvres. « Naturellement, cela ne va pas sans risques. Il y a des lois.

— Quelles lois ?

— Tous les robots ont été détruits. Il ne reste plus que vous. Les autres ont été liquidés il y a des années. »

L'œil du robot n'afficha aucune expression. « Pourquoi êtes-vous descendu jusqu'ici ? » demanda-t-il. L'œil alla se poser sur le pistolet-S qu'Applequist tenait à la main. « Vous occupez un rang mineur dans une quelconque hiérarchie. Vous agissez sur les ordres d'un plus haut placé que vous. Vous êtes un simple élément fonctionnant mécaniquement dans un système plus vaste. »

Applequist se mit à rire. « C'est à peu près ça. » Puis il s'interrompit. « Pourquoi a-t-on fait la guerre ? À quoi ressemblait la vie, avant ?

— Comment, vous n'en savez donc rien ?

— Bien sûr que non. Le savoir théorique n'est pas autorisé, excepté pour le personnel de classe supérieure. Et même les superviseurs ignorent tout de la guerre. » Applequist s'accroupit et dirigea le faisceau de sa torche sur le visage assombri du robot. « Ce n'était pas comme cela avant, n'est-ce pas ? Nous n'avons pas toujours vécu dans des abris souterrains. Le monde n'a pas toujours été un tas d'ordures. Les gens n'ont pas toujours été réduits en esclavage par leur Compagnie.

— Avant la guerre, il n'y avait pas de Compagnies. »

Applequist poussa un grognement de triomphe. « J'en étais sûr.

— Les hommes vivaient dans des villes, qui ont toutes été démolies pendant la guerre. Les Compagnies, qui bénéficiaient d'une certaine protection, ont survécu. Leurs dirigeants ont fini par former le gouvernement. La guerre a duré longtemps. Tou ce qui avait de la valeur a été détruit. Il ne vous reste plus qu'une coquille calcinée. » Le robot observa un instant de silence, puis poursuivit : « Le premier robot a été construit en 1979. Dès l'an 2000, toutes les tâches répétitives étaient exécutées par des robots. Les êtres humains, eux, étaient libres de se livrer à leurs occupations favorites. L'art, la science, les loisirs, tout ce qui leur chantait.

— Qu'est-ce que c'est, l'" art " ? s'enquit Applequist.

— Un travail créateur visant à la réalisation d'une représentation intérieure. La population de la Terre tout entière était libre de progresser culturellement. Les robots faisaient marcher le monde ; les hommes en jouissaient.

— À quoi ressemblaient les villes ?

— Les robots ont rebâti les cités et en ont construit de nouvelles à partir de plans établis par des artistes humains. Propres, salubres, attrayantes. La cité des dieux.

— Pourquoi a-t-on fait la guerre ? »

L'œil du robot cilla. « J'ai déjà trop parlé. Ma source énergétique est dangereusement affaiblie. »

Applequist s'inquiéta. « Que vous faudrait-il ? J'irai le chercher.

— Dans l'immédiat, il me faut une cartouche atomique A capable de produire dix mille unités-f.

— Entendu.

— Ensuite, j'aurai besoin d'outils et de plaques d'aluminium. De circuits à faible résistance. Apportez de quoi écrire — je vous dresserai la liste. Vous ne comprendrez pas grand-chose, mais pour un réparateur en électronique, ce sera clair. La première chose à trouver est la source d'énergie.

— Et puis vous me parlerez de la guerre ?

— Naturellement. » Le grincement sec de la voix du robot cessa. Tout autour de la machine, des ombres se mouvaient ; herbes et buissons obscurs frémissaient dans la fraîcheur de l'air nocturne. « Faites vite, s'il vous plaît. Demain, si possible. »

« Je devrais vous boucler, jeta l'assistant superviseur Jenkins. D'abord une demi-heure de retard, et maintenant ceci !

Qu'est-ce que vous fabriquez ? Vous voulez donc vous faire renvoyer de la Compagnie ? »

Applequist s'approcha. « Il faut que je trouve ces appareils. La... cachette est sous la surface du sol. Il faut que je construise un passage sûr. Sinon, tout sera recouvert par les gravats.

— Quelle taille a cette cachette ? » La cupidité vint chasser la suspicion du visage noueux de Jenkins. Mentalement, il dépensait déjà la future récompense versée par la Compagnie. « Vous avez pu voir à l'intérieur ? Contient-elle des machines inconnues ?

— Je n'en ai identifié aucune, fit Applequist avec impatience. Ne perdez pas de temps. La masse de gravats est sur le point de s'effondrer. Il me faut travailler vite.

— Où se trouve-t-elle ? J'exige de la voir.

— Je veux m'en occuper seul. Vous, vous fournissez le matériel et vous couvrez mon absence. C'est votre rôle dans cette affaire. »

Jenkins eut une grimace d'hésitation. « Je vous avertis que si vous me mentez, Applequist...

— Je ne mens pas, répondit l'autre avec colère. Quand aurai-je l'unité énergétique ?

— Demain matin. Il va me falloir remplir un tas de papiers. Vous êtes sûr que vous saurez vous en servir ? Mieux vaudrait que je vous fasse accompagner d'une équipe de réparateurs. Pour être certain que...

— Je me débrouillerai, coupa Applequist. Contentez-vous de me procurer le matériel. Je prendrai soin du reste. »

Le soleil matinal s'infiltrait entre les décombres. Applequist inséra nerveusement la cartouche énergétique neuve, fixa les fils électriques avec soin, referma le boîtier et, tout tremblant, se remit debout. Il jeta au loin la vieille cartouche et attendit.

Le robot bougea. Ses yeux retrouvèrent vie et conscience. Il amorça bientôt quelques mouvements de bras exploratoires sur son tronc et ses épaules endommagés.

« Ça va ? s'enquit Applequist d'une voix rauque.

— Apparemment, oui. » La machine parlait maintenant

d'une voix plus forte, plus colorée et plus ferme. « L'ancienne cartouche était pratiquement à bout. Une chance que vous soyez passé à temps. »

Impatient, Applequist alla droit au but. « Vous disiez que les gens vivaient dans des villes. C'étaient les robots qui faisaient tout le travail ?

— Les robots se chargeaient des travaux routiniers nécessaires à l'entretien du système industriel. Les humains avaient tout le loisir de passer le temps à leur guise. Nous étions heureux de faire le travail à leur place. C'était notre rôle.

— Que s'est-il passé ? Quelque chose est allé de travers ? »

Le robot s'empara du papier et du crayon ; tout en parlant, il inscrivit soigneusement une série de chiffres. « Il y avait un groupe de fanatiques humains. Une organisation religieuse. Ils disaient que Dieu avait voulu que l'homme gagne son pain à la sueur de son front. Ils voulaient que les robots soient mis au rebut et que les hommes réintègrent les usines pour s'abrutir indéfiniment dans des tâches répétitives.

— Mais pourquoi ?

— Ils prétendaient que le travail rendait l'homme spirituellement noble. » Le robot repoussa la feuille de papier. « Voilà la liste des objets dont j'aurai besoin. Plus les outils qui me permettront de remettre en marche mes systèmes endommagés. »

Applequist tripotait la feuille. « Mais ce mouvement religieux...

— Les hommes se sont divisés en deux factions. Les Moralistes et les Oisivistes. Ils se sont battus durant des années, pendant que nous restions à l'écart en attendant de connaître le sort qui nous serait réservé. J'avais du mal à croire que les Moralistes l'emporteraient sur la raison, le bon sens. Mais c'est ce qui est arrivé.

— Croyez-vous que... » commença Applequist avant de s'arrêter net. Il avait des difficultés à exprimer le combat qui se livrait en lui. « Y a-t-il une chance pour que les robots soient remis en service ?

— Vous n'êtes pas clair. » Le robot brisa brusquement le crayon en deux et le jeta au loin. « Que voulez-vous dire exactement ?

— C'est que la vie n'est pas toute rose dans les Compagnies. On y meurt, on y travaille très dur. Ce ne sont que paperasse, équipes alternées, périodes de travail et ordres à exécuter.

— C'est le système qui veut cela. Je n'y suis pour rien.

— Que savez-vous de la conception des robots ? Que faisiez-vous avant la guerre ?

— Contrôleur d'unité. J'étais en route pour une unité-usine de crise quand mon vaisseau a été abattu. » Le robot désigna les débris qui l'entouraient. « Voilà tout ce qui reste de l'appareil et de sa cargaison.

— Qu'est-ce que c'était qu'un " contrôleur d'unité " ?

— Je m'occupais de la fabrication des robots. Je concevais et je faisais construire des robots de type simple. »

Applequist en eut le vertige. « Alors, vous savez vous y prendre ?

— Oui. » Le robot montra avec insistance la feuille de papier que tenait Applequist. « Veuillez aller chercher ces outils et ces composants dans les meilleurs délais. En l'état, je suis complètement impuissant. Je dois retrouver ma mobilité. Si jamais une fusée passait au-dessus de moi...

— Les communications entre Compagnies sont très mauvaises. Je délivre mes lettres à pied. La majeure partie du pays est en ruine. Vous pourriez travailler sans qu'on vous remarque. Et cette unité-usine de crise ? Elle n'a peut-être pas été détruite. »

Le robot hocha lentement la tête. « Elle était soigneusement dissimulée. Ce n'est pas impossible. Elle était petite, mais très bien équipée. Autonome.

— Si je trouve les pièces détachées, pourrez-vous...

— Nous verrons cela plus tard. » Le robot se laissa retomber en arrière. « Nous en discuterons plus amplement à votre retour. »

Il obtint de Jenkins le matériel demandé, plus un laissez-passer de vingt-quatre heures. Adossé au flanc du ravin, il regarda, fasciné, le robot se démonter pièce par pièce et remplacer les éléments atteints. En quelques heures, un nouveau système moteur était installé et les modules de base des jambes soudés. À midi, le robot essayait ses extrémités inférieures.

« Pendant la nuit, dit-il, j'ai pu établir un faible contact radio avec l'unité-usine. Au dire du robot-pilote, elle est intacte.

— Un robot ? Vous voulez dire que...

— Une machine automatique dont la vocation est de relayer les transmissions. Elle n'est pas vivante comme moi. Je ne suis pas à proprement parler un robot. » Sa voix s'enfla. « Je suis un *androïde*. »

Cette subtile distinction échappa complètement à Applequist, dont l'esprit enflammé envisageait à toute allure les possibilités qui s'offraient. « Alors on peut y aller. Avec votre savoir-faire et le matériel disponible à la...

— Vous n'avez pas vu la terreur, la dévastation. Les Moralistes nous détruisaient systématiquement. Toutes les villes qu'ils prenaient étaient vidées de leurs robots. À mesure que les Oisivistes battaient en retraite, mes semblables ont été sauvagement éliminés. On nous arrachait à nos machines et on nous démolissait.

— Mais c'était il y a un siècle ! Personne ne veut plus détruire les robots. Au contraire, nous en avons besoin pour rebâtir le monde. Les Moralistes ont gagné la guerre, mais ont laissé le monde en ruine. »

Le robot régla son appareil moteur jusqu'à obtenir une bonne coordination des jambes. « Cette victoire a été une tragédie, mais j'ai une meilleure compréhension de la situation que vous. Nous devons procéder avec prudence. Si nous sommes éliminés cette fois-ci encore, ce sera peut-être pour toujours. »

Applequist suivit le robot qui s'engageait d'un pas hésitant entre les décombres, en direction de la paroi du ravin. « Nous sommes écrasés de travail. Des esclaves dans des abris souterrains, voilà ce que nous sommes. Nous ne pouvons pas continuer ainsi. Les êtres humains vont devenir des robots. Nous avons besoin de vous. Quand je pense à ce que devait être l'âge d'or... les fondations, les fleurs, les merveilleuses cités de surface... Maintenant il n'y a plus que ruines et misère. Les Moralistes ont gagné mais personne n'est heureux. Nous serions tout prêts à...

« — Quel est cet endroit ? Où sommes-nous ?

— Un peu à l'ouest du Mississippi, à quelques kilomètres seulement. Nous devons retrouver la liberté. On ne peut pas vivre ainsi, à peiner sous terre. Si nous avions du temps libre, nous pourrions enquêter sur les mystères de l'univers. J'ai découvert de vieilles bandes scientifiques. Des travaux théoriques en biologie. Ces gens-là passaient des années à faire des recherches. Ils avaient le temps. Ils étaient libres. Pendant que les robots veillaient sur le système économique, les hommes pouvaient...

— Pendant la guerre, coupa le robot d'un ton pensif, les Moralistes ont couvert des centaines de kilomètres carrés d'écrans de détection. Sont-ils encore en service ?

— Je l'ignore. J'en doute. Au-delà des abords immédiats des abris, rien ne marche. »

Le robot était plongé dans ses réflexions. Il avait remplacé son œil abîmé par une cellule neuve ; ses deux yeux palpitaient tant il se concentrait. « Ce soir nous ferons des projets pour votre Compagnie. Je vous ferai connaître ma décision à ce moment-là. Entre-temps, ne parlez à personne de la situation. Vous entendez ? Pour l'instant je dois me préoccuper du réseau routier.

— La plupart des routes sont en ruine. » Applequist essayait de toutes ses forces de réfréner son impatience. « Je suis sûr que dans ma Compagnie, on est en majorité... oisiviste. Peut-être y a-t-il quelques Moralistes tout en haut. Certains superviseurs, sans doute. Mais les classes inférieures et les familles...

— C'est bien, coupa le robot. Nous verrons cela plus tard. » Il jeta un regard circulaire. « Une partie de ce matériel endommagé pourra me servir. Certains éléments doivent encore fonctionner. Pour l'instant, du moins. »

Traversant à la hâte le niveau Organisation en direction de son poste de travail, Applequist réussit à éviter Jenkins. Il avait l'esprit en ébullition. Tout ce qui l'entourait lui paraissait vague et peu convaincant. Les superviseurs querelleurs, le vacarme ou la vibration des machines, les employés et petits bureaucrates qui s'agitaient en tous sens avec leurs messages et mémos. Il ramassa une pile de lettres et se mit à les trier machinalement en les introduisant au fur et à mesure dans une série de fentes.

« Vous êtes sorti, observa aigrement le directeur Laws. De quoi s'agit-il, d'une fille ? Vous savez que si vous vous mariez en dehors de la Compagnie, vous perdez le peu de qualification que vous avez. »

Applequist repoussa ses lettres. « Directeur, je veux vous parler. »

Laws secoua la tête. « Prenez garde. Vous connaissez les ordonnances qui s'appliquent pour le personnel de grade quatre. Mieux vaut ne plus poser de questions. Concentrez-vous sur votre travail et laissez-nous les questions théoriques.

— Directeur, insista Applequist, de quel côté se trouvait notre Compagnie, Moraliste ou Oisiviste ? »

Laws parut ne pas comprendre la question. « Que voulez-vous dire par là ? » Il secoua à nouveau la tête. « Je ne connais pas ces termes.

— Pendant la guerre. De quel côté étions-nous ?

— Dieu du ciel, fit Laws. Mais du côté humain, bien sûr. » Une expression tomba comme un rideau sur son lourd visage. « Comment ça, *Moralistes ?* Mais de quoi parlez-vous ? »

Applequist se trouva tout à coup en sueur. Sa voix avait du mal à sortir. « Directeur, il y a quelque chose qui ne va pas. La guerre a opposé deux groupes d'humains. Les Moralistes ont détruit les robots parce qu'ils désapprouvaient l'oisiveté dans laquelle vivaient les hommes.

— La guerre a eu lieu entre hommes et robots, fit durement Laws. Nous avons gagné. Nous les avons éliminés.

— Mais ils travaillaient pour nous !

— On les avait construits pour exécuter des tâches ouvrières, mais ils se sont révoltés. Ils avaient leur propre vision du monde. Ils se prenaient pour des êtres supérieurs — des androïdes. Ils nous considéraient tout juste comme du bétail. »

Applequist tremblait de tous ses membres. « Mais, il m'a dit que...

— Ils nous ont massacrés. Des milliards d'êtres humains ont trouvé la mort avant que notre camp finisse par reprendre le dessus. Ils tuaient, mentaient, dissimulaient, volaient, ils faisaient n'importe quoi au nom de leur survie. C'était eux ou nous — pas de quartier. » Laws agrippa Applequist par le col. « Imbécile ! Qu'avez-vous fait ? Répondez ! Qu'avez-vous donc fait ? »

Sous le soleil couchant, le blindé montait en rugissant vers la crête du ravin. Des soldats en sautèrent et se répandirent de chaque côté dans un fracas de pistolets-S entrechoqués. Laws en sortit prestement, suivi d'Applequist.

« C'est là ? lui demanda-t-il.

— Oui, répondit Applequist, effondré. Mais il est parti.

— Ce n'est pas étonnant. Il était remis à neuf. Rien ne le retenait ici. » Laws fit signe à ses hommes. « Inutile d'inspecter le coin. Posez une bombe tactique A et partons d'ici en vitesse. La flotte aérienne réussira peut-être à l'avoir. Nous n'aurons qu'à noyer la région sous les gaz radioactifs. »

Hébété, Applequist alla se tenir au bord du ravin. Tout en bas, dans les ombres qui s'obscurcissaient, on voyait les herbes sauvages et les tas de décombres. Pas trace du robot, naturellement. Rien qu'un endroit portant encore sa marque, des bouts de fils et des morceaux de carcasse inutilisés. La vieille cartouche énergétique, là où il l'avait jetée. Quelques outils. C'était tout.

« Allez, ordonna Laws à ses hommes. En route. Nous avons fort à faire. Déclenchez le système d'alarme général. »

La troupe entreprit l'ascension des flancs du ravin. Applequist leur emboîta le pas en direction du blindé.

« Non, fit promptement Laws. Vous, vous ne venez pas avec nous. »

Applequist vit l'expression qui gagnait leurs traits. La frayeur contenue, la terreur folle, la haine. Il essaya de courir mais ils le rattrapèrent presque instantanément. Ils s'acharnèrent sur lui en silence. Lorsqu'ils eurent fini, ils écartèrent à coups de pied son corps toujours vivant et remontèrent dans le véhicule, qui s'éloigna lentement vers la route. Au bout de quelques instants, il décrut puis disparut pour de bon.

Applequist resta seul avec la bombe à demi enfouie dans le sol et les ombres qui descendaient. Et les ténèbres immenses et vides qui s'épaississaient de toutes parts.

Le crâne	9
Le Grand O	37
James P. Crow	54
Service avant achat	76
Le tour de roue	95
Reconstitution historique	120
Immunité	138
Là où il y a de l'hygiène...	156
Expédition en surface	176
Consultation externe	199
Au service du maître	228

DU MÊME AUTEUR

Aux Éditions Gallimard

LA FILLE AUX CHEVEUX NOIRS (Folio Science-Fiction n° 87)
MINORITY REPORT (Folio Science-Fiction n° 109)
PAYCHECK (Folio Science-Fiction n° 165)
IMMUNITÉ ET AUTRES MIRAGES FUTURS (Folio Science-Fiction n° 197)

Aux Éditions Denoël

Dans la collection Lunes d'encre

NOUVELLES (1947-1953)
NOUVELLES (1953-1981)
LA TRILOGIE DIVINE

Dans la collection Présence du futur

SUBSTANCE MORT (Folio Science-Fiction n° 25)
DEUS IRAE (*en collaboration avec Roger Zelazny* – Folio Science-Fiction n° 39)
L'ŒIL DE LA SIBYLLE (Folio Science-Fiction n° 123)
SOUVENIR (Folio Science-Fiction n° 143)
LE VOYAGE GELÉ (Folio Science-Fiction n° 161)
LE GRAND O
AU SERVICE DU MAÎTRE
UN AUTEUR ÉMINENT
DERRIÈRE LA PORTE
LE CRÂNE

Aux Éditions J'ai lu

LE MAÎTRE DU HAUT CHÂTEAU
DR BLOODMONEY
MESSAGE DE FROLIX 8
BLADE RUNNER

LE DIEU VENU DU CENTAURE
LES CLANS DE LA LUNE ALPHANE
À REBROUSSE-TEMPS
LE TEMPS DÉSARTICULÉ
LOTERIE SOLAIRE

En Omnibus
LA PORTE OBSCURE
AURORE SUR UN JARDIN DE PALMES
DÉDALES SANS FIN
SUBSTANCE RÊVE

Aux Éditions 10/18
COULEZ MES LARMES, DIT LE POLICIER
AU BOUT DU LABYRINTHE
L'ŒIL DANS LE CIEL
LA VÉRITÉ AVANT-DERNIÈRE
MENSONGE ET CIE
UBIK
MON ROYAUME POUR UN MOUCHOIR
LA BULLE CASSÉE
DANS LE SECTEUR DE MILTON LUMKY
TOTAL RECALL
LE PÈRE TRUQUE
PORTRAIT DE L'ARTISTE EN JEUNE FOU

Aux Éditions Joëlle Losfeld
HUMPTY DUMPTY À OAKLAND
L'HOMME DONT TOUTES LES DENTS ÉTAIENT SEMBLABLES

Dans la même collection

12.	Serge Brussolo	*Le syndrome du scaphandrier*
13.	Jean-Pierre Andrevon	*Gandahar*
14.	Orson Scott Card	*Le septième fils*
15.	Orson Scott Card	*Le prophète rouge*
16.	Orson Scott Card	*L'apprenti*
17.	John Varley	*Persistance de la vision*
18.	Robert Silverberg	*Gilgamesh, roi d'Ourouk*
19.	Roger Zelazny	*Les neuf princes d'Ambre*
20.	Roger Zelazny	*Les fusils d'Avalon*
21.	Douglas Adams	*Le Guide galactique*
22.	Richard Matheson	*L'homme qui rétrécit*
23.	Iain Banks	*ENtreFER*
24.	Mike Resnick	*Kirinyaga*
25.	Philip K. Dick	*Substance Mort*
26.	Olivier Sillig	*Bzjeurd*
27.	Jack Finney	*L'invasion des profanateurs*
28.	Michael Moorcock	*Gloriana ou La reine inassouvie*
29.	Michel Grimaud	*Malakansâr*
30.	Francis Valéry	*Passeport pour les étoiles*
31.	Isaac Asimov	*Seconde Fondation*
32.	Philippe Curval	*Congo Pantin*
33.	Mary Gentle	*Les Fils de la Sorcière*
34.	Richard Matheson	*Le jeune homme, la mort et le temps*
35.	Douglas Adams	*Le Dernier Restaurant avant la Fin du Monde*
36.	Joël Houssin	*Le Temps du Twist*
37.	H.P. Lovecraft	*Dans l'abîme du temps*
38.	Roger Zelazny	*Le signe de la licorne*
39.	Philip K. Dick et Roger Zelazny	*Deus irae*

40.	Pierre Stolze	*La Maison Usher ne chutera pas*
41.	Isaac Asimov	*Fondation foudroyée*
42.	Fredric Brown	*Une étoile m'a dit*
43.	Francis Berthelot	*Rivage des intouchables*
44.	Gregory Benford	*Un paysage du temps*
45.	Ray Bradbury	*Chroniques martiennes*
46.	Roger Zelazny	*La main d'Oberon*
47.	Maurice G. Dantec	*Babylon Babies*
48.	René Barjavel	*Le Diable l'emporte*
49.	Bruce Sterling	*Mozart en verres miroirs*
50.	Thomas M. Disch	*Sur les ailes du chant*
51.	Isaac Asimov	*Terre et Fondation*
52.	Douglas Adams	*La Vie, l'Univers et le Reste*
53.	Richard Matheson	*Je suis une légende*
54.	Lucius Shepard	*L'aube écarlate*
55.	Robert Merle	*Un animal doué de raison*
56.	Roger Zelazny	*Les Cours du Chaos*
57.	André-François Ruaud	*Cartographie du merveilleux*
58.	Bruce Sterling	*Gros Temps*
59.	Laurent Kloetzer	*La voie du cygne*
60.	Douglas Adams	*Salut, et encore merci pour le poisson*
61.	Roger Zelazny	*Les Atouts de la Vengeance*
62.	Douglas Adams	*Globalement inoffensive*
63.	Robert Silverberg	*Les éléphants d'Hannibal*
64.	Stefan Wul	*Niourk*
65.	Roger Zelazny	*Le sang d'Ambre*
66.	Orson Scott Card	*Les Maîtres Chanteurs*
67.	John Varley	*Titan (La trilogie de Gaïa I)*
68.	André Ruellan	*Mémo*
69.	Christopher Priest	*La Machine à explorer l'Espace*
70.	Robert Silverberg	*Le nez de Cléopâtre*

71.	John Varley	*Sorcière (La trilogie de Gaïa II)*
72.	Howard Waldrop	*Histoire d'os*
73.	Herbert George Wells	*La Machine à explorer le Temps*
74.	Roger Zelazny	*Le signe du Chaos*
75.	Isaac Asimov	*Les vents du changement*
76.	Norman Spinrad	*Les Solariens*
77.	John Varley	*Démon (La trilogie de Gaïa III)*
78.	Roger Zelazny	*Chevalier des ombres*
79.	Fredric Brown	*Fantômes et farfafouilles*
80.	Robert Charles Wilson	*Bios*
81.	Walter Jon Williams	*Sept jours pour expier*
82.	Roger Zelazny	*Prince du Chaos*
83.	Isaac Asimov	*Chrono-minets*
84.	H. P. Lovecraft	*Je suis d'ailleurs*
85.	Walter M. Miller Jr.	*Un cantique pour Leibowitz*
86.	Michael Bishop	*Requiem pour Philip K. Dick*
87.	Philip K. Dick	*La fille aux cheveux noirs*
88.	Lawrence Sutin	*Invasions divines*
89.	Isaac Asimov	*La fin de l'Éternité*
90.	Mircea Cărtărescu	*Orbitor*
91.	Christopher Priest	*Le monde inverti*
92.	Stanislas Lem	*Solaris*
93.	William Burroughs	*Le festin nu*
94.	William Hjortsberg	*Angel Heart (Le sabbat dans Central Park)*
95.	Chuck Palahniuk	*Fight Club*
96.	Steven Brust	*Agyar*
97.	Patrick Marcel	*Atlas des brumes et des ombres*
98.	Edgar Allan Poe	*Le masque de la Mort Rouge*

99.	Dan Simmons	*Le Styx coule à l'envers*
100.	Joe Haldeman	*Le vieil homme et son double*
101.	Bruce Sterling	*Schismatrice +*
102.	Roger Zelazny et Fred Saberhagen	*Engrenages*
103.	Serge Brussolo	*Boulevard des banquises*
104.	Arthur C. Clarke	*La cité et les astres*
105.	Stefan Wul	*Noô*
106.	Andrew Weiner	*En approchant de la fin*
107.	H. P. Lovecraft	*Par-delà le mur du sommeil*
108.	Fredric Brown	*L'Univers en folie*
109.	Philip K. Dick	*Minority Report*
110.	Bruce Sterling	*Les mailles du réseau*
111.	Norman Spinrad	*Les années fléaux*
112.	David Gemmell	*L'enfant maudit* (Le Lion de Macédoine, I)
113.	David Gemmell	*La mort des Nations* (Le Lion de Macédoine, II)
114.	Michael Moorcock	*Le Chaland d'or*
115.	Thomas Day	*La Voie du Sabre*
116.	Ellen Kushner	*Thomas le rimeur*
117.	Peter S. Beagle	*Le rhinocéros qui citait Nietzsche*
118.	David Gemmell	*Le Prince Noir* (Le Lion de Macédoine, III)
119.	David Gemmell	*L'Esprit du Chaos* (Le Lion de Macédoine, IV)
120.	Isaac Asimov	*Les dieux eux-mêmes*
121.	Alan Brennert	*L'échange*
122.	Isaac Asimov	*Histoires mystérieuses*
123.	Philip K. Dick	*L'œil de la Sibylle*
124.	Douglas Adams	*Un cheval dans la salle de bain*
125.	Douglas Adams	*Beau comme un aéroport*

126.	Sylvie Denis	*Jardins virtuels*
127.	Roger Zelazny	*Le Maître des Ombres*
128.	Christopher Priest	*La fontaine pétrifiante*
129.	Donald Kingsbury	*Parade nuptiale*
130.	Philip Pullman	*Les royaumes du Nord* (À la croisée des mondes, I)
131.	Terry Bisson	*Échecs et maths*
132.	Andrew Weiner	*Envahisseurs !*
133.	M. John Harrison	*La mécanique du Centaure*
134.	Charles Harness	*L'anneau de Ritornel*
135.	Edmond Hamilton	*Les Loups des étoiles*
136.	Jack Vance	*Space Opera*
137.	Mike Resnick	*Santiago*
138.	Serge Brussolo	*La Planète des Ouragans*
139.	Philip Pullman	*La Tour des Anges* (À la croisée des mondes, II)
140.	Jack Vance	*Le jardin de Suldrun* (Le cycle de Lyonesse, I)
141.	Orson Scott Card	*Le compagnon*
142.	Tommaso Pincio	*Le Silence de l'Espace*
143.	Philip K. Dick	*Souvenir*
144.	Serge Brussolo	*Ce qui mordait le ciel*
145.	Jack Vance	*La perle verte*
146.	Philip Pullman	*Le Miroir d'Ambre*
147.	M. John Harrison	*La Cité Pastel* (Le cycle de Viriconium, I)
148.	Jack Vance	*Madouc*
149.	Johan Héliot	*La lune seul le sait*
150.	Midori Snyder	*Les Innamorati*
151.	R. C. Wilson	*Darwinia*
152.	C. Q. Yarbro	*Ariosto Furioso*
153.	M. John Harrison	*Le Signe des Locustes*
154.	Walter Tewis	*L'homme tombé du ciel*
155.	Roger Zelazny et Jane Lindskold	*Lord Démon*
156.	M. John Harrison	*Les Dieux incertains*

157.	Kim Stanley Robinson	*Les menhirs de glace*
158.	Harlan Ellison	*Dérapages*
159.	Isaac Asimov	*Moi, Asimov*
160.	Philip K. Dick	*Le voyage gelé*
161.	Federico Andahazi	*La Villa des mystères*
162.	Jean-Pierre Andrevon	*Le travail du Furet*
163.	Isaac Asimov	*Flûte, flûte et flûtes !*
164.	Philip K. Dick	*Paycheck*
165.	Cordwainer Smith	*Les Sondeurs vivent en vain* (Les Seigneurs de l'Instrumentalité, I)
166.	Cordwainer Smith	*La Planète Shayol* (Les Seigneurs de l'Instrumentalité, II)
167.	Cordwainer Smith	*Nostrilia* (Les Seigneurs de l'Instrumentalité, III)
168.	Cordwainer Smith	*Légendes et glossaire du futur* (Les Seigneurs de l'Instrumentalité, IV)
169.	Douglas Adams	*Fonds de tiroir*
170.	Poul Anderson	*Les croisés du Cosmos*
171.	Neil Gaiman	*Pas de panique !*
172.	S. P. Somtow	*Mallworld*
173.	Matt Ruff	*Un requin sous la lune*
174.	Michael Moorcock	*Une chaleur venue d'ailleurs* (Les Danseurs de la Fin des Temps, I)
175.	Thierry di Rollo	*La lumière des morts*
176.	John Gregory Betancourt	*Les Neuf Princes du Chaos*
177.	Donald Kingsbury	*Psychohistoire en péril*, I
178.	Donald Kingsbury	*Psychohistoire en péril*, II
179.	Michael Moorcock	*Les Terres creuses* (Les Danseurs de la Fin des Temps, II)

180.	Joe Haldeman	*Pontesprit*
181.	Michael Moorcock	*La fin de tous les chants* (Les Danseurs de la Fin des Temps, III)
182.	John Varley	*Le Canal Ophite*
183.	Serge Brussolo	*Mange-Monde*
184.	Michael Moorcock	*Légendes de la Fin des Temps* (Les Danseurs de la Fin des Temps, IV)
185.	Robert Holdstock	*La forêt des Mythagos*
186.	Robert Holdstock	*Lavondyss* (La forêt des Mythagos, II)
187.	Christopher Priest	*Les Extrêmes*
188.	Thomas Day	*L'Instinct de l'équarrisseur*
189.	Maurice G. Dantec	*Villa Vortex*
190.	Franck M. Robinson	*Le Pouvoir*
191.	Robert Holdstock	*Le Passe-broussaille* (La forêt des Mythagos, III)
192.	Robert Holdstock	*La Porte d'ivoire* (La forêt des Mythagos, IV)
193.	Stanislas Lem	*La Cybériade*
194.	Paul J. Mc Auley	*Les conjurés de Florence*
195.	Roger Zelazny	*Toi l'immortel*
196.	Isaac Asimov	*Au prix du papyrus*
197.	Philip K. Dick	*Immunité*
198.	Stephen R. Donaldson	*Le miroir de ses rêves*

À paraître :

199.	Robert Charles Wilson	*Les fils du vent*
200.	Greg Bear	*La musique du sang*
201.	Dan Simmons	*Le chant de Kali*

*Ouvrage reproduit
par procédé photomécanique.
Impression Société Nouvelle Firmin-Didot
à Mesnil-sur-l'Estrée, le 2 janvier 2005.
Dépôt légal : janvier 2005.
Numéro d'imprimeur : 70594.*

ISBN 2-07-031586-X/Imprimé en France.

FOLIO SCIENCE-FICTION